KB165279

불편한
편의점 2

불편한 편의점 2

김호연 장편소설

always

나무옆의자

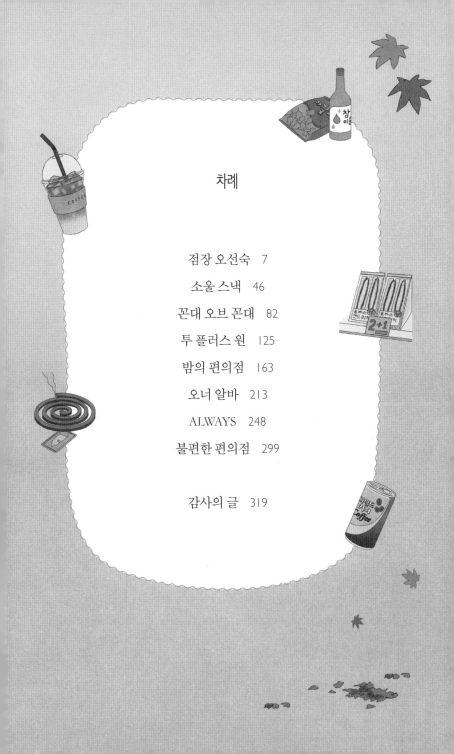

차례

점장 오선숙 7

소울 스낵 46

꼰대 오브 꼰대 82

투 플러스 원 125

밤의 편의점 163

오너 알바 213

ALWAYS 248

불편한 편의점 299

감사의 글 319

점장 오선숙

출근하던 선숙은 사람들의 시선이 연달아 자신에게 꽂히고 나서야 마스크를 안 쓴 걸 깨달았다. 서둘러 집으로 돌아온 그녀는 현관문 옆 고리에 걸린 마스크를 집어 들었다. 까먹지 말라고 문 옆에 걸어두고서도 그냥 집을 나서기를 수차례…… 이놈의 마스크는 써도 써도 적응이 안 됐다.

코로나 시대 역시 도무지 적응할 수 없었다. 인간은 적응의 동물이라고 하던데, 이번에는 이 종족도 어쩔 수 없는지 백신도 영 신통치 않아 보였고 치료제도 지지부진이었다. 변이 바이러스인지 뭔지는 해괴한 이름을 달고 계속 튀어나왔고, 돌파 감염이니 뭐니 해서 맞은 백신을 또 맞으라고 했다. 그것도 이번에는 다른 상표의 백신을 맞아야 할지 모른다는데, 부작용도 있다고 하고 노인들에겐 위험하다고도 하는 둥 불안하기 짝이 없었다. 바이러스가 요동치는 세상에서 선숙 같은 소시민은 흐름을 따라가지 못한 채 어찌해야 할지 갈피를 잡을 수 없었다.

집에서 편의점까지 500미터 남짓 거리를 걷는데도 숨이 가빴다. 한여름 열기에 마스크로 호흡까지 힘들어지니 살집이 있는 선숙으로선 밖에 나오는 일 자체가 불편했다. 선숙은 마스크를 쓰지 않고도 산책할 수 있는 예뻐와 까미가 부러울 지경이었다. 그나저나 오늘은 밤까지 일해야 해서 녀석들 산책이나 시킬 수 있을는지 걱정이 들었다.

딸랑. 행사 전단과 구인 전단에 마스크 착용 안내문까지 덕지덕지 붙은 유리문을 열고 들어섰다. 매장 안은 시원했다. 자신의 직장 ALWAYS편의점에 도착하고 나서야 그녀는 크게 숨을 내쉴 수 있었다. 과거 직접 실내 포차나 호프집을 운영할 때도 느끼지 못했던 편안함을 만끽하며 슬며시 미소를 지었다. 왜일까? 오래 일해서? 익숙해져서? 아마도 점장이어서가 아닐까? 사장이면 매출과 운영에 대한 압박으로 스트레스가 엄청나다. 알바는 급여도 적고 고용 안정성도 떨어져 불안하다. 그러나 점장은 책임감이 들긴 하지만 사장만큼은 아니며, 알바보다는 급여도 많고 안정적인 자리다.

무엇보다 이곳은 선숙이 오랫동안 근무하며 터를 다진 청파동 유일의 ALWAYS편의점이 아닌가! 지금은 동네마다 같은 프랜차이즈 편의점끼리 경쟁하는 구도지만 이 프랜차이즈는 오히려 매장이 줄고 있는 형국이었고, 올해 초 숙대 정문 앞 매장이 없어지고 나서는 청파동 유일의 ALWAYS편의점이 되고 말았다.

그래서 편의점 살림살이가 나아졌냐고? 택도 없는 소리다. 본사가 힘을 잃고 있는데 이곳이라고 나을 리 없잖은가. 잘나가는 프랜차이즈 편의점들은 더 많은 행사 상품과 저렴한 자사 상품들을 쏟아내는 반면 여기는 맥주 할인 품목도 줄어들어 얼마 전엔 '네 캔 만 원 맥주' 단골손님마저 잃어야 했다. 매일 퇴근길에 들러 맥주 네 캔에 안주거리를 사가던 그는, 유통기한이 간당간당한 샌드위치나 버거 같은 신선식품을 해치워주는 기특한 고객이기도 했다. 그런 그가 언젠가부터 밀가루 회사 상표 맥주와 구두약 회사 상표 맥주를 찾더니 급기야 골뱅이 회사 상표의 맥주까지 묻는 게 아닌가? 그런 게 있는 줄도 몰랐고 있어도 들일 여유가 없는 선숙으로선 머쓱한 표정으로 고개를 저을 뿐이었다. 결국 그는 "아쉽네요"라고 한마디 던진 뒤 매장을 나섰고, 이후로 다시 볼 수 없었다. 선숙은 그 특이한 상표의 맥주를 발주해야 하나 고민에 빠졌고, 아들에게 이에 대해 물어야 했다.

"색다르잖아. SNS에 올리기도 좋고. 맛도 괜찮다더라고."

"너도 먹어봤어?"

"엄마. 난 소주파잖아. 근데 그런 거 초반에만 반짝하는 거야. 너무 걱정 마요."

아들의 말이 위안이 됐다. 비록 맥주 마니아 사내를 만족시키진 못했지만, 세상에 만족스러운 게 어디 있겠으며 다 모자라고 부족한 대로 살며 버티는 것 아니겠는가? 게다가 원래 우리 편의점은 불편하기로 소문난 곳인데 어쩌란 말이냐? 일종의 될 대로 되어라 정신! 걱정하기보다는 그저 하루하루 오는 손님들에게나 최선을 다하자고 선숙은 마음을 먹었다.

그래서일까, 그녀는 이 공간이 좋았다. 부족하고 모자란 꼴이 자신의 인생과 닮아서였다. 경영난에 허덕이며 근근이 운영되는 게 적자 인생으로도 어떻게든 살아가는 소시민 오선숙 같게만 느껴졌다.

시재 점검을 마치고 본격적인 업무를 시작하려는 찰나 근무 조끼를 벗은 반팔 셔츠 차림으로 곽 선생이 다가왔다. 마스크 위로 보이는 피로감에 젖은 눈빛에는 민망함이 겹쳐 있었다. 평소 표정 변화가 없는 곽 선생답지 않은 모습이 선숙을 긴장하게 만들었다.

"점장님. 잠깐 이야기 나눌 수 있을까요?"

평소 말을 걸어도 단답으로 일관해 마스크로 입을 봉한 건지 의심이 가던 이 사내가 하자는 이야기라면, 안 듣고도 뻔하다. 그녀는 불길한 느낌을 애써 지우며 곽 선생을 빤히 바라보았다.

"예. 말씀해보세요."

"죄송하지만…… 제가, 일주일 뒤 그러니까 다음 주 목요일까지만 일하고 그만두어야 할 것 같습니다."

역시다. 올 것이 온 것이다. 그가 며칠 전 하루 휴무를 부탁할 때부터 뭔가 일이 있을 듯했다.

"곽 선생님. 새로운 일자리는 구해놓으신 건가요?"

진심으로 걱정이 되어 물었다. 곽 선생은 지난 1년 하고 수개월 간 편의점의 밤을 지켜줬지만, 나이로 보나 능력으로 보나 다른 일을 수월하게 할 수 있을지 걱정이 되곤 했다. 시재는 종종 틀렸고, 다달이 바뀌는 행사 내용도 헛갈렸으며, 포스기의 부가기능 사용법도 여전히 서툴렀다. 유일하게 잘하는 거라면 좀도둑을 잡는 것이었는데, 야간에 물건을 슬쩍하던 손님을 세 번이나 잡은 눈썰미는 전직 형사라는 그의 이력에 고개를 끄덕이게 만들었다.

"예. 지방에 건물 경비 자리가 생겨서 그리로 가게 되었습니다."

"지방 어디요?"

"광줍니다. 제 고향이에요."

"그럼 알음알음으로 구한 자린가요?"

"휴무일에 고향 경조사에 참석했습니다. 그날 오랜만에 옛 친구들을 만났는데, 그중 하나가 제법 큰 빌딩 건물주더군요. 새로 경비를 구하는데 제가 서울에서 편의점 일 한다니까 이참에 내려오라고 합디다. 잠깐 고민 끝에 서울 생활을 정리하기로 마음먹었습니다. 다만 다음 주부터 일해야 해서…… 촉박하게 말해 죄송합니다."

선숙은 그가 촉박하게 말한 것보다 이렇게 달변인 게 더 서운했다. 무뚝뚝한 남자들. 말 한마디, 표현 한번 해주면 좋을 상황에서 그들은 묵묵부답으로 일관했고, 그래서 생긴 오해 역시 제대로 풀 줄 몰랐다. 곽 선생 역시 다르지 않았기에 다가가기 힘들었던 게 사실이었다. 그건 저녁 알바인 정 군도 마찬가지다. 입대를 기다리며 4개월째 알바 중인 이 청년은 돌부처나 다름이 없다. 물론 말 많고 화도 많은 50대 아줌마 점장이 두 사람에게 편한 상대는 아니었을 것이다.

"죄송할 것까지야 있나요. 그나저나 빨리 사람을 구해야 할 텐데, 일단 사장에게 말하고 구인 공고도 올려볼게요."

"신경 써주셔서 고맙습니다."

곽 선생이 선숙에게 정중하게 고개를 숙여 보인 뒤 유리문을 열고 퇴근했다.

구인. 사람을 구한다는 것. 편의점 점장 제1의 고민이 시작되는 순간이었다. 이미 주말 알바를 찾는 중이었는데 평일 야간 알바까지 구해야 하는 상황에 그녀는 머리가 다 지끈거렸다. 활기차게 시작하려던 하루가 발목을 잡혔다.

오전부터 점심까지 손님들을 받으며 유통기한을 확인하고 부족한 상품을 보충하고 새로 입고된 신선식품을 검수해서 진열했다. 짬을 내 유통기한이 막 지난 샌드위치에 우유로 점심을 때우고 보니 오후 한 시. 이쯤이면 깨어났을 것이다.

선숙은 스마트폰을 꺼내 최근 통화를 살펴 '영숙 언니 아들'이라 적힌 전화번호를 눌렀다. 이름을 '강 사장'으로 바꿔둔다는 걸 자꾸 미루고 만다. 이 녀석과 관련해서는 손끝 하나 대기 싫어서다.

통화대기음이 길어지자 짜증이 일었다. 이윽고 막바지에 맞추기라도 한 듯 전화가 연결되었다.

"왜요? 주말 알바 구했어요?"

"아니. 그것보다 곽 선생이 그만둔다네."

잠시 탄식이 들리는가 싶더니 강 사장이 퉁명스레 물었다.

"얼마 달래요? 그 아저씬 암튼 나한텐 말도 안 하고 참……."

"응? 그만둔다고 하던데—"

"에이, 이모. 그거 돈 올려달라고 시위하는 거예요. 1년 넘게 일했는데 알바비 인상 안 해줬다고 투덜대는 거라니까. 돈 좀 올려주면 그만둔다는 말 쏙 들어간다구요."

"아니야. 고향 광주에 건물 경비 일 구했다고, 서둘러달랬어."

"아주 시나리오를 써 오셨군. 이모도 참 순진하시긴. 내가 곽 씨 아저씨랑 통화할게요. 거참."

선숙이 뭐라고 답하기도 전에 강 사장은 전화를 끊었다. 잠이 덜 깬 목소리부터, 자신과 곽 선생을 무시하는 내용까지 모두 마음에 안 들었다. 그녀가 오늘 마주한 곽 선생의 태도는 진지했다. 그런데 대체 녀석은 무얼 근거로 곽 선생이 강짜를 부린다고 여기는 걸까? 뭐 눈엔 뭐만 보인다더니, 참으로 한심하기 그지없었다.

강 사장. 영숙 언니 아들. 아니면 민식이.

30년도 더 된 어느 날, 교회에서 영숙 언니의 까불까불한 아들로 만났을 때부터 되바라지긴 했지만 이렇게 날건달이 될 줄은 몰랐다. 문제는 이 녀석이 현재 자신의 상관이자 편의점 운영의 결정권자라는 점이다.

녀석은 편의점 수익에만 관심이 있지 운영에 관해선 티끌만큼도 모르는 데다 아무것도 책임지지 않는다. 발주 넣는 것도 직원 관리도 하기 싫은데, 사장이니 밑에 있는 사람에게 그걸 시켜야 했고, 그래서 선숙을 점장으로 승진시킨 것이다. 민식은 편의점이란 원래 오토로 돌리는 거라며, 알아서 잘 돌아가게 해달라고 했다. 말은 그렇게 하고 형편 운운하며 점장 급여에는 짜게 굴었다. 그리하여 선숙은 알바 때보다 고작 40만 원을 더 받으며 발주부터 직원 관리까지 과중한 업무를 떠맡게 된 것이었다.

거절할 수 없었던 이유는 단 하나. 영숙 언니였다. 자신의 손을 잡고 가게와 민식을 함께 부탁하던 그녀의 눈빛을 기억하기 때문이었다.

오늘은 정 군이 휴무를 신청했고 대체 알바가 구해지지 않아 저녁까지 선숙이 꼬박 편의점을 지켜야 했다. 어둠이 찾아오고 퇴근길 손님이 들기 시작하자 피로가 훅 몰려왔기에, 그녀는 즐겨 마시지 않는 에너지 드링크를 두 개나 비워냈다.

그때 문을 열고 곽 선생이 들어왔다. 선숙은 시계를 살폈다. 평소보다 두 시간이나 일렀다. 곽 선생은 정 군이 오늘 쉰다고 들었다며, 교대를 해드려야 할 거 같아 일찍 나왔다고 말했다.

살짝 감격했던 선숙은 그의 심심함에 콧방귀를 뀌었다. 아니, 이럴 거면 일찍 나오겠다고 미리 말했으면 얼마나 좋아! 사람이 좀 호기도 부리고 농담도 하면 좋을 텐데…… 가족들이 참 답답했겠네, 라고 생각하다가 집 나간 자신의 남편이 떠오르자 콧방귀는 이내 한숨으로 바뀌어버렸다. 젠장.

이럴 때면 골든 레트리버가 그중 나았다는 생각이 들었다. 코로나가 터지고 얼마 안 돼 매장을 떠난 야간 알바 사내. 그 인간은 어디서 잘 살고 있으려나? 잠시 궁금증이 일었지만, 지치고 허기진 나머지 생각을 접고 귀가를 준비했다.

"참, 강 사장이 퇴직 수락했습니다."

근무 조끼를 벗고 창고에서 나오는 그녀에게 곽 선생이 말했다. 그제야 아침의 기억이 떠올랐다. 선숙은 호기심 가득한 눈빛으로 곽 선생에게 다가갔다.

"강 사장이 뭐래요? 시급 올려준다고 가지 말래요?"

"예. 그래서 시급 5만 원 하면 안 가겠다고 답했지요."

"그랬더니 뭐래요?"

"그동안 즐거웠고 다시 보지 말자고 하더군요."

"아휴, 성질머리 하고는."

"괜찮습니다. 그 친구 레퍼토립니다. 벌써 수차례 들었어요. 제가 이 편의점 알바한다고 했을 때도 그렇게 말하며 일하지 말라고 했던 게 기억나네요."

곽 선생이 마스크 안에서 입꼬리를 실룩이는 게 느껴졌다.

그렇다면 야간 알바 구인이 시급하다. 선숙은 에코백을 내려놓고 곽 선생을 나오게 한 뒤 카운터 안으로 진입했다. 안쪽에 자리한 컴퓨터로 알바 사이트에 구인 공고를 올렸고, ALWAYS편의점 전용 구인 전단을 출력해 볼펜으로 내용을 채웠다. 마지막으로 전단에 스카치테이프를 붙인 뒤 곽 선생을 돌아봤다.

"안 그래도 처지고 있었는데, 일찍 나와줘 고마워요."

"별말씀을요. 갑자기 그만두어 송구할 따름입니다."

목례를 하는 그에게 그녀 역시 고개를 숙여 답했다.

유리문을 열고 나온 선숙은 주말 알바 구인 전단 옆에 방금 출력한 야간 알바 구인 전단을 붙였다. 나 원 참, 원 플러스 원 구인 전단이라니. 이 편의점이 알바 잡아먹는 곳이라 오해받을까 걱정이 들었다.

그래도 집으로 돌아가는 길에는 콧노래가 나왔다. 아들이 좋아하는 비빔밥 삼각김밥을 두 개나 챙겼고 돌아가 예뻐와 까미를 산책시킬 시간도 번 것이다. 역시 퇴근이 피로회복제다. 아까의 노곤함은 간데없이 선숙은 종종걸음으로 여름 밤거리를 지나 집에 다다랐다.

아들의 방에선 여전히 총소리가 터져 나왔다. 그러나 그것이 게임 속 소음이 아니고 외국 드라마의 액션 장면이란 걸 그녀는 예상할 수 있었다.

지난해 가을, 아들은 오랜 칩거를 끝내고 취업에 성공했다. 이런 시기에 용케 들어간 그곳은 영화와 드라마를 만드는 제작사다. 대기업을 때려치운 아들이 영화계에 발을 들였을 즈음 알게 된 영화 제작자의 회사라고 들었다. 코로나로 영화계가 힘든 상황이라 영화 제작사도 드라마 제작을 하게 됐고, 이에 새로 인력을 충원하며 아들에게 제안이 왔다고 했다. 한때 쓸데없는 영화 일 같은 걸 한다고 타박했는데, 그쪽으로 일이 풀리는 걸 보며 선숙은 세상일이란 참 알다가도 모르겠다는 생각이 들었다.

뿐만 아니라 드라마 기획 피디라는 아들의 직업은 선숙이 보기엔 묘하기 그지없었다. 하루 종일 한국과 미국, 일본, 중국 드라마를 보는 게 일이었다. 물론 감상하는 것 말고도 다른 일들이 더 있겠지만, 그녀가 보기엔 일 같지 않은 일을 하면서 아들이 매달 월급을 받는 게 놀라웠다. 심지어 재택근무를 하며 일주일에 두 번밖에 회사에 나가지 않았다. 그러니까 자기 방에서 일을 했고, 그 모습은 과거 아들이 게임에 빠져 방에 처박혀 있는 것과 비슷해 보였기에 신기하지 않을 수 없었다.

아들은 이제 OTT 시대라면서 넷플릭스라는 돈 내고 보는 채널이 있다고 했다. 자기 회사는 그곳에 작품을 걸 거라고 했다. 선숙은 용어부터 이해가 잘 안 됐지만 아들이 초롱초롱한 눈빛으로 설명해주는 모습이 그저 흡족했다. 자랑하고 싶은 자기 일을 하게 된 아들이 대견했고, 그걸 엄마에게 표현해준다는 게 고마웠다. 불과 1년 반 동안 일어난 두 사람 사이의 변화였다.

선숙은 이제 아들을 닦달하지 않는다. 안정적인 고시 같은 걸 보라고도 안 한다. 결혼하라는 말도 안 하기로 했다. 아들 세대 앞에 놓인 세상 형편이 자신이 젊을 때의 기준과 다르다는 걸, 아들의 설명을 듣고 인정한 뒤에 일어난 변화였다. 자신과 분리되려는 아들의 모습을 두려워했지만 이제는 서로의 차이를 알게 되었고, 거리를 지키게 되었다.

다 큰 아들의 삶 역시 '될 대로 되겠지!'였다. 엄마가 좌지우지할 수 있는 게 아니란 걸 용인하고 나자 아들이 무슨 일을 해도 믿고 지지할 수 있게 되었다. 돈을 많이 못 버는 일이어도 그것이 아들이 좋아하는 일이라면, 자신도 좋아해보겠다고 마음먹었다.

아들 역시 엄마가 점장이 되자 이것저것 살펴주었다. 어릴 적 치과 가기 싫어하던 것처럼 엄마의 편의점 오기를 질색하던 녀석이, 이제 수시로 들러 매장을 살피며 조언을 해주었다. 얼마 전 과감하게 발주를 넣은 신상 캔 커피도 아들의 추천이었다. 과테말라 고급 원두를 쓴다는 그 상품은 꽤 팔려 곧 추가 주문을 넣었다. 거리두기로 사람들이 카페를 덜 가니 편의점에서 괜찮은 커피 상품을 찾을 거라던 아들의 추천 이유가 맞아떨어진 것이다. 물론 매출이 오른 것 못지않게 아들이 엄마 일에 관심을 가져준다는 게 선숙을 기쁘게 했다.

어느새 총소리가 줄어들고 웅장한 음악이 아들 방에서 흘러나왔다. 드라마 한 회가 끝나가나 보다. 선숙은 비빔밥 삼각김밥 두 개를 식탁에 마주 세워둔 뒤, 아까부터 낑낑대는 예삐와 까미에게 목줄을 채워 집을 나섰다. 드라마 보는 일을 마치고 나온 아들이 비빔밥 삼각김밥을 보고 반색할 모습을 떠올리며, 뿌듯한 마음으로 산책을 시작했다.

다음 날 오후, 편의점에 들어선 강 사장의 몰골은 도저히 봐주기 힘들었다. 부어오른 살집에 박스형 반팔 티가 쫄티 꼴이 되었고, 땀 냄새와 술 냄새가 오묘하게 섞여 당장이라도 환기를 해야 할 판이었다.

강 사장은 반바지 아래 두툼한 허벅지를 긁으며 매장 안을 어슬렁댔다. 마치 이 골목이 자신의 영역이라는 걸 알리기 위해 곳곳에 오줌을 싸는 개처럼 두리번대며 진열대를 살폈다. 선숙은 그러거나 말거나 신경을 끄고 계산대로 온 여자 손님에게 집중했는데, 마스크를 썼음에도 손님이 코를 찡그리는 게 느껴졌다.

선숙이 계산을 마치자 손님이 나갔고, 기다렸다는 듯 강 사장이 앞에 와 섰다.

"이모. 발주 너무 막 하는 거 아니에요?"

"뭐가 문젠데?"

"저기 안 나가는 여름 과일들 왜 계속 들여요? 조각 수박이며, 파인애플이며? 예?"

"안 나가긴. 매출 확인해봐. 여기 여대 앞이거든. 여학생들이 과일 챙겨 먹는 거 모르지?"

"쩝. 저거 시들어 보여서 맛대가리 없을 거 같은데……."

"흰소리 말고 매장에나 자주 나와. 그럼 알 테니까."

"아니, 점장이 떡하니 있는데 내가 자주 오면 인력 낭비죠. 난 이모만 믿는다니까."

강 사장이 능글맞은 표정으로 돌아서 냉장고로 향했다. 그리고 맥주 네 캔을 꺼내 들고 다시 왔다. 당연히 계산은 안 한다. 봉지도 그냥 줘야 한다. 사장이니 그건 뭐라 못 해도 입 다물고 있을 선숙이 아니었다.

"사업 구상하고 있는 거 맞아? 술 좀 작작 드셔. 대낮부터 맥주 마시고 그럼 되겠어?"

"모르시긴. 낮 맥주가 머리를 기막히게 깨우거든요. 비록 내가…… 이 맥주 사업 통수 맞고 타격이 있었지만, 두고 보세요. 내가, 꺼억."

엄청난 트림 냄새가 마스크마저 뚫고 들어와 선숙은 대놓고 미간을 찌푸렸다. 아, 이 자식. 정말 영숙 언니 아들만 아니면……. 그녀는 놈의 등짝을 후려치고 싶은 걸 겨우 참아냈다.

선숙의 속도 모르고 히죽 웃으며 편의점을 나가던 강 사장이 순간 멈춰 섰다. 구인 전단을 살핀 녀석은 꼬투리를 잡아 즐거운 학생주임처럼 의기양양 다가왔다.

"이모, 진짜! 야간 알바 이거 주 5일 뭐야? 이틀씩 사흘씩 끊으라고 했잖아요!"

"안 돼. 그럼 아무도 지원 안 해."

"주 5일 풀로 쓰면 주휴수당은 어쩌려고? 주 5일 연속 근무는 이모랑 곽 씨 아저씨로 끝이라고 몇 번이나 말했어요?"

"그럼 사람 못 구할걸. 강 사장이라면 주말도 아니고 평일에 이틀만 밤 근무 하겠어?"

"하지. 개털들이! 요즘 코로나라 알바 자리 귀하다던데, 더구나 방학 아닌가? 대학생들 알바 구하기 전쟁이라던데? 이모. 내가 아무리 바지사장이라지만 내 말 너무 씹으면 섭해요. 전단 이틀 사흘로 고치고, 그 알바 사이트도 고치고."

끙.

일단 비는 피하기로 했다. 알겠다고만 답했다. 왜냐면 강 사장은 저렇게 떠들고도 곧 신경 끄고 퍼질 테니까. 지난번 정 군 고용 때도 그랬다. 군대도 안 간 어리바리니 최저시급 주지 말자고 우기다가 결국 흐지부지되지 않았나.

선숙은 화를 꾹 참고 강 사장을 따라가 문 앞에서 배웅하며 전단을 떼는 시늉만 했다.

이틀 사흘로 올리면 일주일 안에 야간 알바 구하기는 불가능이다. 당장 다음 주에 비는 곽 선생의 자리를 채우려면 이 수밖에 없다. 일단 주 5일로 뽑고, 강 사장이 반대하면 사람 못 구했으니 직접 일하라고 선숙도 강짜를 부리기로 했다. 강 사장은 자기가 사회에서 세게 굴렀다고 유세를 떨지만, 산전수전 공중전 다 겪은 본인 오선숙도 만만치 않다는 걸 일깨워줄 때가 된 듯했다.

정 군과의 근무 교대를 앞둔 네 시가 다 되어갈 즈음, 계산대 앞으로 한 젊은 여자 손님이 초콜릿을 들고 와 섰다. 계산을 마치고 물건을 받은 손님은 돌아서려다 잠시 머뭇거렸다.

"저기요. 혹시……."

야간 알바다. 야간 알바 지원자여야 한다!

속으로 되뇌며 선숙이 그녀와 눈을 마주쳤다. 마스크 위로 진한 눈썹에 차분한 눈빛이 고와 보였다. 아니, 요새는 마스크를 써서인지 젊은 사람들 인상이 다 좋아 보였다.

"알바하시게? 숙대생이에요?"

성격 급한 선숙이 질문을 터뜨렸다. 여자 손님이 다시 멈칫하고는 마스크 안에서 입을 조물거리는 게 느껴졌다.

"그게요, 야간에 알바……."

"맞아요. 야간 알바 구해요. 여기 동네라 안 위험해. 지구대도 가까워. 여자도 충분히 할 수 있다니까."

"그게 아니고요, 야간에 알바하시는 분 있잖아요. 환갑 좀 지나 보이시는."

웅? 곽 선생은 갑자기 왜? 선숙은 그녀가 알바 지원자가 아니라 김이 샜고, 절로 퉁명스러워졌다.

"그분은 왜요?"

"저번에 안 계시던데, 어디 아프시거나 그래서 그만둔 건가요?"

"아니. 휴무 낸 건데. 어제는 근무하셨지. 그런데 왜요? 곽 선생이랑 아는 사인가?"

여자 손님이 수줍어서 그러는 건지 수긍을 한다는 건지 고개를 살짝 움직였다. 선숙은 답답해 참을 수가 없었지만, 그녀의 조심스러운 태도에 순간 머릿속이 번쩍했다.

"혹시, 곽 선생 딸이에요?"

그러자 토끼처럼 눈이 커진 그녀가 선숙 앞으로 몸을 들이밀며 물었다.

"어떻게 아셨어요? 저 아빠랑 닮은 구석이 없는데……."

"곽 선생이 딸 하나 아들 하나 있다고 했어요. 나한테 사진도 보여줬는데 마스크 써서 내가 못 알아봤네. 근데 자세히 보니 일자눈썹이 비슷해. 그치? 닮은 데 있네요."

곽 선생의 딸이 이마를 한번 쓸고는 선숙의 눈치를 살피는 게 느껴졌다. 그때 딸랑 소리와 함께 정 군이 들어왔다. 정 군은 특유의 하는 둥 마는 둥 묵례를 하고 창고로 향했다.

"저, 곧 교대인 거 같은데…… 괜찮으시면 잠깐 얘기 좀 하실래요? 제가 차 한잔 살게요."

그녀가 선숙을 똑바로 응시하며 말했다.

뭔가 성가신 일로 느껴졌지만 자신을 향한 그녀의 간절한 눈빛에 피할 도리가 없어 보였다.

얼음 뜬 연갈색 음료에 시럽을 듬뿍 뿌려 빨대로 휘휘 저은 뒤 한 모금 쭉 빨았다. 달고 시원한 아이스카페라테는 선숙의 여름 최애 음료다. 물론 누가 사줄 때만 마신다. 평소 그녀는 커피에 돈 쓰는 걸 아까워했기에, 이럴 때는 꼭 아이스카페라테를 마셔줘야 했다.

다시 한 모금 마시고 여유를 머금은 선숙은 곽 선생 딸을 바라보았다. 말해보라는 눈빛을 보내자 그녀는 입가에 가져가던 아메리카노 머그잔을 내려놓고 선숙을 응시했다.

"저는 학창 시절에 수영선수였어요. 돈도 꽤 들었는데 아쉽게도 선수로 성공하진 못했고요. 지금은 수영 강사로 살고 있어요. 그런데 그나마도 코로나로 일거리가 줄어 일주일에 며칠 안 나가요."

"그래서 낮에 찾아올 수 있었군요. 평일에 직장인이면 오기가 그럴 텐데."

"사실 먼저, 저희 아버지가 선생님께 제 이야기를 하셨다는 데 놀랐어요."

"선생님 말고, 그냥 오 여사라고 불러요."

"예. 오 여사님. 아시는지 모르겠지만 저희 부모님은 몇 해 전에 이혼하셨고요, 아버지와 서먹한 저와 남동생은 자연스레 멀어지게 되었어요. 이후로 전화를 드리면 왜 걸었냐고 취조하듯 물으시고, 전화를 안 하면 직접 연락을 하셔서 왜 요즘은 전화 안 하냐고 물으시고…… 도무지 아버지와는 대화가 안 됐어요. 워낙 무뚝뚝한 성격에 경찰 생활이 몸에 밴 분이라 좀 무서우시거든요. 게다가 함께 살 때 어머니와 싸우는 걸 많이 본 저희는…… 아니, 싸웠다기보다 아버지가 일방적으로 폭언을 하고 화를 내시는 걸 보며 자란 저희는, 어쩔 수 없이 상처를 받았고요."

그녀는 감정이 격해지는지 잠시 말을 멈췄다. 선숙은 커피를 들라는 시늉을 했고, 그녀는 머그잔을 입에 가져가 입술만 축인 뒤 말을 이어갔다.

"동생은 지방에서 회사를 다니지만 저는 서울에서 어머니랑 같이 살아요. 어머니는 아버지에 대해 이야기하는 걸 싫어하시는데, 저는 사실 사회생활 시작하고 나서 아버지 생각이 종종 났어요. 아버지가 제 수영 강습비니 대회 참가비니 다 감당하셨고, 심지어 대회가 있는 날 주요 사건 수사를 뒤로하고 몰래 경기를 보고 가셨다는 것도 나중에 알게 됐어요. 늘 무뚝뚝하셨지만 뒤로는 제가 선수가 되는 데 필요한 걸 다 책임져주셨죠. 다만 선수로 성공하지 못한 뒤에 저는 늘 주눅이 들었고, 그걸 못마땅하게 여긴 아버지와도 갈등이 더 생긴 거 같아요."

그녀의 말이 빨라질수록 선숙 역시 이야기에 몰입되어갔다. 선숙은 빨대로 남은 아이스카페라테를 저으며 눈을 반짝였다.

"하지만 어떻게 관계를 풀어야 할지 도무지 모르겠더라고요. 마치 텅 빈 시간처럼 제 10대의 어느 순간부터 지금까지 아버지와 제대로 된 대화를 나눠보지 못했거든요. 그런데 얼마 전 고모에게 전화가 왔어요. 고모는 최근에 아버지를 보러 서울에 왔다가 엄청 놀라셨다는 거예요. 혼자 사는 원룸도 깔끔하고, 밥도 잘해 드시고, 심지어 편의점 야간 알바를 하며 지낸다고 하시더라고요. 그러면서 혼자 살며 아버지가 많이 약해지셨다고, 너희들이 가끔이라도 좀 살펴봐주면 안 되냐고 하셨어요. 저는 무엇보다 아버지가 편의점에서 일하신다는 게 통 상상이 되지 않아서 의아했어요. 항상 고압적이셨거든요. 식당에 가서도 사소한 문제에도 호통을 치셨어요. 흔히 말하는 갑질 같은 행동 말이에요. 그런 분이 편의점 알바를 하신다는 게 정말이지⋯⋯ 상상이 안 됐어요. 가만, 제가 사연을 너무 마구잡이로 늘어놔서 죄송해요. 저는 다만, 제가 어떻게 해야 할지 몰라서 며칠 전 밤에 이 편의점을 찾아와봤는데⋯⋯ 아, 그게요⋯⋯."

그녀의 표정이 갑자기 붉게 상기되었다. 힘들어하는 게 느껴졌고, 선숙은 가만히 그녀를 바라보다 살짝 미소를 지어 보였다. 그녀가 고개를 숙이고 물기를 머금은 채 "죄송해요"라고 속삭였다. 고개를 들지 못하는 그녀에게 선숙이 휴지를 건넸다.

"두서없어도 무슨 말인지 알아들을 거 같네요. 나, 시간 많아. 괜찮으니까 편히 말해요. 곽 선생이랑 그래도 1년 넘게 일하며 나도 고마운 게 있거든. 따님분 힘들게 용기 내 왔는데, 내가 도울 건 도 와볼게요. 응?"

휴지를 받아 든 곽 선생 딸이 서둘러 눈물을 훔치기 시작했다. 선 숙은 남은 아이스카페라테를 마저 마셨다. 잠시 뒤 진정한 그녀가 뭐라도 더 드시겠냐고 물었다. 선숙은 음료는 됐고 원래 귀가해 간 식 먹을 시간이니 쿠키나 조각 케이크라도 먹으면 좋겠다고 답했 다. 그녀가 카페 디저트 진열대로 향했고, 선숙은 이왕 이렇게 된 거 음식 대접이라도 잘 받고 자기 시간을 내주기로 마음먹었다.

주문을 마치고 돌아온 곽 선생 딸이 한결 침착해진 얼굴로 선숙 앞에 마주 앉았다.

집으로 향하며 선숙은 생각에 생각을 더했다. 곽 선생은 정말 딸 을 알아보지 못한 것일까? 아니면 외면한 것일까? 마음 같아서는 바로 전화를 걸어 물어보고 싶었지만, 그건 또 예의가 아니고 딸의 부탁과도 맞지 않았다.

지난주 도저히 혼자 올 용기가 안 난 그녀는 친구를 대동하고 야 간에 편의점을 찾았고, 상품을 골라 조심스레 카운터로 향했다고 했다. 그런데 곽 선생은 딸을 본체만체하고 계산을 했다는 것이었 다. 혹시 마스크를 써 못 알아본 건가 의문도 들었지만, 그렇다고 마스크를 벗고 다시 편의점으로 들어가기엔 발걸음이 떨어지지 않 았다고 했다. 친구는 아버지가 손님들과 눈을 안 마주치는 거 같다 며, 그래서 몰라봤을 거라고 했지만, 그건 그것대로 서운한 일이었다. 어떻게 마스크를 썼기로서니 딸을 못 알아볼 수 있을까? 아니면 알아보고도 무시한 것일까? 어떤 것이든 그녀에겐 실망으로 다가왔고, 며칠간 마음이 불편하고 가슴이 저렸다고 했다.

고민 끝에 그녀는 이번 주에 다시 편의점을 찾았으나 곽 선생의 부재를 접하고 걱정이 되었다고 했다. 이러다 아버지가 편의점을 그만두면 다시 만날 수 없는 게 아닐까? 결국 아버지와 독대를 해야 하는데, 자꾸 자신감이 떨어진 나머지 무작정 낮에 와봤고, 선숙을 보자 무언가 말해줄 수 있는 분 같다는 생각이 들어 대화를 청했다는 것이었다.

평소 같았으면 선숙은 거침없이 생각을 털어놓았겠지만 이번에는 그럴 수가 없었다. 신중해야 했다.

막무가내. 어찌 보면 자신의 지난 삶에서 선숙이 일을 해결하는 방식이었다. 남편과 아들을 대할 때도 그런 면이 없지 않았다. 신중하게 처리해야 하는 일들이 있고, 그때는 '나'가 아니라 관찰자의 시점으로 자신의 사안을 바라봐야 한다고 배웠다. 누구에게? 영숙 언니에게. 아들과 대화의 물꼬를 튼 시점에서 얼마 안 지나 다시 성질이 끓어오르던 찰나, 그녀의 주의 깊은 조언으로 아들에게 막무가내 따지는 버릇을 잠재울 수 있었다.

이후 선숙은 영숙 언니에게 고맙다고 밥을 샀고, 당시 유행하던 마라탕이란 걸 먹으며 한바탕 수다를 떨었다. 조언 덕에 아들과 관계가 한결 나아졌다는 말에 영숙 언니는 그런데 그게 도대체 자기 문제에는 안 먹히는 게 수수께끼라며 풀이 죽었다. 이에 선숙은 매운 음식을 먹으면 스트레스가 풀리니 마라탕 국물을 시원하게 들이켜라고 했고, 그래서 영숙 언니가 마라탕 국물을 그릇째 들이켜다가 사레가 들려 한참을 고생했던 일이 떠올랐다. 맵지만 맛있는 음식 같은 영숙 언니와의 추억에 선숙은 코끝이 다 시려왔다.

아무튼 고심 끝에 선숙이 내린 결론은 눈 밝은 곽 선생이 딸을 못 알아봤을 리 만무하다였다. 하지만 역시 주의 깊게 다뤄야 하는 문제였기에, 내일 근무 교대 때 직접 물어보기로 마음먹었다. 처음엔 곽 선생 딸에게 용기가 나면 다시 찾아오라고 말하려 했으나, 생각해보니 곽 선생은 곧 편의점을 떠난다. 서둘러야 했다. 선숙은 자기 앞에서 노심초사하던 사람을 위해 대신 용기를 내기로 했다.

"오늘도 400명 넘었대요. 정말이지 줄질 않아요."

편의점 문을 열고 들어서자마자 선숙은 카운터의 곽 선생을 향해 외쳤다. 기존 '식사 여부'와 '오늘의 날씨'에 이어 한국인의 아침 인사가 되어버린 '전날 코로나 확진자 수'로 운을 뗐다. 곽 선생은 동의한다는 눈빛으로 고개만 끄덕였다. 역시 입이 무거운 사내다.

"코로나 걸릴까 봐 무서워 죽겠어요. 아직 1차도 못 맞았고."

다시 한번 운을 뗐다.

"언제 맞으십니까?"

이미 코로나 백신 1차 접종을 마친 곽 선생이 인사차 물어왔다.

"이번 달 말인데, 맞은 사람들이 엄청 고생했다고 해서 걱정이 크네요. 아, 그때 곽 선생님도 아파서 하루 못 나오셨죠?"

"그랬죠."

"휴. 나도 나지만 우리 아들 차례는 언제 돌아오나. 암튼 그때까지 내가 어디 꼼짝도 말고 집에 있으라 했어요. 다행히 재택근무라 싸돌아다닐 일은 없더라고요."

아들 이야기로 본론을 열었다.

"다행이군요."

"자제분들은 어떠세요? 다들 안전하죠?"

내 아들 이야기를 했으니 당신 딸 이야기도 해주셔야지. 하지만 그는 머뭇거리며 시선을 통창 너머로 흘릴 뿐이었다. 어쩔 수 없다. 선숙은 장기인 압박을 가하기로 했다.

"있잖아요, 자식들과 서먹해도 이런 땐 연락해야 해요. 코로나에 좀 어떠냐고, 거리두기 잘하고 있냐고. 요즘 이게 다 인사예요. 그리고 중요한 문제잖아요."

"물론…… 그렇죠."

"지금이라도 연락해보세요. 저한테 저번에 자녀분들 사진도 보여주셨잖아요. 다들 인상이 좋아서 그때 참 부러웠는데 말이야."

이번엔 부추겨보는 거다. 그러자 곽 선생의 눈초리가 부드러워지는 게 보였다.

"그랬나요?"

"그럼요. 특히 따님이 곱고 반듯한 게 우리 아들이 세 살 어리지만 않았으면 탐낼 뻔했다니까요. 오호호."

선숙은 필살기를 썼다. 곽 선생은 독침이라도 맞은 듯 골똘한 표정으로 굳어 있었다. 그녀는 창고로 가지 않고 카운터 주변을 서성였다.

"사실 얼마 전에 딸을 만났습니다."

곽 선생의 말이 끝나자마자 선숙은 반사적으로 카운터를 향해 몸을 들이댔다.

"어머, 그래요? 잘 지내고 있죠?"

"예. 마스크 잘 쓰고 다니고, 괜찮아 보이더라고요."

"어디서 만나셨어요? 음식점? 딸한테 맛있는 거 사주고 그랬나요? 아니, 이제 딸이 아빠 사줘야 하는구나!"

선숙은 계속 능치며 곽 선생을 살폈다.

"그게, 잠깐 봤습니다. 밥 먹고 그러진 못하고."

"아쉬웠겠어요. 하긴, 요즘 돌아다니며 밥 먹는 것도 그래요. 잠깐이라도 봤음 됐죠. 정말 잘하셨네."

선숙은 창고로 향했다. 에코백을 보관함에 두고 근무 조끼를 입고 나오니, 고개를 숙인 채 생각에 잠긴 곽 선생이 눈에 들어왔다. 옳거니. 판이 깔렸다. 이제 딸이 왔다 간 걸 솔직히 말하고 다음에 딸이 오면 제대로 이야기를 나누라고 말해줘야지. 마침 손님 하나 오지 않으니 그야말로 적절한 타이밍이었다.

선숙은 회심의 미소를 지으며 곽 선생 앞에 와 섰다. 그때였다. 곽 선생이 고개를 들어 선숙을 똑바로 응시했다.

"안 그래도 여쭤보려고 했는데, 어제 점장님께 제 딸이 무슨 이야기를 했습니까?"

순간 선숙은 뇌성벽력이라도 들은 것처럼 꼼짝할 수 없었다. 팔에는 금세 소름이 돋았다. 또렷한 눈빛으로 그녀를 바라보며 묻는 곽 선생의 모습이 범인을 취조하는 형사 같았다. 선숙은 이게 무슨 일인지 파악하려 애썼다. 곽 선생은 내가 어제 딸을 만난 걸 이미 알고 있다. 그걸 본 사람은 저녁 알바 정 군뿐이다. 그렇다면 정 군이?

"CCTV를 돌려 봤습니다. 지난 며칠째 그래왔거든요."

혁. CCTV? 이 사람 진짜 전직 형사 맞네. 선숙은 어른에게 꿍꿍이를 들킨 아이처럼 움츠러들었다. 하지만 이대로 있기에는 그녀의 자존심이 허락하지 않았다.

"CCTV를 확인했어요? 허 참. 그거 점장만 볼 수 있는 건데, 함부로 그러시면 안 되죠!"

"미안합니다. 하지만, 그날 이후로 딸이 또 왔다 갔는지 궁금해 안 볼 수가 없었습니다. 매일 확인했습니다. 어제 딸이 와서 점장님과 함께 나가더군요. 그래서 안 그래도 많이 궁금했습니다. 점장님과 딸이 무슨 이야기를 나눴는지……."

"무슨 이야기는 무슨 이야기겠어요. 아빠 흉본 거지."

"아……."

"농담이에요. 딸은 확인하고 싶어 했어요. 아빠가 정말 자길 못 알아본 건지, 알아보고도 외면한 건지. 지금 보니까 알아보신 거 맞네. 근데 대체 왜 그런 거예요? 왜 못 알아본 척했냐고요?"

선숙은 자기도 모르게 쏘아붙였다. 곽 선생은 고개를 숙이며 그녀의 시선을 피했다. 그가 특유의 침묵 모드에 들어갔다. 괜한 말을 했나 후회가 들 찰나 곽 선생이 고개를 들어 그녀를 살폈다.

"부끄럽군요."

"……뭐가요?"

"갑자기 온 딸을 보고 선뜻 용기가 나지 않았습니다."

선숙이 혀를 차는 소리가 마스크를 뚫고 나오자 곽 선생이 눈을 끔뻑이고 덧붙였다.

"가족도 손님처럼 대하라고 누가 그랬는데, 그게 몸에 배서인지 진짜 가족도 손님처럼만 대했나 봅니다. 제가 넋이 나갔습니다."

"아이고야."

추임새를 넣으며 선숙이 회심의 미소를 지었다. 전직 형사는 당신이지만 진술은 내가 받아냈다. 그녀는 승기를 잡은 듯 굳은 표정의 곽 선생을 바라봤다. 그리고 준비해 온 말을 신중하게 건넸다.

"따님에게 제가 연락하기로 했어요. 따님은 아버지가 진짜 몰라본 건지 용기를 못 낸 건지 궁금해했거든요. 오늘 연락하면서 아버지가 다음 주 목요일까지 일한다는 것도 알릴 거예요. 그러니까 퇴사 전에 딸이 찾아오면, 그땐 먼저 아는 척하세요."

곽 선생이 말없이 고개를 끄덕였다.

"따님이 하고 싶은 이야기가 많은가 봐요. 오죽하면 저한테 커피에 케이크까지 대접하며 아빠에 대해 물었겠어요. 그러니까 아는 척하고, 얘기 들어주고, 여기 편의점 삼각김밥이든 캔 커피든 건네 줘요. 그건 달아놔요. 내가 쏘는 거니까."

"알겠습니다. 그리고…… 고맙습니다."

다시 고개를 숙이는 곽 선생을 말리곤 선숙은 시재 점검을 핑계로 그를 카운터에서 몰아냈다. 곽 선생은 머뭇거리다가 곧 창고로 들어가더니 한동안 나오지 않았다.

그런데 삼각김밥은 왜 주라고 한 걸까? 선숙은 갑자기 삼각김밥을 쥔 큰 개의 모습이 떠올라 키득거려야 했다. 골든 레트리버를 닮은 곽 선생의 전임자와 곽 선생, 두 사람이 그동안 편의점의 밤을 지켜줬다. 그랬는데, 그런데, 새 야간 알바를 어찌해야 하지? 아직도 지원은커녕 문의 하나 오지 않았다. 이 점포의 밤을 책임질 파수꾼을 새로 구해야 한다는 압박에 점장 선숙은 다시 머리가 지끈거렸다.

근무를 마치고 퇴근하려는 선숙에게 진열대를 정리하던 정 군이 다가왔다. 돌부처 뺨치는 정 군이 먼저 말을 꺼내려는 걸 보고 퍼뜩 긴장이 됐다. 그만둔다는 말은 제발 하지 말아줘. 야간 알바와 주말 알바 구하기도 벅찬데, 정 군 너까지 그만두면 진짜 낭패가 아닐 수 없단다.

정 군의 용건이 퇴사는 아니었지만 선숙은 또 한 번 스트레스를 받아야 했다. 그의 말에 따르면 어제저녁 한 사내가 찾아와 야간 알바로 일하고 싶다고 했고, 그래서 점장님이 계신 낮에 다시 오라고 했다는 것이었다. 이에 왜 내 번호로 연락을 하라고 하지 않았냐고 선숙이 묻자, 정 군이 황당한 답을 내놓았다.

"그건 제 일이 아니잖아요."

흥분한 나머지 선숙은 지금 야간 알바 다급한 걸 모르냐? 내 전화번호 알려주는 게 무슨 힘든 일이라고 그거 하나 못 하냐? 마구 쏘아붙였다. 이에 정 군이 당황해하며 자기는 점장님 쉬는 시간에 전화받기 싫어하실 것 같아 안 알렸다고 답했다. 거짓말이다. 그냥 귀찮았을 뿐이다. 무신경하고 관심이 없을 뿐이다. 일하는 가게에 문제가 생겨도 동료가 곤란해져도 자기 시급만 받으면 되는 것이다.

"오늘 내 시간에 야간 알바 지원자 없었거든. 정 군. 가게가 힘들어지면 자기도 여러모로 불편해질 텐데 어떻게 자기 일 아니라고 그래? 그러면 안 돼."

반성을 하는지 마스크 안에서 혀를 내놓았는지 모를 녀석에게 힘주어 말한 뒤 선숙은 편의점을 나섰다.

집에 온 그녀는 저녁을 차리고 아들의 퇴근을 기다렸다. 얼마 뒤 재택근무를 마치고 방에서 나온 아들은 트레이닝 반바지에 반팔 와이셔츠 차림이라 우스꽝스러워 보였다. 그럼에도, 어차피 상체만 보이니까 별문제 없다며 웃는 아들의 넉살이 듬직해 보였다.

선숙은 퇴근할 때 있었던 정 군의 무성의한 일처리에 대해 아들에게 이야기했다. 요즘 애들은 왜 그런 거냐고 따져 묻자 아들이 피식 웃었다. 아들은 요즘 애들이 그런 게 아니라 그 알바가 눈치가 없는 거 같다며, 신경 쓰지 말라고 했다. 어떻게 같이 일하는 사람이고 내가 관리하는 직원인데 신경을 안 쓰냐고 한마디 하자 아들이 수저질을 멈추고는 말했다.

"엄마. 점장 되고 관리하느라 그러는 건 알겠는데, 사람들 많이 신경 쓰지 마. 엄마만 힘들어. 인간관계, 거리 딱 두는 게 좋더라고.

동료든 친구든.”

‘가족은 어떻더냐?’라고 물으려다 참았다.

아들 말이 맞다. 선숙도 한때 사람 따위 믿지도 챙기지도 않았다. 믿을 건 개들뿐이라고, 방송 프로그램 제목처럼 개만이 훌륭하다고 믿었다. 하지만 굳이 믿지 않아도 호의를 베푸는 게 가능하다는 걸 지금은 알고 있다. 그러자 까먹고 있던 일이 떠올랐다.

식사를 마치자마자 선숙은 휴대폰을 집어 들었다. 잠시 뒤 곽 선생의 딸이 기다렸다는 듯 빠르게 전화기 저편에 등장해주었다.

다음 날 선숙은 근무 중 짬짬이 가게 유선전화기를 사용했다. 편의점을 거쳐 간 알바들에게 전화를 걸어 야간 알바 자원을 알아봐 달라고 부탁했다. 하지만 젊은 사람들은 야간 알바 싫어한다는 답만 돌아왔다. 주변에 노는 형이나 삼촌 혹은 명퇴한 아버지도 좋으니 소개해달라고 하고 싶었지만, 거기까지는 말이 안 나왔다. 대신 우리 편의점이 손님 없어 안 바쁘고, 주택가라 밤에도 안전하지 않냐고, 그나마 있는 장점을 강조했다. 하지만 마지막 희망을 걸고 통화했던 알바 학생은 이런 말을 남겼다.

“점장님. 솔직히 전 손님 없어 별로였어요. 장사 넘 안 되면 시간 안 가요. 그리고 아무리 알바라도 마음 쫌 불편하거든요.”

이걸 고마워해야 하나 민망해해야 하나 잠시 고민한 선숙은, 솔직히 말해줘 고맙다고만 답했다. 그때 딸랑 소리와 함께 손님이 들어왔다. 선숙은 전화기를 내려놓고 인사했다.

"어서 오세요."

손님은 빠르게 진열장 사이로 사라졌다. 선숙은 한숨을 내쉬곤 노트에 적힌 마지막 알바 학생 연락처에 가위표를 그었다. 그때 화장지 24롤을 들고 손님이 카운터로 다가왔다. 덩치가 좀 있는 남성이었다.

선숙이 계산을 하기 위해 바코드 리더기를 들었다. 하지만 사내는 화장지 24롤을 왼손에 든 채 머뭇거리고 있었다. 보아하니 가격을 확인하고 사야 하는 처지다. 베테랑답게 선숙은 외우고 있던 가격을 읊어주었다.

"만 4천 원입니다."

"저기요."

덩치와는 다른 하이 톤의 목소리로 사내가 말했다. 선숙은 그를 올려다보며 두 눈에 물음표를 그렸다. 40대 중반쯤 되었을까? 확실히 젊다고 할 순 없어 보였고, 선숙보다는 어려 보이니 40대가 맞을 듯했다. 사내는 팔자 눈썹의 각도를 좁히며 눈웃음을 지어 보였다.

"야간 알바 구하신다고 해서 찾아왔습니다."

순간 자동으로 입꼬리가 실룩거렸다. 마스크가 표정의 상당 부분을 감춰준다는 게 다행이었다. 선숙은 빠르게 사내를 스캔했다. 커다란 눈과 처진 눈썹이 어딘가 초식동물을 연상케 했고, 겨자색인지 똥색인지 모를 목 늘어난 티셔츠에 헝클어진 곱슬머리는 전체적으로 구질구질해 보이는 인상이었다.

"알바 지원하러 왔다며 화장지는 왜 사는 거예요?"

"그게, 저희 어머니가 어디 아는 가게 가면 꼭 팔아줘야 한다고 하셨거든요. 마침 집에 휴지도 떨어졌고 해서요. 아하하."

뭐지? 이 과한 예의는? 부담스러운 면이 없지 않았으나 사람 좋게 웃는 모습에 다소 마음이 놓이기는 했다. 무엇보다 야간 알바 자원이었다. 깐깐하게 굴기보다는 일단 뽑고 볼 일이었다.

사내가 화장지 24롤의 바코드 부분을 그녀 앞으로 내밀었다. 바코드 리더기로 찍기 편하게 해주는 배려였다. 센스가 나쁘지 않다고 생각하며 선숙이 바코드를 인식했다. 14,000원. 역시다. 이제 웬만한 용품들의 가격은 머리에 박혀 있다. 그녀는 뿌듯해하며 사내의 카드를 받아 꽂았다.

결제가 되지 않았다.

"카드 잔액이 부족한 것 같네요. 다른 카드 없으세요?"

사내의 큰 눈 속 동공이 춤추듯 흔들렸다.

"그게 조, 조금 남았을 텐데요. 다시 해보시면 안 되나요?"

선숙은 불길한 마음을 누르며 재결제를 진행했다. 역시나 다를 바 없었다. 그녀는 딱딱한 표정으로 사내를 바라보며 카드를 건넸다.

"아무래도 다른 카드나 현금을 주셔야 할 거 같은데……."

사내는 난감한 표정으로 카드를 받은 뒤 허둥대며 국방색 카고 바지의 호주머니를 뒤지기 시작했다. 지갑 같은 건 없는 건지 카고 바지의 건빵 주머니만 뚫어져라 수색했다.

건빵 쪼가리 하나 나오지 않았다. 선숙은 소리 죽여 한숨을 내쉬였다. 사내가 이번에는 큰 등짝에 모자처럼 매달린 크로스백을 뒤지기 시작했다. 그 작은 백에 주머니는 또 뭐 그리 많은지 이번에도 대대적인 수색이 거행되었다. 서서히 얼굴근육이 팽팽해지는 걸 느끼며 선숙은 이 황당한 인간을 그냥 보낼지 말지 고민하기 시작했다.

"찾았다."

사내가 한껏 광대를 올리고 구겨진 지폐 몇 장을 백에서 꺼내 보였다. 뒤이어 그것을 가지런하게 펼쳤다. 만 원권 한 장과 천 원권 두 장이었다. 저런, 불운하게도 2천 원이 모자랐다.

"혹시 만 2천 원짜리 휴지는 없나요?"

"이게 제일 싼 건데……."

"그러면, 가불을 할까요? 제가 일하게 되면 나중에 월급 주실 때 2천 원 빼고 주시면 됩니다."

"아니 지금 댁을 고용할지 말지도 모르는데 가불이 웬 말이에요? 경우가 없으시네!"

참다못한 선숙이 쏘아붙였다. 사내가 큰 덩치를 굽실거렸다.

"죄송합니다. 열심히 하겠습니다."

사내가 90도로 몸을 접으며 인사했다. 저 덩치에 저렇게 인사하면 조폭 말석의 덩어리 꼴인데, 갈수록 점수를 잃는 지원자가 아닐 수 없었다. 야간 알바 구인이고 뭐고 당장 내쫓고 싶었지만 이쪽 사정도 여유가 있는 건 아니어서 선숙의 머릿속은 복잡해졌다.

그때 한 가지 방법이 떠올랐다.

"아직 면접도 안 봤는데 가불은 어불성설이고, 카드 다시 줘봐요."

선숙은 포스기에서 복합 결제를 선택한 뒤 먼저 2천 원을 입력하고 사내가 건넨 카드를 꽂아 결제를 진행했다.

결제가 처리되었다. 그나마 2천 원은 남아 있었나 보다.

선숙은 여전히 어리둥절해하는 사내를 향해 현금 만 2천 원을 달라고 했다. 그제야 사내가 입을 쩍 벌리고는 냉큼 현금을 건넸다. 그녀는 그걸로 남은 복합 결제를 진행했다.

"대박! 솔로몬의 재판처럼 진짜 명쾌한 답이네요. 아하하."

지금 그걸 아부라고 하는 건가? 선숙이 카드를 돌려주며 이력서를 요구했다. 사내가 다시 분주히 백을 수색하기 시작했다. 정말이지 어수선의 극치였다.

마침내 사내가 봉투를 찾아 건넨다. 누렇게 뜬 편지 봉투 안에 두툼한 이력서가 들어 있었다. 뭐가 이렇게 두꺼워? 다시금 머리가 지끈거렸다. 마침 젊은 여자 둘이 들어왔고 가뜩이나 좁은 편의점의 인구밀도를 낮출 시간이었다.

"됐어요. 가봐요."

"예? 이력서 안 보시고요?"

"이따가 볼게요. 손님도 왔고."

"면접은요? 뭐 안 물어보세요?"

"아, 지금 삼성 현대 면접 봐요? 알았으니까 집에 가 계세요. 이력서 보고 필요한 인력이면 연락드릴게!"

사내가 난감한 표정으로 숨을 고르더니 90도 인사를 하고 편의점을 나갔다. 수중의 돈 전부를 들여 산 휴지를 늘어뜨린 채 터덜터덜 걸어가는 그의 뒷모습이 참으로 아둔해 보였다.

아웃!

아무리 야간 알바 자리가 급해도 저런 얼치기를 들일 순 없다. 사람은 좋아 보이지만 저런 스타일이 의도치 않게 사고 치기 딱 좋은 유형이란 걸 선숙은 경험상 알 수 있었다. 오히려 좀 이기적이고 쌀쌀맞아 보여도 자기 시간에 문제 안 일으키는 사람을 그녀는 선호했다.

주말이 다 가는데도 야간 알바 지원자는 더 나타나지 않았다. 답답해진 선숙은 비번인 일요일 저녁에 편의점으로 가 포스기 아래 처박아둔 사내의 이력서를 꺼내 보았고, 곧 두툼한 이유를 알게 되었다.

이건 무슨 인간 알바몬도 아니고, 이력서 네 장이 꼬박 알바 경력으로만 채워져 있었다. 레스토랑 서빙, 뷔페식당 설거지 담당, 맥도날드 주방, 갈빗집 숯불 담당, 중국집 배달 알바, 택배 상하차, 이벤트 진행 요원, 보조출연 알바, 떡집 알바, 얼음집 알바, 심부름센터 알바, 이삿짐센터 알바, 김밥천국 알바, 예식장 서빙, 상조회사 알바, 병원 폐기물 처리 알바, 쇼핑센터 주차 안내 알바, 물류센터 분류 알바, 성인 디스코텍 보안 요원 알바까지…… 이 인간은 자신의 알바 이력에 유일하게 없는 편의점을 채우기 위해 지원한 것처럼 보였다.

나이 43. 미혼. 가족 관계 없음. 자격증 없음. 서울에서 중고등학교 졸업 후 유명 대학의 지방 캠퍼스 졸업. 그래도 대졸이고 멀쩡한 사람이 평생을 알바만 하고 살아왔다니, 참으로 성실하지만 막막한 이력이었다.

고민이 됐다. 다양한 알바 경험은 장점이었지만 그만큼 이 일 저 일 하며 되는대로 산 건 아닌지 의심되었다. 또한 며칠 전 만남에서 본 것처럼 미련한 구석이 있었고, 덩치도 행동도 부담스러웠기 때문이었다.

그때 전화가 왔다. 강 사장이었다.

강 사장은 얼마 전 곽 선생 퇴직금을 언급하자 절대 줄 수 없다고 우겨댔다. 곽 선생은 1년 넘게 이곳에서 일해 법적으로 퇴직금을 받게 되어 있다고, 안 그러면 곽 선생이 노동청에 고발할 수 있다고 선숙은 강조했다. 그럼에도 강 사장은 자기가 곽 선생에게 말해 퇴직금을 포기하게 하겠다고 호언장담했다.

"어디예요?"

"주말에 쉬는데 왜 전화했어?"

"됐고, 곽 씨 아저씨 퇴직금 정산해 알려줘요."

"으휴, 마침 편의점 왔어. 곧 알려줄게."

"참, 곽 씨 아저씨 대타 구했어요?"

"못 구했어. 강 사장이 좀 하지 그래."

"이모. 꿈도 꾸지 말아요. 아니 요새 코로나라 일자리 없다던데 왜들 지원 안 해?"

"사실 한 명 지원하긴 했는데, 영 못 미더워서……."

"아잇! 한 명이면 이틀 사흘 못 끊잖아요. 5일 다 시키면 주휴수당 줘야 돼서 안 된다니까."

"그럼 누가 해?"

"가만, 그 지원자는 뭐가 별론데? 사람이 맹해요? 아님 삥땅 칠 거 같애?"

"그냥 좀 어리숙한 거 같아. 근데 말은 많고……."

"아. 착한 놈이네. 걔를 일단 써요. 주 5일로."

"휴, 그럼 강 사장이 오케이 한 거야. 난 좀 사고 칠까 걱정돼서."

"편의점에서 사고 나봐야 불밖에 더 나요? 화재보험 있으니 불나면 대박이야. 이모, 쫄지 마. 그리고 걔한테 주휴수당은 없다고 미리 다짐을 받아요."

"어떻게 그래?"

"어리숙하다며! 편의점 장사 안 돼 주휴수당 못 주는데 괜찮겠냐 하고, 그걸 몰래 녹음해놓으시라고. 알겠죠?"

"에이, 강 사장이 직접 해. 난 못 해."

"거, 이모가 우겨 곽 씨 아저씨 퇴직금도 줘야 한다고요! 그럼 이번 달 이모랑 알바들 월급도 빠듯해. 신참이 한 수 접고 들어오는 거지! 이모, 이거 생존이야. 거기서 줄여야 우리 재정이 조금이라도 숨통 트인다고. 점장이면 점장답게 책임감 있게 하세요. 나만 재정 고민하고 악역 할 순 없잖아. 예?"

무엇에 홀렸는지 선숙은 자기도 모르게 수긍하고 말았다. 뒤이어 빨리 해치우고 싶다는 마음으로 어느새 이력서 앞 장의 전화번호를 누르고 있었다. 전화를 받은 사내는 매우 반가워하며 흔쾌히 일하겠다고 답했다. 선숙은 침을 삼킨 뒤 덧붙였다.

　"그런데 우리 편의점이 요즘 재정 여건이 좀 안 좋아요. 그래서 말인데, 주휴수당은 드릴 수가 없어요. 이거 좀 이해해줘야 우리가 같이 일할 수 있을 것 같은데……."

　억지로 말하다 보니 자연스레 말꼬리가 흐려졌다. 그때 전화기 너머에서 하이 톤의 답변이 돌아왔다.

　"괜찮습니다. 어려운데 서로 양해하고 일해야죠."

　너무도 간단히 긍정의 답이 돌아와 선숙은 잠깐 어리둥절했지만 곧 다음 주에 전임자가 그만두니 내일 나와 미리 연수를 받으라고 알려줬다. 그리고 머뭇거리다 덧붙였다.

　"미안해요. 사정이 이래서. 대신 형편이 나아지면 바로 챙겨주도록 할게요."

　전화를 끊고 다시 강 사장에게 연락해 채용 내용을 알리니 그가 한 건 했다는 듯 기성을 질렀다. 뒤이어 호구인 것 같으니 잘해주라고 덧붙였다. 선숙은 전화를 끊고 입술을 깨물었다.

　분하지만 이번엔 강 사장에게 졌다. 하지만 매출이 나아지는 즉시 주휴수당을 챙겨주리라 마음먹었다. 그건 선숙의 자존심이자 영숙 언니가 지키고자 했던 책임자의 양심이기 때문이었다.

　그런데 그 구질구질한 인상의 미련퉁이 사내가 고된 야간 근무를 잘 버틸 수 있을까? 그저 자기 이력서에 짧은 알바 경력만 추가하는 건 아닐까? 인생은 한 치 앞을 알 수 없다지만…… 될 대로 되겠지! 그러자 알 수 없는 호승심이 그녀의 몸을 후끈하게 만들었다.

선숙은 편의점을 나서며 다짐했다. 나는 점장이다. 청파동 유일의 ALWAYS편의점은 내가 지킨다.

목요일 아침, 출근한 선숙은 곽 선생과 사내가 진열대에 나란히 선 모습을 목격했다. 흐뭇한 미소를 지으며 인사를 하자 두 사람이 동시에 답인사를 했다. 곽 선생은 9도 정도로, 사내는 90도 정도로.

참, 새 야간 알바의 이름은 근배다. 황근배. 큰 덩치에 어울리지 않게 얇은 목소리로 재잘대는 편이다. 지금도 곽 선생에게 질문한 걸 또 질문하고 있다. 선숙은 부디 저 사내가 충실히 편의점의 밤을 지켜주길 바라며, 혀를 찼다.

"퇴사하시는데 때가 때인지라 회식 같은 것도 못 해드리네요."

"아닙니다. 그동안 충분히 베풀어주셨어요."

곽 선생이 평소와 다르게 상기된 얼굴로 말했다. 자세히 보니 그의 눈가가 살짝 부어 있었다. 그녀가 눈치챈 걸 눈치챈 곽 선생이 고개를 돌려 진열대에서 컵라면 줄을 맞추는 근배 씨를 살폈다. 그러고는 선숙에게 몸을 기울여 귀띔했다.

"저 친구 일머리가 없진 않아요. 오래 잘 데리고 계십시오."

"그래요? 다행이네요. 그래도 뭐 단점은 없나요?"

"말이 좀 많긴 하더군요. 하지만 밤의 편의점은 말상대가 필요 없지요."

"손님한테 막 들이대면 곤란한데……."

"외로운 밤 손님들도 있으니 큰 문제는 없을 겁니다."

곽 선생이 눈으로 웃어 보이곤 창고로 향했다. 처음 보는 곽 선생의 미소였다.

연수를 잘해줘 밥을 사야 한다며 근배 씨가 곽 선생을 강제로 이끌다시피 해 편의점을 나섰다. 두 사내가 아침 햇살이 차오른 청파동 거리를 추적추적 걸어가는 모습이 보기 나쁘지 않았다. 해장국에 소주 한잔하면 그게 곽 선생 송별회일 것이다. 미련퉁인 줄 알았는데 은근슬쩍 선임을 챙기는 걸 보니, 걱정을 던 기분이 들었다.

곽 선생을 보낸 기념으로 선숙은 그의 흉내를 내보았다. 간밤의 CCTV를 돌려 본 것이다. 밤 11시쯤, 곽 선생의 딸이 편의점에 들어섰다. 리넨 재질로 보이는 면 티에 통이 큰 바지 차림의 그녀는, 편의점 입구에서 잠시 멈춰 선 채 카운터의 곽 선생을 응시했다. 뒤이어 곽 선생에게 직진했다. 곽 선생은 마치 오래 기다린 손님을 맞이하듯 그 자리에서 미동이 없다가, 무어라 입을 열었다. 딸이 마스크를 벗었다. 큰 입으로 짓는 미소는 아름다웠고, 눈은 모니터 화면을 뚫고 나올 듯 반짝였다. 곽 선생이 손을 뻗었고 딸이 그 손을 마주 잡았다.

두 사람이 마주한 장면이 한참 동안 계속되고 있었다. 대화도 들리지 않는 해상도 낮은 화면임에도 선숙은 연속극 보듯 빠져 들어갔다. 자신이 힘을 보탠 그 재회 장면에 흡족해하면서.

소울 스낵

753,452원.

모니터 화면에 뜬 현재 통장 잔고이자 전 재산을 바라보자니 소진은 한숨도 나오지 않았다. 숨이 막히는데 숨을 어떻게 뱉을까. 당장 이번 달 지출을 생각해보았다. 원룸 월세 50만 원, 관리비 3만 원, 학자금 대출 상환 17만 원, 통신비 5만 원 플러스마이너스 알파, 실비보험 6만 8천 원……. 이것만으로도 이미 잔고를 넘어섰다. 정말이지 숨만 쉬어도 한 달에 80만 원 넘게 드는 서울살이에 소진은 진저리가 쳐졌다. 정말이지 '서울살이'가 아니라 '서울 살인'이다.

지방에서 올라와 홀로 생계를 꾸려야 하는 자신 같은 사람에게 서울은 늘 자격을 묻는 듯했다. 네가 천만 명이 사는 세계적인 도시에서 살 능력이 있어? 무리하지 말고 고향에서 적당히 살지 그래? 서울은 아무나 와서 사는 그런 곳이 아니야, 라고 비웃는 듯했다. 불빛으로 가득한 대도시는 화려함 그 자체였지만, 소진은 그 빛의 장벽의 그림자 아래 웅크리고 사는 기분이었다.

고교 졸업 후 청파동에 위치한 대학으로 '유학' 와 서울을 알아갈 때는 매일이 신기하고 재미있었다. 학교 안 기숙사는 아직 서울의 민낯을 접하지 않아도 되는 보호막이 되어주었고, 학자금 대출 제도는 대학 졸업 때까지는 등록금을 못 내 공부를 못 할 거란 걱정을 지워주었다.

하지만 2학년이 되면서 기숙사를 나와야 했고 이후로는 학교 부근 자취방과 하숙집을 오가며 살아야 했다. 졸업과 함께 온전한 자신만의 공간인 원룸 오피스텔을 얻었지만 5평 남짓 공간을 얻은 대가는 한 달 53만 원 고정 지출이었다. 더 싼 공간은 대학 내내 지긋지긋해진 공용 생활을 하는 곳이거나 여자 혼자 지내기엔 보안이 너무 허술한 곳이었다. 무엇보다 졸업을 하고 대출 상환이 시작되니 자신이 빚쟁이라는 게 실감이 났다.

식대와 교통비를 빼고도 한 달 80만 원 생돈이 드는 서울 생활. 서울이 지방에 비해 문화생활의 여지가 많다고 하는데, 문화비라는 건 아예 그녀의 가계부에 없는 금액이니 그놈의 풍족한 문화생활 요소는 그림의 떡일 뿐이었다. 기껏해야 대형 서점에서 웅크리고 책을 읽거나 공짜 전시를 보는 정도였다. 고로 서울에서 도시빈민으로 지내는 것보다 고향 집에서 집세와 식대로 나가는 돈을 절

약해 사람답게 사는 게 합리적이었다. 하지만 서울을 떠나지 못하는 단 한 가지 이유는 역시 취업이었다.

일자리. 정치인들이 떠드는 공약 속에서만 창출되는 그 자리 말이다.

취준생 3년 차에 접어드는 소진은 그동안 수많은 면접에서 떨어졌다. 서른 번이 넘고 나서는 더 이상 낙방 횟수를 세는 걸 포기했다. 학점도 스펙도 나쁘지 않았다. 영어 성적은 최상급이었고 프리토킹도 가능했다. 하지만 구직 전선에서는 점점 후퇴해 밀려나고 있었다.

1년 차 때는 면접에서 많이 떨어졌다. 2년 차에는 서류 전형에서도 많이 떨어졌다. 3년 차인 지금은 어디서부터 얼마나 떨어질지 가늠도 안 됐다. 딱지가 앉은 거 같아도 늘 쓰라렸다. 그렇게 떨어지고 떨어지다 보면 서울에서도 떨어져 나가겠지. 멀리 더 멀리 떨어져 나가 목포의 고향 동네로 돌아가겠지.

어쩌면 소진은 그날이 올 때를 기다리며 무모한 도전을 이어가는 듯했다. 그렇게 완전연소 하고 나면 귀향해도 후회가 없을 거란 명분, 그 명분이 소진을 서울에서 버티게 하는 이상한 원동력이 되어주고 있었다.

오늘도 낙방 소식을 접했다. 일주일 전 면접 본 SNS 마케팅 전문 기획사에서는 문자 한 통으로 함께 일할 수 없다고 통보해 왔다. 그래도 딱딱한 탈락 공지와 다르게 지원자의 이름을 넣고 날씨 이야기도 언급해가며 저희 회사에 지금 적합한 인재는 아니지만 어디서든 실력을 펼칠 자리를 찾을 수 있을 것이라는 덕담까지 남겨주었다. 누가 SNS 마케팅 회사 아니랄까 봐, 제법 성의가 있는 탈락 문자였다.

하지만 생각할수록 더 기분이 나빠졌다. 대체 그곳에 '지금' 적합한 인재는 누구이며 '어디에' 가야 실력을 펼칠 자리를 찾을 수 있다는 것이냐? 그냥 당신이 자질이 부족해 우리가 뽑을 수 없다는 거잖아! 차라리 그렇게 딱 잘라 말하면 실력 부족이라 여기고 이 짓도 포기할 수 있을 것 같은데, 어떤 회사도 탈락자에게 그렇게 말하진 않는다. 회사는 그런 곳이고 구직자는 그런 대접을 받을 수밖에 없는 것이다.

처음엔 경영학을 전공으로 선택한 걸 후회했다. 다음엔 대학원에 가지 못한 탓이라고 돌렸다. 그다음엔 스스로의 실력을 의심했다. 마지막으로 운이 없어서라고 치부했다. 이제는 그냥 머리가 아플 따름이었다. 소진에게 면접은 트라우마고 탈락은 노이로제다. 지난 2년간의 구직활동 결과는 이런 심리학 단어를 그녀의 머릿속에 심어주었다.

방 안에서 울기도 했고 하루 종일 한강 둔치를 걸으며 화를 삭이기도 했다. 하지만 이제 그조차도 기진맥진해졌다. 친구와 수다로 푸는 것도 하루 이틀이지, 자신의 불운에 대한 이야기를 친구들이 달갑지 않게 여기는 게 느껴졌다. 같은 처지의 친구들은 동병상련보다 불운이 옮겨 올까 저어했고, 직장인 친구들은 취직하면 그런 건 아무것도 아니라며 오히려 직장 생활의 괴로움을 토로했다. 그런데 그것조차 부럽다고 하면 마치 뭘 모르는 사람 취급을 해 소진의 마음은 다시 초라해지기 일쑤였다.

엄마에게 한탄하는 것도 더 이상 힘들게 됐다. 엄마는 소진이 떨어졌다고 하면 당연하다는 듯 어서 짐을 싸 내려오라고만 한다. 그녀는 그럴 수 없기에 엄마의 태연한 제안이 서운하고 답답할 뿐이다. 이제 면접을 망치거나 떨어졌을 때 스스로를 다독이는 방법은, 집에 와 씻고 술 마시고 자는 것밖에 없었다.

도서관에서 늦게까지 새로운 자소서를 손본 그녀는 집으로 향하는 길가의 편의점에 들렀다. 학교에서 남영역 부근 원룸 오피스텔로 가는 최단 거리에 위치한 이 편의점은 손님도 별로 없고 상품도 별로 없다. 그저 그런 가게지만 몇 년째 망하지 않고 자리를 지키고 있는 게, 취업시장에서 인기가 없지만 여전히 취준생 신분인 자신과 비슷한 느낌이 들어 종종 이용하는 곳이었다. 무엇보다 오피스텔 앞 대형 편의점에는 없는 그녀의 최애 상품이 이곳에 있었다.

딸랑. 문을 열고 들어선 소진은 살필 것도 없이 과자 코너로 직진해 최애 품목을 확보했다. 그리고 주류 냉장고로 가 참이슬 한 병을 꺼내 카운터로 향했다.

직원에게 카드를 건네고 소진은 메고 있던 가방을 앞으로 돌려 소주와 과자를 담을 준비를 했다. 여전히 소주를 살 때는 민망한 기분이 든다. 술꾼이 된 지 얼마 안 돼서이기도 하고, 소주는 왠지 아저씨들이 마시는 술 같아 어색한 게 사실이다. 하지만 민망함 따위 뒤로하고 구매할 정도로 이제 좋아한다. 그 쓰지만 시원하고 투명

한 액체가 주는 위안을 체화한 듯했다.

"오늘도 참치 하시네요."

"예?"

알바인지 점장인지 모를 카운터의 중년 사내가 카드를 돌려주며 뜬금없는 소리를 내뱉었다. 소진은 당황한 채 사내를 살펴야 했다.

"참이슬에 자갈치니까, 참치! 참치잖아요. 저도 그 조합 참 좋아하는데요."

"아……."

"근데 우리 때는 참새라고 참이슬에 새우깡을 많이 먹었어요. 그러다가 다시 제가 자갈치 과자에 맛을 들여서……."

소진은 서둘러 가방에 담느라 병을 떨어뜨릴 뻔했다. 다행히 소주를 안착시키고 자갈치까지 담은 뒤 가방 지퍼도 안 잠그고 편의점을 빠져나왔다.

편의점 카운터에 누가 있는지는 신경 한번 써본 적 없다. 편의점에선 직원도 손님도 묵묵히 빠르게 계산을 하고 물건을 받는 게 암묵적인 국룰이 아닌가? 갑자기 말을 걸면 어쩌란 말인가! 그것도 시키면 아저씨의 라떼 타령이라니! 게다가 참치라니!!

소진은 자신이 애호하는 술과 안주의 취향을 들킨 거 같아 기분이 언짢았다. 누군들 익명의 사람에게 자신의 취향을 간파당하면 기분이 좋을까? 정말이지 별꼴이다. 여기 이전엔 안 이랬는데 주인이 바뀐 건가? 어떻게 저런 몰상식한 직원을 고용할 수 있지? 아니면 저 사람이 점장인가? 그럼 이 가게가 장사가 안 되는 이유를 알

것도 같았다.

불쾌한 기분을 떨치기 위해 빠르게 발걸음을 옮기며 소진은 앞으로는 이 편의점을 이용하지 않으리라 다짐했다.

책상 위 스마트폰에 유튜브 영상을 틀어놓고 술상을 봤다. 왼쪽엔 머그컵의 반을 채운 참이슬 소주, 오른쪽엔 펼친 봉지 위 문어 모양 과자들. 끝. 단출한 술상을 차린 소진은 유튜브 영상을 보며 머그컵 속 소주를 홀짝였다. 간간이 자갈치를 안주로 입에 넣었다. 와작, 씹으며 자갈치 특유의 짭조름하고 꼬롬꼬롬한 맛을 음미했다.

소주 한 모금에 평균 소비되는 자갈치는 세 마리였다. 머그컵을 두 번 채우면 소주 한 병이 사라졌고, 그때쯤이면 취기가 올라 남은 자갈치를 뭉텅이로 집어 먹어야 했다. 그렇게 참이슬 한 병과 자갈치 하나를 해치우는 한 시간 남짓의 시간 동안, 소진의 시선은 유튜브 먹방 채널에 고정되어 있었지만 머릿속 어딘가는 늘 과거의 어느 시간을 유영하고 있었다.

소진은 목포에서 나고 자랐지만 회를 못 먹었다. 어릴 적부터 날것의 비린 느낌과 물컹한 식감에 영 적응하질 못했다. 어른들의 채근은 그런 소진을 더욱 회로부터 멀어지게 했다. 오빠는 잘 먹는데 넌 왜 못 먹느냐는 엄마의 잔소리부터, 바닷가 사람이 회를 못 먹어 쓰겠냐는 할아버지의 핀잔까지, 하나같이 소진을 움츠러들게 만들었다.

식당에서 회와 요리를 먹을 때도 어린 소진은 반찬만 집어 먹어야 했다. 입 짧은 소진을 챙겨준 건 아빠였다. 아빠는 식당에 갈 때면 꼭 자갈치 과자를 사 와 소진에게 쥐여주었다. 할아버지가 버릇 나빠진다고 뭐라 해도, 엄마가 몸에 안 좋다고 뭐라 해도, 아빠는 소진의 자갈치 과자를 챙기는 걸 잊지 않았다.

"이제 소진이도 생선 잘 먹는다. 그치?"

"응."

그때부터였을 것이다. 자갈치가 소진의 소울 푸드, 아니 소울 스낵 즉 영혼의 과자가 된 것은. 나중에야 소진은 자갈치가 생선을 본 뜬 게 아니라 문어 모양이란 걸 깨닫게 되었으나 소울 스낵의 자리를 내어줄 만한 이유는 되지 않았다.

거기에 소주가 더해진 건 대학을 졸업하고 첫 인턴으로 들어간 회사에서였다. 팀장은 회식자리 술 실력도 경쟁력이라며 인턴들에게 술 권하는 걸 당연하게 여기는 사람이었다. 마치 자기 같은 주당에게 술 배우는 걸 고마워하라는 듯 소주에, 맥주에, 그걸 탄 소맥까지 계속 권했다. 소진은 인정받기 위해 애써 마셨다. 맥주나 몇 잔 먹던 술 실력이 는 건 그때 경험 때문이었다. 하지만 팀장은 열심히 음주 경쟁력을 쌓은 소진 대신 술은 약해도 술자리 분위기를 주도하던 미녀 인턴 동기를 정직원으로 남겼다.

그래서였을까, 소주의 그 쓴 기운이 소진의 쓰디쓴 탈락을 공감해주는 듯 느껴졌다. 한편으로 아빠도 그렇게 술을 마셔대며 사회생활을 했겠거니 하는 생각에, 녹색 술병 속에서 아빠의 얼굴을 마주하곤 했다.

아빠가 챙겨주던 자갈치에 아빠가 좋아하던 소주를 마시다 보면 세상 걱정 따위 뒤로 밀려나고 몸도 마음도 느긋해졌다. 참이슬에 자갈치, 참이슬, 자갈치, 참……치…… 에이씨! 참치 먹고 싶다. 회를 안 먹는 소진이 유일하게 먹는 생선이 참치가 아닌가. 스무 살 때 처음 먹은 참치는 다른 회와 달리 비리지 않고 육고기처럼 기름지고 맛있었다.

하지만 유일하게 먹을 수 있는 참치는 먹을 수 있어도 먹을 수 있는 생선이 아니었다. 소진의 경제 사정으로는 쉽게 사 먹을 수 없는 안타까운 음식이었다. 그런데 자신의 소중한 참이슬과 자갈치를 참치라고 명명하다니! 다시 생각해도 괘씸했다.

문제는 자갈치를 파는 편의점은 주변에서 그곳이 유일하고, 마트에서 미리 사다 놓으면 하루에 몽땅 다 까먹을 거 같아 사다 놓을 수가 없다는 것이었다. 최근에는 취업시장에서 물을 먹을 때마다 소주 한 병에 자갈치 한 봉지만이 소진을 위로해줬는데, 그 즐거움이 사라진 듯해 짜증이 일었다. 그러자 알딸딸한 술기운에도 걱정이 또 밀려오기 시작했다.

계속된 낙방에 막막함이 앞서는 구직활동, 다음 달이면 바닥을 보일 통장 잔고, 깎여 나갈 월세 보증금, 모든 것을 포기하고 낙향하는 패배자가 된 자신의 모습, 실패한 서울 생활과 무너진 자존심, 고향에서 가족들의 눈칫밥을 먹으며 찾아야 할 보이지 않는 미래, 이러다 저러다 가버릴 암울한 20대 시절, 소진의 걱정 구름은 뭉게뭉게 커져 폭우가 될 조짐이었다. 아서라. 잠이나 자자. 그녀는 서둘러 자리를 정리하고 잠을 청했다.

꿈에서도 걱정 보따리를 메고 엎치락뒤치락한 거 같다. 질 나쁜 잠에서 깬 소진은 숙취를 뒤로하고 부지런을 떨었다. 효창공원을 걷고 돌아와 샤워를 하고 콩나물국을 끓여 먹었다. 엄마표 김치에 김과 콩나물국이 전부인 메뉴였지만 시원하고 맛있었다.

엄마 생각이 났다. 역시 통장 잔고를 해결해줄 사람은 엄마뿐이었다. 염치 불고하고 엄마론(엄마+LOAN)을 써야 할 때였다. 서울에 오고는 집의 도움을 안 받겠다 마음먹었지만 어쩔 수 없이 1년에 한두 번은 엄마론을 당겨 쓸 수밖에 없었다. 엄마는 꼭 갚아야 한다며 다 기록해둔다고 하면서 백만 원이든 200만 원이든 빌려주었다. 취직하면 이자까지 쳐서 갚는다고 답했는데, 그게 공수표가 될 판국이지만 이번에도 어쩔 수 없었다.

그런데 엄마가 난색을 표했다. 오빠가 결혼을 준비하며 돈 쓸 일이 많아졌다는 게 표면적인 이유였는데 뒤이어 속내를 드러냈다. 언제까지 서울에서 대책 없이 지낼 거냐는 게 핵심이었다. 너만 취직 안 되는 거 아니라며, 지금 모두 다 취업난이고 어렵다며, 서울은 코로나도 심한데 몸 상하기 전에 어서 정리하고 내려오라고 했다.

소진은 올해까지만 도전해보겠다고, 늘 하던 답변을 반복하고는 전화를 끊었다. 언젠간 엄마론이 막힐 날이 올 거라고 막연히 예상했지만 그게 지금일 줄은 몰랐다.

소꿉친구인 베프에게 연락해볼까도 생각했다. 베프는 지난해 취직에 성공해 그래도 여유 자금이 있을 것이고, 과거 소진이 돈을 꿔

준 적도 있었다. 하지만 직장인 친구에게 취준생 친구가 돈을 꿔달라고 하는 모양새가 너무나 스스로를 초라하게 만드는지라 포기하고 말았다. 그래, 없는 돈 스스로 벌면 된다. 직장인이 아니어도 정규직이 아니어도 지난 수년간 수많은 알바를 전전하며 버티지 않았는가.

마음을 다잡고 소진은 알바 사이트에 들어갔다. 평일 알바는 취업 준비와 혹시 있을 면접을 생각해 접었다. 주말 알바를 하는 수밖에 없었고, 가능한 한 교통비가 안 드는 동네에서 구해야 했다. 소진은 해당 사항들을 반영해 열심히 알바 사이트를 뒤지기 시작했다.

그러나 이것도 만만치 않았다. 생각보다 자리가 없었고, 또 생각해보니 방학이었다. 대학생들이 알바 자리로 죄다 몰려왔고 소진처럼 애매한 포지션에게 적합한 알바는 많지 않았다. 어쩌지? 마음이 급해진 소진은 기피하려 했던 알바 자리까지 뒤지기 시작했다.

그중에 편의점도 있었다. 대학 시절 엄청난 진상을 만난 뒤로 편의점은 기피하는 알바가 되었다. 중년 아저씨였는데, 맨날 돈이나 카드를 던져 버릇했고 비닐봉지를 달라고 우겨댔으며 사소한 트집을 잡아 막말을 하기 일쑤였다. 그 인간이 짓이기고 간 야외 테이블 아래 침 범벅 담배꽁초를 치우며 소진은 다시는 편의점 알바를 하지 않으리라 다짐했었다. 하지만 지금은 가릴 겨를이 없었다. 그녀는 뒤지고 뒤져 동네 편의점의 주말 알바 자리 하나를 발견해냈다.

ALWAYS편의점 청파동 지점.

가만있어보자. 이곳, 이곳은…… 어제 소진에게 '참치 하냐'고 개

드립을 날린 직원인지 점장인지가 있는 곳이다. 이걸 어째? 소진은 미간을 찌푸려야 했다. 자갈치가 있어 좋았던 곳이지만 이상한 아저씨가 있어 찝찝한 곳이기도 했다.

하지만 그 아저씨가 점장이 아닐 수도 있지 않은가? 그렇다면 별문제 될 것이 없다. 주말 알바니까 마주치지 않을 수도 있고. 무엇보다 지금 찬물 더운물 가릴 때가 아니다. 소진은 간을 볼 겸 연락처로 전화를 걸었다.

다행히 중년으로 짐작되는 여성이 전화를 받았다. 자신을 점장이라고 밝힌 그녀는 시원시원한 목소리로 이력서 지참하고 내일 오전 열 시까지 오라 한 뒤 전화를 끊었다. 정말이지 그 아저씨가 점장이 아니어서 다행이었다. 소진은 오늘 학교에 가면 이력서를 꼭 프린트해야 한다고 메모했다.

다음 날 오전 열 시. 소진은 시간 맞춰 ALWAYS편의점으로 향했다. 딸랑. 문을 열고 들어섰는데 카운터에는 아무도 없었다. 그녀는 초조하게 주위를 살폈다. 그때 창고에서 덩치 큰 사내가 나왔다. 윽. 엊그제 참치 드립을 날렸던 그 아저씨였다.

"어서 오세요!"

사내가 밝게 인사를 했다. 다행히 소진을 알아보지 못하는 듯했다. 마스크를 써서 좋은 점이었다. 소진은 어찌할까 고민하다가 용기를 내기로 했다.

"점장님 안 계시나요?"

"알바 면접 온 거예요? 안 그래도 점장님이 전화해 좀 늦는다고, 나보고 대신 면접 보라고 하던데, 가만있자……."

손을 털며 카운터 안으로 들어선 사내는 대뜸 면접관처럼 근엄한 눈빛을 지어 보였다. 소진은 난감한 나머지 그냥 나가버리고 싶었지만, 눈에 어른거리는 통장 잔고에 꾹 참고 이력서를 건넸다.

사내가 이력서를 받고는 꼼꼼히 살펴보기 시작했다. 노안인지 이력서를 얼굴에 닿을 듯 갖다 대고는 흥얼거리며 살피는 꼴이 왠지 우스꽝스러웠고, 이런 사람한테 면접을 받는 자신의 처지가 처량하기 그지없었다.

"요기 숙대 나오셨네. 지금은 그럼 취업 준비 중?"

"예."

"힘들죠? 파이팅!"

사내가 큰 눈을 끔뻑거리며 한 손으로 주먹을 쥐어 보였다. 격려는 고맙지만 참으로 부담스러운 행동이 아닐 수 없었다.

"알바를 많이 하셨네. 오렌지영, 뚜스 레스 쥬르스……."

"저, 뚜레쥬른데요. 올리브영이고."

"아, 그냥 내가 장난으로 그렇게 부른 거예요. 올리브영이랑 오렌지영이랑 헷갈리지 않아요? 그리고 뚜스 레스 쥬르스는 내 친구, 무식한 친구 하나 있는데 뚜 레 쥬르가 이태리어잖아요, 근데 바보같이 영어 발음으로 읽더라고요. 뚜스 레스 쥬르스! 완전 웃기지 않아요? 아하하."

웃긴다. 진짜 웃기는 아저씨다. 뚜 레 쥬르는 이태리어가 아니고

'매일매일'이라는 뜻의 프랑스어고, 아저씨랑 그 친구랑 같이 다니면 영어로 '덤 앤 더머'라고 말해주고 싶은 걸 참았다.

소진은 이 상황을 일종의 압박 면접이라 여기고 적응해보자 마음먹었다.

"오! 편의점도 있네. 편의점 알바 해보셨으면 일 잘 알겠네."

"예. ALWAYS편의점은 처음이지만 잘할 수 있습니다."

"그럼 질문 들어갑니다. 띠로리. 자, 이전 편의점은 왜 그만뒀어요?"

사내가 이력서를 내려놓고 소진을 보며 물었다. 방금 전까지 실없는 소리를 하다 대뜸 진지해진 그의 태도가 불편하기 짝이 없었다.

"솔직히 말씀드리자면 진상 고객들 때문에 스트레스 받아 그만뒀습니다. 같이 일하는 동료들과는 아무 문제 없었고요, 그만둘 때 사장님도 아쉬워하셨어요."

"아, 제이에스. 음, 그럴 수 있어요. 나도 지금 보름째 편의점 알바하는데 제이에스가 종종 있더라고요. 이해합니다."

뭐라고요? 소진은 애써 표정 관리를 했다. 대체 제이에스는 뭐고, 그것보다 이제 보름밖에 안 된 알바한테 내가 면접을 받고 있는 거였어? 소진은 다시 한번 속으로 분통을 터뜨렸다.

"두 번째 질문. 본인이 편의점 업무에서 잘하는 게 있다면?"

"유통기한 점검 잘해요. 알바가 자주 까먹는 게 유통기한 점검인데, 저는 상품이 안 팔린 채 유통기한 지나는 게 너무 아깝거든요. 그래서 제때제때 점검하려고 노력합니다."

"음. 주인 의식이 있군요. 수많은 상품들 유통기한 신경 쓴다는 게 보통 주인 의식으로 되는 게 아닌데, 아주 좋아요."

고개를 끄덕이는 사내를 보며 소진은 좀 더 어필하기로 했다.

"선입선출도 잘합니다. 이것만 잘해도 유통기한 관리에 큰 도움이 되거든요."

사내가 다시 큰 눈을 끔뻑이며 소진을 살폈다.

"지금 뭐라고 했죠?"

"선입선출요. 먼저 들어온 제품 먼저 빠져나가게 하는 거요."

"아, 그래요? 선입선출이라…… 그러니까 유통기한 앞선 제품을 앞에 진열한다는 뜻인가요?"

소진은 황당함을 감추며 답했다.

"그렇죠. 이건 기본인데……."

"그러니까! 내 말이. 역시 기본기가 중요하다는 거예요. 혹시나 해서 다시 물어봤어요. 큼큼."

사내가 한 손으로 오케이 표시를 한 뒤 연신 고개를 끄덕여댔다. 아무래도 선입선출이란 단어를 모르는 것 같았다. 아무리 보름밖에 안 됐어도 그걸 모르다니, 도대체 이 편의점은 직원 교육을 어떻게 시키는 거지? 소진은 이곳에 알바로 뽑혀도 문제라는 생각에 머릿속이 마구 복잡해지기 시작했다.

"자, 마지막으로 하고 싶은 말 있으면 하세요."

사내가 그 문장을 내뱉는 순간 소진의 온몸이 굳어버렸다. 그동안 수많은 면접의 마지막 타임에 들어야 했던 말이고, 한 번도 시원하게 답하지 못했던 말이다. 면접자가 마지막으로 하고 싶은 말이 뭐가 있을까? 그거야 당연히 뽑아주세요, 일 텐데 그걸 요령 있고 세련되게 표현해야 했다. 이 질문은 마치 진심을 잘 포장하는 법에 대해 알고 있는지 테스트하는 것 같았고, 긴장한 소진은 언제나 얼버무리거나 적당히 말해야 했다.

하지만 이번에는 제대로 말하고 싶었다. 지금 이 편의점 알바 면접에서만큼은 주저하지 않고 하고 싶은 말을 하기로 했다. 소진은 심호흡을 한 뒤 사내를 똑바로 바라보았다.

"저 일 진짜 잘해요. 저 놓치면 손해니까 꼭 뽑으세요."

사내는 소진의 씩씩한 시선을 피하며 이력서를 내려놓았다. 불길했다. 그는 자꾸 코 아래로 내려오는 마스크를 치켜올리곤 근엄한 눈빛으로 소진을 바라보았다. 이게 뭐라고, 이게 뭐라고 떨리고 난리인지.

"합격! 콩그레이츄에이션!!"

사내가 뚜스 레스 쥬르스 못지않은 콩글리시로 콩그레이츄에이션을 흥얼거렸다. 동시에 솥뚜껑 같은 손으로 박수도 쳤다. 소진은 황당한 표정을 감추려 서둘러 고개 숙여 인사했다. 그때 딸랑 소리와 함께 문이 열렸다. 돌아보니 통통한 체구의 중년 여성이 이쪽을 향해 돌진하듯 다가왔다.

"알바하신다는 분? 어때요? 금보 씨가 보기엔? 면접은?"

질문을 속사포처럼 던지며 단숨에 눈앞으로 다가온 여성에게 소진은 서둘러 자리를 비켜주었다.

"아하하. 합격이죠. 아주 좋은 인재. 백 점 만점에 백 점!"

"아이, 또 오버하고 그러네. 학생 이름이 뭐라고?"

"학생은 아니고 취준생이에요. 전소진이라고 합니다."

"미안해요. 마스크 쓰니 다들 어려 보여서. 인상이 좋으시네."

"편의점 알바도 해봤대요. 점장님 선입선출이라고 알아요?"

"선출은 뭘 선출해?"

"그 유통기한 급한 물건을 앞에 진열하는 걸 선입선출이라고 한다고요."

"아, 난 어려운 말 몰라. 참, 금보 씨. 유통기한 점검했어?"

"지, 지금 하려고요."

"아니, 여덟 시 신선식품 받기 전에 했어야지. 그걸 지금 하면 어떡해?"

"지금 해도 돼요. 어차피 몇 개 안 들어왔잖아요."

그러자 점장으로 보이는 중년 여자가 왈칵 화를 냈고 사내가 도망치듯 카운터를 나와 진열대로 향했다. 점장이 다시 사내를 따라가며 목청을 높였다. 그 모습이 남녀 한 쌍의 덤 앤 더머를 보는 듯해 다시 마음이 착잡해졌고, 구직의 기쁨마저 빠르게 휘발시켜주었다.

잠시 뒤 점장이 돌아와 시급과 몇 가지 가게 규칙에 대해 알려줬다. 집이 가깝다고 하니 가끔 평일 땜빵도 할 수 있냐고 물어, 시간이 맞으면 가능하다고 답했다. 점장은 흡족해하며 이번 주 금요일 여덟 시까지 출근하라고 한 뒤 창고로 들어갔다.

합격이다. 그런데 전혀 즐겁지가 않아.

이 편의점은 굉장히 오지랖이 넓은 아저씨와 무지하게 텐션이 센 아줌마가 일하는 곳이었다. 그래도 주말에는 그들과 마주치지 않을 것이기에, 소진은 오늘의 합격에 의미를 두기로 했다. 어쨌거나 주말 알바와 땜빵 알바를 하면 서울에서 한 달 동안 숨 쉬는 비용은 나올 것이다. 또한 유통기한 지난 편의점 식품들을 챙기면 주말 식비도 해결될 것이고.

그런데, 상품이 없어도 너무 없는 이 편의점에서 유통기한 지난 식품들이 얼마나 나올지 의문이었다. 소진은 선입선출도 이제 깨우친 저 허술한 알바 아저씨가 유통기한 체크에 계속 소홀하기를 빌기로 했다.

예상대로 이 편의점은 만만치 않았다. 첫 출근부터 황당함과 당황스러움을 오가는 일들이 계속되었다. 그간 접객 일을 하며 진상 고객에게나 스트레스를 받아봤지 상사나 동료에게는 딱히 영향을 받지 않았던 소진으로서는 참으로 새롭고 곤란한 경험이었다.

금요일 오전 여덟 시, 면접관이었던 사내와 교대를 했다. 하지만 사내는 근무 교대 후에도 퇴근하지 않고 편의점 주변을 정리하고 신문지에 물을 묻혀 유리창 청소를 하기 시작했다. 밤새 뭐 하고 이제 청소를 하는 것인가? 저 사람은 돌아갈 집이 없나? 내 업무 태도를 감시하려고 일부러 저러는 건가? 오만 가지 생각이 들어 일에 집중하기가 힘들었다.

사내는 청소를 마치고 난 뒤 소진이 찜해놓은 도시락을 폐기함에서 꺼내더니 야외 테이블에 앉아 꿀떡 해치웠다. 땀을 뻘뻘 흘리며 산해진미 도시락을 욱여넣는 그의 두툼한 볼살이 얄밉기 그지없었다.

식사를 마치면 갈 줄 알았는데 이제 사내는 실내 바의 스탠드 의자에 앉아 독서를 하기 시작했다. 무슨 책인지 잘 보이지 않았지만 두툼하고 무거워 보이는 양장본 책을 읽는 모습이 상당히 고리타분해 보였다. 그런데 왜 이 더위에 식사는 밖에서 하고 책은 들어와 읽는 걸까? 궁금해하는데 젊은 남자 손님이 들어왔고, 사내는 그와 안면이 있는지 아는 척을 하며 수다를 떨었다. 일한 지 보름밖에 안 됐다더니, 그 역시 이 동네 사람인 듯했다. 그럼 집이 가까울 텐데 왜 갈 생각을 안 하는지? 소진은 도무지 사내의 행동들이 이해가 가지 않았다.

사내는 정오가 다 되어 자리에서 일어났다. 그리고 창고에서 가방을 챙겨 나오며 소진에게 말했다.

"그럼 수고하세요. 소진 씨."

"예. 그런데 아까 왜 식사는 밖에서 하신 거예요? 날도 더운데."

"그게, 안에서 먹으면 냄새나잖아요. 손님한테도 별로고 일하시는 그쪽한테도 별로잖아요."

"손님들도 다 안에서 컵라면 먹고 하는데, 전 괜찮아요."

"그래도 좀 그렇죠. 그 배려라는 게, 좋은 거잖아요. 아하하."

오지랖이 넓긴 한데 막 나가는 사람은 아닌가 보다. 소진은 속으로 안도한 뒤 앞으로 호칭을 어떻게 불러드려야 하는지 물었다.

"그냥 근배 씨라고 하세요. 내 이름이 황근배니까."

"그런데 아까 보니 명찰에 '홍금보'라고 적혀 있던데요. 저번에 점장님도 금보 씨라고 하시고."

"아, 그건 그냥 장난이에요. 홍금보라고 홍콩 배우 있어요. 어릴 적 내 별명이었거든요. 가만, 소진 씨 나이대는 모르시겠구만. 우리 점장님만 해도 홍금보 아니까 나한테 금보 씨 금보 씨 하잖아요. 혹시 주윤발은 알아요? 유덕화는?"

"몰라요."

"나 어릴 때는 그 홍콩 배우들이 지금 한류스타들처럼 아시아에서 인기가 많았어요. 주윤발! 유덕화! 장국영! 장학우! 그리고 홍금보도 한인기 했죠. 그중 가장 뚱뚱하긴 했지만. 아하하."

어휴, 또 라떼를 들이붓고 계신다. 소진은 잠시 방심해 쓸데없는 질문을 한 자신을 탓해야 했다. 그런데 표정에서 그게 읽혔는지 사내가 헛기침을 하고는 눈웃음을 지었다.

"암튼 소진 씨는 홍금보 모르니까 명찰 무시하시고 근배 씨라 부르면 돼요."

"……알겠어요."

홍금보라는 별명을 가진 황근배 씨가 드디어 편의점에서 로그아웃하셨다. 소진은 그제야 자기만의 공간이 생긴 아이처럼 자유로움을 느꼈다. 동시에 배에서 꼬르륵 소리가 났다. 점장님은 끼니는 먹고 싶은 신선식품 중 유통기한 가까워 오는 것에 폐기를 찍고 먹으라고 했다.

소진은 워크인 폐기함으로 향했다. 퇴근하며 가져갈 폐기 상품을 점찍어둔 뒤 점심은 다른 종류의 상품으로 먹기 위해서였다.

그런데 폐기함이 텅 비어 있었다. 뭐지? 산해진미 도시락은 금본지 근밴지 하는 아저씨가 먹어 치웠지만, 분명 아까 봤을 때 김밥과 버거, 우유 같은 게 있었던 것 같은데…… 그럼 그렇지. 사내가 남은 폐기 상품까지 모두 쓸어 간 것이 분명했다.

배려는 무슨 웃기는 배려. 소진은 다음 주부터는 출근하자마자 폐기 상품부터 챙기겠노라 마음먹었다.

7월의 끝이 다가오고 날은 푹푹 찌는데 괜찮은 취직자리는 가뭄에 농작물처럼 말라가고 있었다. 이제 소진은 대기업이니 공채니 하는 건 거들떠보지도 않았다. 경영학 전공과 거리가 있는 콘텐츠 기획사, 출판사, 웹 플랫폼 회사 등에도 닥치는 대로 원서를 접수하고 있었다. 하지만 그런 회사에서조차 서류에서 떨어지고 나면 취준생으로서의 유통기한도 끝난 게 아닌가 하는 낭패감에 휩싸여 한숨이 절로 터져 나왔다.

편의점에 오자마자 소진은 폐기함부터 살폈다. 산해진미 도시락은 없지만 두 번째로 좋아하는 엄마 손맛 도시락이 있어 바로 챙겼다. 우유도 하나 챙겼다. 이제 남은 건 햄버거와 샌드위치. 둘 중 알아서 드시겠지. 소진은 엄마 손맛 도시락을 넣은 가방 지퍼를 잠그며 잠시 승리감에 젖었다.

교대 후에도 역시 근배 씨는 집에 갈 생각이 없어 보였다. 두리번 대며 진열대 상품의 오와 열을 맞추고 유리창을 닦고 자신의 큰 덩치에서 흘러나오는 땀을 닦았다. 그러고 나서 창고로 들어가 산해진미 도시락을 들고 나왔다. 엥? 저건 폐기함에 없었는데? 근배 씨는 소진의 시선에 아랑곳없이 도시락을 전자레인지에 데운 뒤 야외 테이블로 나갔다.

졌다. 저 아저씨, 소진이 오기 전에 이미 폐기함에서 산해진미 도시락을 챙긴 것이었다. 역시 만만치 않은 인물이었다.

그때 문이 열리고 손님이 들어왔다. 50대로 보이는 그는 등산복에 야구 모자를 쓰고 있었는데, 마스크가 턱에 걸려 있었다. 마스크를 제대로 쓰라고 말해야 하나 고민하는데 사내가 진열대 사이로 들어가 상품을 고르기 시작했다. 타이밍을 놓친 소진은 계산 시엔 어찌해야 할지 잠시 고민했다. 원칙대로라면 말을 해야 하지만 왠지 고약해 보이는 눈빛이 진상의 기운을 잔뜩 풍기고 있었다.

고민이 끝나기도 전에 사내가 카운터 앞에 불쑥 나타나 소진은 긴장했다. 여전히 턱스크를 한 사내는 사탕 봉지와 초콜릿을 카운터에 툭 내려놓은 뒤 카드를 꺼내 그것 역시 툭 던졌다. 자기도 모르게 발끈한 소진이 사내를 올려다보고 힘주어 말했다.

"손님. 마스크 제대로 써주시기 바랍니다."

"뭔데?"

"정부 방침이어서요, 저기 출입문에 보시면…….."

"그니까 니가 뭔데 이래라저래라야? 니가 정부야?"

사내가 소진을 노려보며 이죽댔다. 전날 과음을 했는지 불콰한 얼굴 혈색은 더 붉어졌고, 마스크가 없으니 발효된 술 냄새가 그녀에게 훅 들어왔다.

다시 편의점 알바를 하게 되고는 진상에게 단호하게 대처하기로 마음먹은 소진이었지만, 험상궂은 사내가 매섭게 노려보자 절로 몸이 굳어버렸다.

"너 내가 누군지 알아? 알바 주제에 어디서 지적질이야? 마스크 쓰면 코로나 안 걸려? 웃기고 자빠졌네."

"저기요. 손님."

소진이 용기를 내 맞섰다.

"어? 대드네?"

"마스크 안 쓰셨으니 나가주세요. 이 상품은 계산할 수 없습니다."

"이것 봐라? 편의점에서 내가 쫑코를 먹네. 이게 확!"

사내가 오른손을 번쩍 쳐들었다. 순간 겁에 질린 소진이 몸을 움츠렸다. 그러자 실실대는 사내의 웃음소리가 들렸다.

"내가 바보냐? 너 아주 깽값 받으려고 작정했구나. 흐흐."

놈은 때리지 않고 비웃기만 했다. 수치스러웠다.

그 순간 문이 열리고 근배 씨가 들어왔다. 그런데 그 역시 마스크를 벗고 있었다. 도시락을 먹다 바로 들어와서인가?

근배 씨는 진상 사내에게 다가가더니 그의 어깨에 손을 얹었다.

"으아, 아저씨!"

"뭐야?"

"아저씨 나 코로나…… 콜록. 병원 차 좀 불러줘. 콜록, 으, 숨 안 쉬어져……."

"아이씨. 뭔데?"

사내가 카드를 집어 들고 물러나는데 근배 씨가 그에게 바싹 붙어 숨을 뿜어댔다.

"아저씨! 콜록. 나 좀 도와줘! 나 코로나, 애므, 애므뷸런스 플리즈!!"

사내가 질겁하며 턱스크를 입으로 치켜올리는 찰나 근배 씨가 덥석 양팔로 사내를 붙잡았다. 머리 하나는 더 큰 근배 씨에게 붙잡힌 사내는 당황해 어쩔 줄 몰라 했다.

"으허, 콜록. 숨 막혀! 도와줘!!"

"아, 미쳤어! 저리 가!!"

필사적으로 근배 씨를 밀친 사내가 도망치듯 편의점을 뛰쳐나갔다. 근배 씨는 이상한 신음을 내며 좀비처럼 그를 뒤따라갔다.

소진은 멍하니 그 광경을 바라볼 수밖에 없었다. 방금 전 믿기지 않는 소동에 넋이 나간 것도 있었지만, 근배 씨의 좀비 흉내가 너무나 그럴듯해 놀란 것이다. 설마 진짜 코로나 걸린 건 아닐까 하는 찝찝한 생각까지 들 정도였다.

잠시 뒤 근배 씨가 마스크를 쓴 채 돌아왔다.

"소진 씨. 욕봤어요."

"……쫓아줘서 고마워요."

"으이구, 저런 녀석들이야말로 코로나 걸려야 하는데 말이에요.

그리고 마스크 안 쓰고 저러는 사람 있으면 기침을 세게 하세요. 기침 막 콜록콜록하면 알아서 쓴다니까요. 어젯밤에 술에 떡 된 손님도 내가 콜록대니까 벌떡 깨서 마스크 꺼내 쓰더라고요. 아하하."

"예. 잘 알겠어요."

근배 씨는 특유의 오케이 손 모양을 그리고는 다시 야외 테이블로 가 수저질을 시작했다. 소진은 여전히 어리둥절할 따름이었다.

"소진 씨. 오늘 아보카도샐러드 남았어요."

근배 씨가 출근한 소진을 향해 고기반찬이라도 나왔다는 듯 외쳤다. 아보카도샐러드, 좋아는 한다만 그래봐야 폐기 상품이다. 그런 소진의 마음도 모르고 근배 씨는 마냥 해맑다. 정말이지 저 아저씨는 만사태평이다. 처음 봤을 때처럼 여전히 오지랖은 만렙에 라떼는 더블 샷이다.

게다가 주위 사람들에게 이용당하기 일쑤다. 점장님은 대놓고 근배 씨에게 가게 곳곳의 수리를 맡기고 간다. 할머니 손님 하나는 물건을 배달해달라고 고집을 피우는데, 그걸 또 다녀오는 근배 씨다. 심지어 오늘은 큰길가 정육식당의 가게 리모델링을 도와야 한다며 추적추적 가는 것이 아닌가.

소진은 이제 근배 씨의 정체를 알 것 같았다. 호구. 사회에서는 저렇게 사람 좋게 굴고 태평하게 웃고 오지랖을 부리다가 호구가 되는 것이다. 조심성 많은 소진에게 호구가 되는 것만큼 두려운 것은 없었다. 소진은 반면교사의 모델로 근배 씨를 머릿속에 꾹 저장했다.

　프라임 타임 크리에이티브라는 곳에서 연락이 온 것은 엊그제였다. 무슨 팀장이라는 사람이 몇 달 전 지원한 서류가 이제 통과되었으니 최종 면접을 보러 오라고 했다. 소진은 자신이 지원한 줄도 까먹은 곳에 대해 서둘러 검색했고, 구직 사이트에 올라온 회사 소개와 구인 공고를 보고 나서야 기억을 떠올렸다. 원-소스-멀티-유즈 콘텐츠로 세계를 뒤흔들 뉴 웨이브 크리에이티브 그룹이라는 카피와 자본금 30억에 직원 스무 명, 코엑스 맞은편 삼성동에 자리한 사옥까지 훑고 나자 기억이 났다.

　떨어져도 통보도 안 해주는 경우를 수없이 거치다 보니 한동안 연락이 없던 이곳은 진즉에 마음을 접고 있었다. 그런데 최종 면접이라니, 소진은 오늘은 절대 떨지 말자고 다짐하며 집을 나섰다.

　면접은 오래 걸리지 않았다. 숙대입구 전철역에서 사당으로 가 다시 삼성역으로 가는 데 걸린 한 시간보다 짧았다. 면접실에는 세 사람이 포진해 있었다. 포마드를 잔뜩 발라 가르마를 탄 사내가 대표였고, 전화를 한 팀장과 이사라는 사람이 그의 양옆에 앉아 있었다. 대표는 긴장한 소진의 표정을 읽었는지, 이 면접은 경쟁 면접이 아니라 합격 면접이라고 운을 뗐다.

　"소진 씨 같은 경우 입사 지원서에 적은, 경영학 전공자가 본 웹 콘텐츠 산업에 대한 평가가 신선했어요. 우리와 함께 창의적인 콘텐츠를 발굴하고 오거나이즈 할 수 있을 거라고 봤습니다. 그러니까 오늘 면접은, 미친 사람인가 아닌가만 확인하는 자리예요. 그쪽이 갑자기 테이블에 올라가 막춤 추지 않는 이상 합격입니다."

대표의 말에 이사와 팀장이 껄껄 웃었다. 소진도 어색하게 웃었다. 대표의 세련된 척 허세를 떠는 말투나 행동이 부담스러웠고, 이렇게 쉽게 뽑히는 것도 익숙지 않았다. 지난 2년간 도저히 뚫을 수 없던 취업문이 자동문처럼 열렸다는 게 기쁘기도 했지만 허무하기도 했다.

회의실을 나온 소진을 팀장이 불렀다. 팀장은 회사 내규와 여러 가지 입사 절차를 알려준 뒤 일단 3개월 수습 기간이 있다고 했다. 주 업무는 대한민국의 모든 웹소설 사이트를 서칭해 아직 뜨진 못했지만 주목할 만한 작가들을 발굴하는 것이라고 했다. 작품보다 작가를 찾아야 한다는 걸 강조하며, 소진 같은 젊은 사람의 감각과 안목이 필요하다고 했다.

일이야 그렇다 치고 중요한 급여 이야기가 나오지 않아 초조해할 찰나, 팀장이 월급에 대해 언급했다. 200만 원이 안 되는 금액이었지만 수습이 끝나고 정직원이 되는 즉시 250만 원 선으로 상향 조정될 거라며 선심 쓰듯 말했다.

집으로 돌아온 소진은 긴장감이 풀리며 노곤해졌다. 이 더위에 왕복 두 시간의 거리를 다녀오느라 지친 게 분명했다. 벌써부터 출퇴근 거리에 대한 부담이 팍팍 몰려왔다. 하지만 드디어 취직을 했다는 안도감이 몰려들었고, 곧 잠이 쏟아지기 시작했다. 소진은 밥 먹을 힘도 없어 곧장 침대에 몸을 눕혔다.

깨어나 보니 밤이 한창이었다. 배가 고파 깼는지 허한 속이 자꾸

꾸르륵거렸다. 합격의 기쁨을 만끽하기 위해 배달 음식을 시켜 조촐한 잔치를 벌이기로 했다.

배달 앱을 열기 위해 소진이 휴대폰을 집었고 몇 개의 톡이 와 있는 걸 발견했다. 톡은 귀갓길에 합격 소식을 전한 베프에게서 온 답이었다. 소진은 창을 연 뒤 친구의 답을 보고는, 얼어붙고 말았다.

친구는 프라임 어쩌고 하는 그 회사는 블랙으로 유명한 곳이라고 했다. 블랙 기업. 갓 대학 졸업한 구직자들을 고용해 수습으로 이것저것 조사를 시키고 리포트를 쓰게 하고 야근을 밥 먹듯 시키는 곳이라고 했다. 3개월 수습이 끝나고 정직원으로 고용되는 경우는 극히 드물며, 정직원이 된다고 하더라도 엄청난 업무 강도와 경직된 직장 분위기에 스스로 그만두게 되는 곳이라고도 했다.

소진은 불안한 마음을 애써 누르며 전화했다. 통화가 연결되자마자 친구는 자기 집에 불이라도 난 것처럼 호들갑을 떨며 절대 그 회사 들어갈 생각 말라고 했다.

"아냐. 나 절실해. 월급만 제때 나오면 다닐 거야."

소진이 힘주어 말했다.

"바보야. 거기 수습 월급이 한 달 최저시급보다 적다더라. 거기 월급 얼마래? 응?"

정말이었다. 200만 원이 채 안 되는 수습 월급은 편의점 한 달 최저시급과 크게 차이 나지 않았다. 그런데 정직원이 되면, 그렇다면 나아지는 것이 아닌가? 하지만 그 말을 하는 순간 친구가 뭐라고 대꾸할지 어렴풋이 예상할 수 있었다. 소진이 딱히 답을 못 하자 친구가 일침을 놨다.

"야. 너 호구야? 거기 블랙이라니까! 내 교회 친구 하은이 알지? 걔가 거기서 완전 당하고 왔다니까!"

소진은 전화를 끊었다. 그리고 컴퓨터를 켜고 닥치는 대로 검색을 했다. 회사 이름을 넣고 연관검색어로 '수습' '급여' '갑질' '블랙' '정규직 희망 고문'을 집어넣었다.

모든 연관검색어마다 수십여 개의 글이 우수수 올라왔다. 일일이 클릭해 읽을 필요조차 없어 보였다. 그럼에도 무슨 미련이 남았는지 소진은 떨리는 손으로 연관검색어 하나를 추가해보았다.

'호구'.

끈적이는 열대야의 기운을 지나 ALWAYS편의점의 유리문을 잡아당겼다. 딸랑. 소리와 함께 내부의 시원한 바람이 몸을 감쌌지만 소진의 화를 증발시켜주진 못했다. 곧 "어서 오세요" 인사와 함께 근배 씨가 진열대 사이에서 나오다 소진을 보고 반색했다. '오! 호구 왔는가?'라고 그가 말하는 것 같아 그녀는 몸서리를 쳤다. 근배 씨에 대해 자신이 했던 생각이 그렇게 부메랑처럼 돌아와 자신의 귀에 환청을 들려주고 있었다.

소진은 근배 씨를 무시하고 냉장고로 직진했다. 참이슬 소주를 꺼내고 근배 씨가 있는 진열대로 가 자갈치를 집어 들었다. 저돌적인 소진의 움직임에 그가 부랴부랴 카운터로 향했다.

카운터에 내려놓은 참이슬 소주와 자갈치를 본 근배 씨가 감탄

사처럼 코웃음을 치더니 그녀를 향해 손가락을 들어 보였다.

"참치! 아우, 소진 씨. 처음 봤을 때 어디서 많이 봤다 했더니, 참치 하던 그 친구 맞았구나! 아하하."

"계산이나 해줘요."

"왜 그래요? 안 좋은 일 있어요? 에이, 술은 기분 좋을 때 마셔야 하는데―"

"됐으니까 어서 계산이나 하라니까요! 진짜 말은 왜 그리 많아서 사람 지치게 하는데요? 나이 많은 아저씨면 다 그렇게 어쩌고저쩌고 떠들고 난 그거 다 들어야 해요?"

"소진 씨. 진정. 난 그냥 술은 기분 좋을 때 마시라는 말을―"

"그러니까 그게 충고고 오지랖이지!! 아저씨도 내가 만만해요? 아, 그렇죠? 아저씨도 내가 호구로 보이죠? 나 호군 거 온 세상이 알거든요!! 근데 그거 알아요? 아저씨도 호구야! 개호구!! 왕호구!! 에이씨, 진짜 개떡 같아……."

소진은 울먹였다. 근배 씨는 어찌할 바를 모른 채 손으로 이마를 긁적였다. 그녀는 자기도 모르게 입을 막듯 마스크 위로 손을 가져 갔다. 어느새 몸이 벌벌 떨리며 눈물이 또르르 흘렀다.

근배 씨가 휴지를 건네주었다. 서둘러 눈물을 닦았다. 그때 문이 열리며 손님이 들어왔고, 소진은 창고로 향했다. 근배 씨가 접객하는 동안 그녀는 창고에서 눈물과 슬픔을 삭여야 했다.

시간이 좀 흐르고 나자 정신이 번쩍 들었다. 대체 뭔 짓을 저지른 거지? 술도 안 먹고 꼬장을 부렸다. 미안해서 근배 씨를 어떻게 볼 것인가? 민망함과 수치심이 몰려왔고, 현재 유일한 생계 수단인 이 편의점 일도 그만두어야겠다고 생각했다.

딸랑. 손님이 나가는 소리가 들렸다. 도저히 근배 씨를 볼 면목이 없었다. 소진은 창고 문을 열고 나가 잰걸음으로 출입문으로 향했다.

"잠깐!"

반사적으로 멈춰 선 소진의 귀에 까라락, 뚜껑 따는 소리가 들렸다. 돌아보니 근배 씨가 연갈색 음료수를 든 채 웃고 있었다.

"이거 좀 마시고 가요. 난 조용히 있을 테니까."

소진은 자기도 모르게 이끌려 발걸음을 옮겼다. 카운터 앞에 선 그녀는 근배 씨가 종이컵에 따라준 음료를 비웠다. 진짜 시원했다. 근배 씨가 자갈치를 뜯어 펼쳤다. 소진은 자동 반사로 손을 뻗어 자갈치를 집어 먹었다. 고소하고 꼬롬꼬롬한 맛이 혀를 자극하자 그녀의 입이 열리기 시작했다.

먼저 사과를 한 소진은 변명이라도 하듯 오늘 있었던 황당하고 수치스러운 일에 대해 근배 씨에게 털어놓았다. 그는 음료를 비우며 눈을 똥그랗게 뜨고 그녀의 말을 들어주었다. 고맙기도 했지만 그 모습마저 호구처럼 보여 소진은 자기도 모르게 피식 웃었다. 그러자 영문을 모르겠다는 듯 근배 씨가 자기 얼굴을 만지며 소진을 살폈다. 순간 '뚜스 레스 쥬르스'를 외치던 근배 씨 모습이 떠올라 다시 웃음이 흘러나왔다.

근배 씨는 그런 소진을 뒤로하고 진열대로 향하더니 자갈치 하나를 들고 와 직접 계산했다.

"호구가 하나 더 씁니다. 자갈치."

소진이 아무 답도 안 하자 근배 씨가 머쓱해했다.

"가물치."

"가물치요? 그건 또 뭡니까?"

"자갈치. 이거 우리 아빠가 맨날 가물치라고 불렀어요. 이름 헷갈려서요."

"자갈치…… 가물치…… 아하하, 아하, 헷갈릴 만하네요."

"아빠는 서울에서 일하고 우리 집은 목포였거든요. 아빠는 주말마다 집에 내려왔는데, 그때마다 내가 좋아하는 이 과자를 사 왔어요. 그러면서 늘 소진아, 아빠가 가물치 잡아 왔다! 그랬어요. 내가 자갈치라고 맨날 정정해줘도, 다음에 올 때 또 가물치라고 했다니까요. 그래서 이 자갈치, 아니, 가물치는 나한테 아빠를 떠올리게 하는 과자예요."

순간 다시 눈물이 터지려고 했다. 근배 씨가 분위기를 바꾸려는지 그럼 가물치 한번 먹어보겠다며 와자작와자작 과자를 씹어댔다.

"아빠가 좋아하셨을 겁니다. 다 커서 소주에 가물치 먹는 딸을, 분명 좋아하셨을 거예요. 암. 아빠가 뭘 좀 아시네. 과자는 해물 과자가 최고라니까요. 나는 새우깡 좋아하거든요. 자갈치도 좋고 꽃게랑도 좋고. 최고는 고래밥! 완전 해물 모둠이잖아요. 고래밥도 하나 드실래?"

"그만해요."

"그거 알아요? 가물치가 엄청 포식자인 거? 우리나라 가물치가 미국에 수출됐는데, 미국 강의 현지 물고기들을 싹 다 잡아먹는다더라고요. 생태계 파괴종이래요. 그야말로 케이 물고기 파워라니까요."

"조용히 있는다더니 또! 오지랖에 수다에 진짜……."

소진이 말을 잇지 못하고 근배 씨를 흘겼다.

"진짜 뭐요?"

근배 씨가 억울하다는 듯 물었다.

"진짜…… 고마워요."

"뭘요."

근배 씨가 다시 자갈치를 와작 씹었다. 소진은 연갈색 음료를 마저 비웠다. 그런 다음 꾸벅 인사하고 몸을 돌려 출입문으로 향했다.

"가물치 씨!"

근배 씨의 하이 톤 외침에 소진은 문을 잡고 서야 했다.

"이제 소진 씨 내가 가물치라고 부를 겁니다. 힘센 가물치 씨. 그러니까 호구로 살지 말고 포식자로 살라고요. 알았죠?"

소진은 대답 대신 유리문을 있는 힘껏 열어젖혔다. 사우나 같은 열대야의 밤으로 걸어 나갔다. 열기와 객기를 연료로 삼고 싶었다. 그러자 누구 하나 함부로 굴면 가만두지 않겠다는 오기가 끓어올랐다. 진짜 가물치가 된 듯했고 자정의 어둑한 골목길도, 남영역 굴다리도 전혀 무섭지 않았다. 아빠가 일하다 돌아가신 낯선 이 도시도 더 이상 두렵지 않았다.

소진은 밤하늘을 올려다보고 걸으며 아빠에게 말을 걸었다.

"아빠, 자갈치는 생선이 아니라 문어야."

아빠는 답이 없었다.

"그걸 알고 얼마나 신기했는지 아빠에게 알려줘야지 하고 있었는데, 그 주에 아빠가 집에 내려오지 않았어. 그래서 얘기해줄 수가 없었네."

아빠는 답이 없었다.

"이후로도 얘기할 기회를 찾을 수가 없었는데, 이제야 알려드려요. 자갈치는 문어 과자예요."

아빠는 답이 없었다.

"그리고 아빠 딸도 이제 자갈치 아니고 가물치가 될게."

아빠가 우리 딸 장하다고 답했다.

소진은 들었다.

한 달 뒤 소진은 편의점 알바를 그만두게 되었다. 합격한 회사는 브랜드 홍보 전문 회사였다. 이번엔 회사 조사부터 철저히 했다. 만만치 않은 업무 강도를 지닌 회사였지만 블랙은 아니었고 작지만 실속 있는 곳이라는 평가였다.

소진은 최종 면접에서 자신을 가물치라고 소개했다. 소울 스낵 자갈치를 먹으면 가물치로 변신하는 슈퍼피워를 지닌 인재라고 씩씩하게 발표했다. 그리고 그 배경이 되는 돌아가신 아버지와의 특별한 사연을 설명했다.

대표는 좋은 이야기가 좋은 브랜드를 만든다며 소진을 합격시켰다.

금요일 아침 여덟 시, 마지막 근무를 위해 들어선 ALWAYS편의점 카운터에서 근배 씨가 졸고 있었다. 소진은 다가가 "호구!"라고 외쳤다. 근배 씨가 놀라 깨어나더니 그녀를 보고 눈을 비볐다.

"가물치 씨, 취직해 그만두신다며?"

"예. 덕분에요."

"그것 참, 호구가 해준 게 뭐 있다고. 참, 아보카도샐러드 남았어요."

"고마워요. 이따 먹을게요. 근데 산해진미 도시락은 오늘도 안 남았나요?"

"그건 내가 먹어야죠. 한식은 내 거, 양식은 가물치 씨 거잖아요."

"아저씨 가만히 보면 호구 아닌 거 같단 말이에요. 실속이 있으셔."

"아하하. 그만두실 때 되니 파악이 되셨구만. 점장님이 나 혹사시킨다고 전에 뭐라 했죠? 대신 점장님이 사장 몰래 주휴수당 챙겨주는 거 모르죠? 그리고 정육식당 최 사장님 일 내가 그냥 해주는 줄 알았죠? 나 거기 테이블 몇 개 고쳐주고 한우 투뿔에 새우살에 포식했습니다. 호구는 오히려 그 사람들이라니까요."

이 아저씨 진짜 보통내기가 아니네. 소진은 눈을 흘기며 카운터에서 나오라고 손시늉을 했다. 그런데 근배 씨는 나올 기색 없이 뚱한 표정으로 그녀를 바라보았다.

"왜요?"

"취직했다면서요. 그리고 나 덕분이라면서요."

"그거야 그냥 인사치레죠."

"참지 말고 참치 쏴요. 남영역 앞에 무한 리필 하나 생겼던데."

"뭔 소리래. 어서 나와요!"

근배 씨가 구시렁대며 카운터에서 나왔다. 소진은 웃음을 참으며 카운터로 들어가 곧 시재 점검을 시작했다.

"참이슬에 자갈치라도 쏴요."

푸핫. 소진은 이번엔 웃음을 참지 않았다. 그리고 여전히 큰 눈을 끔뻑이는 사내에게 손가락으로 오케이 사인을 보냈다.

꼰대 오브 꼰대

투명 글라스의 반을 맥주로 채운다. 뒤이어 소주를 톡 털어 넣는다. 비율이니 뭐니 다 필요 없고 그냥 양념 치듯 소주를 첨가하면 된다. 그게 진짜 소맥이고 그게 이 더위와 스트레스에 찌든 자신을 풀어줄 유일한 처방이라고 최 사장은 생각했다. 손목 스냅을 이용해 글라스를 휘리릭 돌린 그는 하얀 포말이 이는 소맥을 단숨에 비웠다. 크으. 이거지! 자신만의 감으로 제조한 이 소맥이야말로 씁쓸하고 시원한 인생의 맛이었다.

고개를 들어 주위를 살폈다. 행인들이 편의점 야외 테이블에서 소맥을 즐기는 자신을 힐끗거리며 퇴근길을 재촉하고 있었다. 고개를 숙여 보니 개미 한 마리가 분주히 슬리퍼를 타고 올라 그의 발가락을 고개 넘듯 지나고 있었다. 최 사장은 힘껏 발을 턴 뒤 휴대폰으로 시간을 확인했다. 아홉 시 오십오 분. 슬슬 자리를 정리하고 일어날 시간이다. 여름밤, 땀에 흠뻑 젖은 반팔 셔츠 차림으로 야외 테이블에서 즐겨야 하는 하루의 마무리가 너무도 짧다.

봄까지만 해도 이 정도는 아니었다. 가게를 마친 뒤 편의점 야외 테이블에 앉아 봄바람에 묻은 벚꽃 내음을 맡으며 늦게까지 소맥을 기울일 수 있었다. 하지만 날이 더워지면서 확진자가 늘어나더니, 가게도 편의점도 밤 열 시면 아무것도 먹을 수 없는 공간이 되어버렸다. 그놈의 사회적 거리두기 강화 조치로 인해 가뜩이나 외로운 최 사장은 더욱 고립감을 느낄 수밖에 없었다.

진짜 죽을 맛이다.

지난해 봄, 코로나가 터졌을 때만 해도 연말쯤 되면 어떻게든 잡히겠지 했다. 미국이고 영국이고 선진국들이 백신도 개발하고 치료제도 개발할 텐데, 그리고 그걸로 돈을 벌려 할 테니 머지않아 해결될 줄 알았다. 하지만 2020년이 끝날 때까지 역병은 잦아들기는 커녕 더욱 심해졌고, 영업 제한과 거리두기는 단계를 바꿔가며 점점 정교해졌다.

올해, 그러니까 2021년 초부터 노인들이 백신을 맞기 시작했고 최 사장도 곧 백신을 맞을 테니 모든 게 일상으로 돌아가겠거니 다시 희망을 품을 수 있었다. 독감 예방주사 맞고 평상시대로 행동하듯, 백신 맞았으면 돌아다닐 기 돌아다니고 먹을 거 먹을 수 있지 않겠나 했다. 사회란 게 사람들이 옹기종기 모여서 만들어진 건데, 언제까지 거리만 두고 살란 말이냐? 그건 사회가 아니라 교도소가 아니냔 말이다.

그런데 여름이 되고 일일 확진자가 천 명이 넘어가면서 정부는 이제 작정하고 거리두기를 강화했다. 통제하고 또 통제하는 그 와중에 최 사장 같은 자영업자들은 망하고 또 망해갔다. 재난지원금이니 손실보상이니 다 부질없었다. 피 흘리는 사람한테 물 권하는 꼴이었다. 도대체가 말이야, 사람이 죽어가는데 수혈을 해줘야지 왜 물만 멕이냔 말이다!

최 사장은 자기도 모르게 이를 갈았고 썩은 어금니가 아려왔다. 고통을 잊는 방법은 소맥을 마시고 취하는 것뿐이었다. 취기에 치통을 잊고 취기에 생의 고통도 잠재워야 했다.

4단계가 되자마자 가게 문을 닫고 휴업을 선포한 뒤 제주도로 뜬 이웃 가게 박 사장이 최 사장은 부러웠다. 열어봤자 적잔데 뭘 매달려? 자네도 이참에 그냥 쉬어. '한 달 살기'라나 뭐라나, 제주 해변 어디에 숙소를 잡고 한 달간 지낸다고 했다. 거기서 먹고 자며 낚시한다고.

최 사장은 부럽기 그지없는 말을 하고 떠난 박 사장처럼 할 방도가 없었다. 마누라랑 둘이 하는 초밥집에 외동딸도 취업에 성공한 박 사장이야 그럴 수 있지만, 그는 대학생 아들이 둘이나 된다. 도저히 문 닫고 훌훌 떠날 수 없는 족쇄가 양 발목에 채워져 있었다.

그래서 최 사장은 처량한 신세를 달래려 영업이 끝난 가게에서 홀로 술잔을 기울이게 되었는데, 텅 빈 가게에 유령처럼 앉아 컴컴한 창밖을 바라보자면 취기는커녕 냉랭한 기운만이 그의 몸을 잠식했다. 술맛도 전혀 나지 않았다. 무엇보다 손님이 없어 하루 종일 머리를 싸매던 곳에서 혼술을 하자니 울화가 차올라 견딜 수가 없었다.

그런 연고로 가게를 닫고 이곳에 와 한 시간 동안 후딱 소맥을 먹고 집에 가 잠드는 게 최 사장의 하루 마무리가 된 지도 수개월이 흘렀다. 밤 열 시가 되면 술꾼들은 한창인 술자리에 폭탄이라도 떨어진 듯 허망한 표정이 되어 패잔병처럼 뿔뿔이 흩어져야 했고, 편의점 야외 테이블도 예외가 아니었다. 코로나 시대는 술꾼들에게 유독 야멸차기 그지없었다.

편의점 안에서는 문이 열릴 때마다 쓸데없이 밝은 목소리의 "안녕하세요!"가 들려왔다. 안녕하긴 개뿔. 코로나에 너도나도 다 망해가는데 안녕하긴 뭐가 안녕해? 최 사장은 혼잣말로 투덜대며 마지막 소맥을 들이켰다.

끄응. 몸을 일으켰다. 술병과 빈 과자 봉지를 바구니에 담아 매장으로 들어갔다.

밝은 형광등 불빛 아래 편의점은 썰렁한 냉기로 가득하다. 눈이 부시고 한기가 스민다. 최 사장은 추적추적 걸어가 편의점 안쪽 분리수거함에 병을 넣었다.

"맛있게 드셨습니까?"

돌아보니 카운터의 투실투실한 녀석이 웃고 있다. 거, 참으로 천하태평인 놈이다.

최 사장은 카운터로 가 말없이 맥주 글라스와 병따개를 건넸다.

야외 테이블 단골 최 사장을 위한 특별 제공 키트를 접수하며 녀석은 매장에서 나오는 올드팝을 흥얼거렸다. 순간 최 사장은 심술이 났다.

"자넨 뭐가 그렇게 좋아?"

"예? 아하, 오늘도 단골 최 사장님이 매상 올려주셔서 좋죠."

"좋긴 개뿔. 내 한마디 할게. 지금 코로나로 세상 다 엉망 되고 자영업자들 망하고 응? 그리고 난 홧술 먹고 있는데, 혼자 그렇게 싱글벙글해서 되겠어? 진짜 혼자 뭐 면역에 좋은 마약이라도 먹은 거야?"

"면역에 좋은 마약이요? 알려드려요?"

"응? 뭐야? 딱 내놔. 딱!"

"웃는 거죠. 아하하. 웃으면 엔돌핀이라는 몸속 마약이 작동해서 면역도 좋아지고 기운도 확 올라온다잖아요."

"너 지금 나랑 장난해?"

"그럴 리가요. 사장님은 그러니까 제가 뭘 먹어서 웃는다고 생각하시는데 그게 아니라 웃어서 뭘 먹은 효과가 나는 거라니까요."

"차암, 그놈의 엔돌핀 돌핀킥 차는 소리 하고 있다."

"헉. 지금 아재 개그, 그거 완전 좋은데요?"

"좋으라고 한 거 아냐! 내가 너 실실대는 꼴 보기 싫어 다신 오나 봐라!"

"에이, 어제도 그러시고 또 오셨으면서."

"내일은 진짜 안 와!"

"여기 아니면 드실 데 없잖아요. 그러지 말고 오세요. 내일은 제가 꼭 술 받아드릴게요. 오늘은 물량이 많아서 바빴어요."

"어쭈. 이제 영업까지 하네. 됐어! 안 와!!"

최 사장은 유리문을 박차듯 밀고 나왔다. 술꾼들이 사라진 거리엔 인적이 없었다. 그는 귀찮은 마음에 마스크를 턱에 건 그대로 걸었다. 편의점에서 가게까지 50미터가 안 됐고 가게에서 다시 집까지 100미터가 안 됐다.

마스크 없이 걷는 밤거리임에도 술기운과 열기가 더해져 숨이 가빠왔다. 고혈압 약을 다시 먹어야 할까? 올해는 건강검진도 안 받았는데, 내일이라도 급사하면 아내가 혼자 가게를 꾸릴 수 있을까? 애송이 아들놈들이 졸업하고 취직이나 할 수 있을까? 온갖 걱정이 다시 최 사장을 잠식해왔다. 술로도 떨칠 수 없는 걱정거리들이 바이러스처럼 그의 주변을 맴도는 듯했다.

얼마 먹었다고 숙취가 올라오는지 모르겠다. 가게에 나온 최 사장은 오전 장사를 위해 고기 손질을 하며 일과를 시작했다. 마장동 도축업자 생활 20년 끝에 장만한 가게이고, 이후 10년간 삶을 영위하게 해준 업장이자 그의 모든 것이었다. 이곳에서 일하며 낡은 빌라지만 내 집을 가질 수 있게 되었고, 아들 둘을 대학에 보낼 수 있었다. 가게가 보이는 거리에 진입하기만 해도 뿌듯했고 입간판만 봐도 입꼬리가 올라가던 자신의 가게, 청파 제일 정육식당.

이제는 가게에 들어설 때부터 어깨가 처지고 한숨부터 차올랐다. 손님이 없어도 곧 오시겠지 하며 힘내던 날들은 간데없고, 오죽 하면 장사가 끝나기 무섭게 눈썹 휘날리며 퇴근을 하게 됐을까?

이건 분명 빌어먹을 코로나와 망할 거리두기 때문이다.

그런데 과연 그것뿐일까? 의문을 품고 나자 점점 가게에 대한 자 부심이 사라져갔다. 함께 일하는 아내는 늘 신경이 곤두서 있었고 곧잘 가게 일을 돕던 아들들은 내빼기 바빴다. 처우가 나쁘지 않아 오래 일한 종업원들도 이제 떠나고 없다. 함께 힘을 모아 일하고, 같이 고기 구워 먹으며, 오늘 장사 신나게 했다고 웃던 날도 사라진 지 오래다.

손님들은 어떤가? 10년 전 단골 어르신들은 이제 나이가 들어 좀처럼 못 오시고, 주 고객이던 인근 대학 교수와 교직원들은 새로 생긴 맛집들로 발걸음을 옮긴 지 오래다. 무엇보다 이 상권의 메인 소비자인 대학생들에게 소고기는 비싼 음식인지라 외면 받고 있 었다.

아무튼 가게라는 건 돈만 버는 게 아니라 삶의 터전이자 직원과 손님들 모두 행복한 곳이 되어야 하는데, 이제 그런 것들이 다 사라 진 이곳은 망해가는 가게의 특징들만 독버섯처럼 올라오고 있었다.

고기 장사로 30년간 IMF, 사스, 구제역, 광우병 소고기 파동, 메 르스 등 수많은 고비를 넘긴 최 사장이었지만, 이 전 지구적 재난 앞에서는 도무지 길이 보이지 않았다.

며칠 전에는 마지막 직원마저 잃었다. 초대 직원이자 10년을 함 께 일한 주방 담당 조 여사님이었다. 조 여사님에게 경영 악화로 더 이상 같이하기 어렵게 되었다 말하며 최 사장은 슬쩍 눈물을 내비쳤다. 큰누나뻘의 조 여사님이 알찬 손맛으로 반찬이며 찌개며 맛을 내준 게 가게의 큰 부분을 차지했기에, 그에게도 힘든 이별이 아닐 수 없었다. 조 여사님은 안 그래도 내 차례일 줄 알았다며, 10년간 여기서 할 만큼 했다고 답해주셨다. 그리고 최 사장 고기가 최고니 다시 잘될 거라고 격려해주셨다.

"포장, 할 거야 말 거야."

주방에서 밑반찬을 만들던 아내는 오늘도 십팔번 유행가 부르듯 포장 건을 던졌다. 최 사장은 말없이 제비추리를 다듬었다. 아내는 한숨 소리와 함께 수도를 틀고 무언가를 세차게 씻는 소리를 냈다.

"두고 봐. 코로나만 끝나면 보란 듯이 매출 올라올 거니까."

아내가 허탈한 표정을 지어 보였다.

"승민 아빠. 그러니까 포장 하자는 거야. 보아하니 코로나 쉽게 안 끝나. 끝나도 이 가게 끝장나고 나서야 끝날 거라고."

"계속 말했잖아. 소고기는 바로 구워 먹어야 맛이라니까. 어떻게 포장을 해? 곰탕도 그거 식어서 먹으면 제맛 안 나. 여보. 나 최 사장이야. 여기 청파 제일 정육식당이고. 이 동네에서 우리 소고기 안 먹어본 사람 없잖아. 안 그래? 그 맛을 어떻게 잊어? 포장 하면 맛 달라져서 인심 잃어. 지금 코로나에다 불황으로 힘들어서 그렇지, 사람들은 뭐라도 잘되면, 잘 풀리고 나면, 결국 소고기 먹게 돼 있어. 안 그래?"

"고기 발주나 그만해. 지금 남은 거 우리가 먹잖아. 잘돼서 먹는 게 아니라 남아서 해치운다고. 한우 투뿔이면 뭐 해? 애들도 이제 안 먹는다니까."

"그놈 자식들 배가 불러서 그렇지. 참, 승민이 저녁에 가게 붙어 있으라고 했지?"

아내가 한숨을 내쉬고는 최 사장을 향해 눈을 흘겼다.

"걔 알바한다고! 가게 일 못 한다고 내가 몇 번이나 말했어?"

"아니, 지금 조 여사님까지 관두고 일할 사람이 없는데, 가족이 같이 해야지. 가족밖에 더 있나? 내가 이 자식들 고기 팔아 먹여 키웠더니, 집일 안 하고 남의 가게 품을 팔아? 어디서 뭔 알바를 한다는 거야 대체!"

"몰라. 시급 만 원 넘는대. 최저시급 넘게 주는 데 요즘 흔하냐고. 그러니 내가 뭐라 그래? 우리는 용돈도 뜸하게 주는데."

"용돈? 밥 주고 재워주고 등록금 대주고 지금까지 키워주고! 그 자식 어딨어? 아, 오늘 한마디 해야 이 자식이 정신을 차리지."

최 사장이 요리용 장갑을 벗고 도마 옆에 둔 휴대폰을 집어 들었다.

"전화만 해봐!"

아내의 일갈에 휴대폰을 떨어뜨릴 뻔했다. 어느새 그의 앞에 와선 아내가 눈을 흘기며 덧붙였다.

"두 달 전 제대했을 때 내가 그렇게 설교하지 말라고 했는데 뭐라 그랬어? 너도 제대했으니 집안에 보탬이 돼야 한다고 그랬지? 그래서 걔가 등록금 번다고 다른 일 하는 거야. 알겠어?"

"아니, 집안일 하면 등록금이야 대주는데 왜 그러냐고?"

"못 대줘."

"왜?"

"몰라서 물어?"

"……끙……."

"등록금 대출받아야 한다니까 지가 직접 번다고 알바 뛰는 거야."

"……못난 놈. 그러니까 장학금 받아두라고 했는데, 한심하긴 아주—"

"가게 일 하며 장학금을 어떻게 받아! 걔 대학 때 가게 일 안 시켰으면, 가게 오는 거 질색 안 하지! 도대체 자기가 한 짓은 생각을 안 하고 만만한 게 아들이라고, 오나가나 꼰대 짓만 하고 있어!"

"뭐? 꼰대 짓?"

"그래. 꼰대! 당신이 꼰대 짓거리 하니 애들이 밖으로 돌지. 가게도 그래. 내 말은 하나도 안 듣고 자기 고집만 부리니 장사가 되나? 배달 하자고 해도 무시하고, 메뉴 늘리자고 해도 들은 척도 않고! 그런 게 꼰대 짓거리라고! 그럴 거면 혼자 해!!"

아내가 앞치마를 벗더니 휙 내던지고 돌아섰다. 마치 드라마 속 악덕 업주 앞에서 직장을 때려치우고 나가는 주인공의 뒷모습 같았다.

최 사장은 잠시 멍한 표정으로 가게를 나서는 아내의 뒷모습을 바라보다가 울분에 차 외쳤다.

"그래 나 꼰대다! 그래서 뭐가 문젠데? 꼰대로 살며 내가 법을 어 겼어? 사람을 때렸어? 열심히 버티느라 고집 좀 피운 것뿐인데 왜? 뭐가 어때서? 으아, 으아아!!"

정신을 차리고 보니 텅 빈 가게 중앙에 혼자 숨 죽은 배추처럼 서 있었다. 최 사장은 억울하고 분해 어찌할 바를 몰랐으나 들어줄 사 람은 아무도 없었다. 결국 사이다를 한 병 따 벌컥벌컥 마시고 트림 을 크게 하고 나서야 겨우 분을 삭였다.

점심 장사를 포기한 최 사장은 가만히 매장 안을 둘러보았다. 고 기 써는 게 보이도록 만든 투명 아크릴 창 너머 오픈 탁자에는 썰다 만 제비추리가 붉은빛을 내비치고 있었고, 주방엔 아내가 밑반찬 을 만들기 위해 썰어놓은 재료와 양념 통들이 널려 있었다. 고개를 돌려 홀을 살피니 매장 중앙 벽을 가득 채운 액자가 눈에 들어왔다. 그중 최 사장은 자신보다 한 뼘은 큰 잘생긴 청년과 함박웃음을 짓 고 있는 사진과, 그 액자에 함께 끼워져 있는 청년의 사인을 바라보 았다.

청년은 9년 전엔 아이돌 가수였고 지금은 최고로 잘나가는 배우 차무영이다. 가게를 차리고 1년이 채 안 된 어느 날, 마장동 시절 사부에게서 연락이 왔다. 사부는 소 발골을 배우고 싶다는 젊은 연 예인 하나를 맡으라고 했다. 최 사장은 마뜩잖지만 사부의 말이라 수락했는데, 얼마 뒤 삐쩍 마르고 얼굴은 조막만 한, 마치 목 긴 새 를 보는 것 같은 청년이 카메라 든 사람들을 주렁주렁 달고 나타났다. 그 녀석이 차무영이었다.

차무영은 자신이 고기 마니아라면서 요즘 뉴요커들에게 핫한 취미라는 소고기 정형을 배우러 왔다고 말했다. 발골에 대한 기본 이해도 없이 미국 놈들 취미나 배우겠다고 불쑥 찾아온 녀석이 시건방져 보여 최 사장의 표정은 좀처럼 펴지지 않았다. 다행히 싹싹한 피디인지 작가인지 하는 분이 양해를 구하며 그를 달랬고, 최 사장은 사부를 생각해 애써 방송 내용을 숙지했다.

발골 준비를 마친 차무영이 껑충한 키로 최 사장 옆에 붙어 서 이런저런 질문을 해댔다. 최 사장은 그에 맞게 적당히 답하며 발골 기술을 가르쳐주면 되는 것이었는데, 방송이란 게 처음인지라 근막을 제거하다 손가락을 제거할 뻔했다. 카메라가 자신을 찍는다고 생각하니 긴장하지 않을 수 없었다. 아무튼 그렇게 두 시간 남짓 촬영을 마친 뒤 녀석과 사진을 찍었고, 아내가 사인을 받아냈다.

촬영하는 동안은 짜증나고 번거로웠지만, 차무영이 나온 그 예능 프로가 꽤 유명했는지 다음 날부터 손님들이 몰려들기 시작했다. 팬클럽 사람들이 와 인증 샷을 남기고 가기 바빴고, 가게 앞에 줄이 늘어서자 동네 사람들도 덩달아 모여들었다. 이후로는 땅 짚고 헤엄치기처럼 장사가 잘됐고 얼마 지나지 않아 동네의 명소로 자리 잡게 되었다.

요즘 최고의 주가를 자랑하는 남자 배우 차무영. 자네는 이후로 더욱 승승장구해 배우로도 최고의 반열에 올랐구나. 잘나가는 그를 볼 때마다 최 사장은 저놈이 우리 가게 기운을 받아 성공한 거라

떠벌렸지만, 지금 생각해보니 저 노다지 같은 존재가 오히려 이 가게에 기운을 불어넣은 듯했다. 그것도 모르고 최 사장은 자신이 최고로 맛있게 고기를 다룬다고 자만했던 건 아닐까? 내 음식만이 제일 맛있다고 우긴 건 아닐까? 어쩌면 코로나 때문이 아니고 그냥 자신의 실력이 한물간 거고, 거기에 꼰대처럼 굴어서 아내도 아들도 손님도 자신과 가게를 피하는 건 아닐까? 지끈거리는 무언가가 머리통 곳곳을 따갑게 만들었다.

최 사장은 뒷골을 잡고 숨을 골랐다. 심장에 통증이 느껴졌다. 오늘 고혈압 약을 먹었던가? 이러다가 정말 쓰러지면 이 가게는? 아내와 아이들은? 고향의 늙은 부모님은? 걱정에 더해진 걱정이 쉴 새 없이 그의 심장을 조여왔다. 최 사장은 차무영을 생각했다. 다시 노다지를 얻을 날을 희망하며 심호흡했다. 다시 한번 차무영 같은 행운이 떨어지기를, 그때까지 죽지 말고 살아 있기를 간구하며 있는 힘껏 숨을 들이마셨다.

다행히 아내는 저녁 장사를 준비할 즈음 돌아왔다. 약간 붉어진 얼굴로 최 사장을 외면한 채 밑반찬을 마저 준비하고 홀을 정리했다. 친한 미용실 친구들과 점심을 먹으며 맥주든 소주든 한 모양이었다. 최 사장이 일 마치고 혼자 편의점에서 한잔하듯, 아내는 가끔 미용실에서 어울리는 사람들과 밥도 먹고 술도 했다. 서로 각자만의 영역이랄까, 거기에 대해서는 두 사람 모두 불문율처럼 뭐라 하지 않았다.

저녁에는 다행히 여섯 테이블을 받았다. 그래봐야 모두 두 명 테이블이기에 매상은 초라했다. 고깃집이라는 건 단체로 와 먹어야 맛도 나고 수익도 났다. 왁자한 기분에 고기를 추가하고 술병도 늘어야 매출이 오르는 건데, 두 명이 먹으면 좀처럼 추가 주문이 들어오지 않았다.

장사가 마무리될 즈음 최 사장은 유통기한이 다가온 보섭살로 아내가 좋아하는 소불고기를 만들었다. 두 사람은 소불고기를 구워 말없이 늦은 저녁 식사를 마쳤다. 소불고기 덕인지 냉랭함은 누그러졌지만 여전히 무심한 말투로 아내가 먼저 들어간다며 가게를 나섰다.

최 사장은 설거지를 한 뒤 발주 물량을 확인하고 셔터 문을 내렸다. 휴대폰으로 시간을 보니 여덟 시가 조금 넘어 있었다. 내일은 또 어떻게 장사를 해야 하나? 밀려드는 걱정을 뒤로하고 그는 효창공원으로 향했다.

이미 많은 사람들이 마스크를 쓴 채 밤의 효창공원을 산책하고 있었다. 운동을 해야 한다. 과체중에 고혈압인 몸이 한계에 도달하기 전에 조금이라도 건강을 회복해야 한다. 최 사장은 가쁜 숨을 내쉬며 행렬에 합류했고 곧 마스크가 젖을 정도로 걸었다. 아무 생각 없이 걷다 보니 호흡도 정리되고 머릿속도 맑아지는 것 같았다. 그렇게 공원을 돌고 나오자 반팔 티셔츠는 땀으로 온통 젖어 있었고 목도 칼칼했다.

어쩔 수 없이 시원한 소맥 생각이 났다. 젠장. 오늘은 그놈의 곳 안 가려고 했는데, 밀려오는 갈증에 최 사장의 발길은 어느새 편의점이 위치한 골목길로 접어들고 있었다.

딸랑.

"어서 오세요."

밝게 인사하는 녀석을 무시하고 최 사장은 입구에 놓인 바구니부터 들고 냉장고로 향했다. 편의점의 시원한 냉기가 땀으로 젖은 그의 티셔츠를 금방이라도 얼릴 기세였다. 최 사장은 맥주 두 병에 소주 한 병 그리고 과자와 주전부리를 챙겨 넣었다. 카운터로 오니 홍금보 자식이 그거 보란 듯 웃음을 건넸다.

장사가 안 돼도, 코로나에 세상이 엉망이어도, 이 녀석은 명찰에 '홍금보'라고 써놓고 헤실헤실 웃고만 있다. 참으로 부러운 재능이다. 한마디로 멘탈 금수저다. 나이는 마흔 넘은 게 분명한데 편의점 야간 알바나 하는 형편에 뭐가 그리도 느긋한지.

"어이, 홍금보. 자네 정체가 뭐야?"

계산을 마치고 카드를 건네는 녀석에게 물었다.

"저요? 편의점 야간 알바죠."

"아니, 원래 직업이 이건 아닐 거 아냐? 원래 뭐 했어? 낮엔 뭐해? 집은 어디야? 명찰엔 왜 홍금보라고 적었어?"

"음…… 원래부터 전 알바하며 살았어요. 예전엔 노가다도 좀 했구요. 낮엔 잡니다. 밤에 일하면 낮에 수면의 질이 안 좋아서 오래 자줘야 해요. 집은 저기 남대문시장 위 남창동 살구요…… 또 뭐 물으셨죠? 아, 홍금보는 어릴 적부터 별명입니다. 제 본명이 근배거든요. 황근배. 아하하."

"실없이 웃기는. 자넨 왜 그리 태평해? 대책이 있어? 가족이 돈 잘 벌어?"

"가족은 없어요. 대책도 없고요. 그리고 걱정도 없어요. 아, 걱정이 없어서 태평한 거 같네요."

"걱정이 없다고? 그러다 일 터지면 어쩔 거야? 사고라도 나봐. 몸이라도 아파봐. 목돈 들어갈 일 생겨봐. 어떻게 수습할래? 보험이나 저축은 있어?"

순간 홍금보가 침을 꿀떡 삼키고는 히죽 웃었다.

"사장님. 제 걱정까지 안 해주셔도 됩니다. 사장님은 사장님 걱정만으로도 힘드시잖아요."

"뭐야? 너 점쟁이야? 너 내가 걱정 많은 거 어떻게 알고?"

"맨날 야외 테이블에 웅크리고 앉아 끙끙대시니까요. 근데 너무 걱정 마세요. 걱정은 독이라고 하잖아요. 안 그래도 사장님 얼굴, 살이 오르셔서 약간 독두꺼비 같아 보이세요."

"도, 독두꺼비?"

"아, 너무 부정적으로다가 생각 마시구요. 그 왜 옛날에 팔던 진로 소주 상표에 나오는 두꺼비 있잖아요. 완전 귀여운 두꺼비. 그 두꺼비에서 독만 빼시면 돼요."

"이 자식이, 대체 뭔 말을 하는 거야?"

"저는 그저 묻는 말에 열심히 대답을 하다 보니…… 아, 기분 나쁘셨으면 죄송합니다. 어서 동굴로 가시죠."

"동굴?"

"야외 테이블 말입니다. 맨스 케이브(Man's Cave)라고 남자들은 자기만의 동굴이 필요하다고 하잖아요. 그 왜 미국 영화 보면 남자들이 지하실이나 차고를 자기만의 공간으로 꾸미고 고민 있을 때 거기 처박히고 그러는 장면 나오잖아요."

"몰라. 영화 잘 안 봐."

"암튼 제가 보기엔 사장님이 걱정과 고민이 있으셔서 저기 야외 테이블을 애용하시는 거 같아요. 한마디로 자기만의 동굴을 찾으신 거죠. 아하하."

"자기만의 동굴이라……."

"예. 걱정 그만 떨치시고 어서 동굴에서 힐링하세요."

홍금보가 손수 바구니를 들고 앞장섰다. 최 사장은 자기도 모르게 녀석의 뒤를 따라갔고, 자연스레 야외 테이블에 자리 잡았다. 순식간에 구석진 야외 테이블이 동굴같이 느껴졌고, 자신은 도시의 원시인이 된 것 같았다.

도구 따위 없던 원시시대가 그립다는 듯 최 사장은 이로 병뚜껑을 땄다. 놀라는 녀석에게 어서 글라스를 달라고 한 뒤 맥주를 콸콸 따르고 소주도 과감하게 부었다. 녀석이 엄지를 척 들어 보이곤 들어갔다.

최 사장은 넘치는 거품을 입으로 막으며 벌컥벌컥 마셨다. 크아. 수염에 묻은 하얀 거품을 손등으로 슥 털었다. 그러자 발가벗은 야만인이 되어 거추장스러운 인생살이도 떨친 듯했다. 당장 끈적이는 티셔츠랑 반바지도 벗어버리고 맨몸으로 잠들고 싶어졌다.

다시 소맥을 마는 최 사장의 코를 묘한 향내가 자극했다. 내려다보니 테이블 다리 옆에서 원형의 녹색 모기향이 타고 있었다. 모기향까지 있으니 정말 야외에서 캠핑하는 기분이 들었다. 지난번에 모기가 많다고 투덜댔더니 홍금보 녀석이 미리 피워놓은 듯했다. 생각보다 괜찮은 놈일지도 모른다고 마음을 고쳐먹으며 다시 소맥을 말았다.

맥주가 떨어졌는데 소주가 두 잔 정도 남았다. 대체로 비율을 잘 맞추는 편이었으나 오늘은 목이 말라 맥주를 많이 마셨다. 최 사장은 자리에서 일어나 편의점으로 들어갔다.

냉장고에서 맥주 한 병을 꺼내 카운터로 와보니 홍금보는 의자에 걸터앉은 채 꾸벅꾸벅 졸고 있었다. 마스크 너머로 나직하게 코고는 소리까지 흘러나왔다. 정말이지 놀라운 내공이었다. 수면의 질이 안 좋아서 낮에 오래 잔다며 밤에 와서 또 자는 건 뭐야? 최 사장은 이따 계산하기로 하고 테이블로 돌아왔다.

다시 소맥을 말아 마시려는데 기포 속에서 낮에 아내가 했던 말들이 보글보글 떠올랐다. 고집만 피우고 못 들은 척하지 말라는 말이 쓰렸다. '꼰대 짓거리'라는 말에는 발끈할 수밖에 없었다. 꼰대라는 말에 화난 것이 아니다. 최 사장은 자신이 꼰대란 걸 인정하기에, 그걸 가지고 뭐라 하는 건 개의치 않았다. 문제는 '짓거리'에 있다. 아내는 최 사장이 꼰대라는 비아냥을 들으면서도 지키려는 것들을 짓거리라고 불렀다. 지난 30년간 고집을 피우며 고기를 관리

하고 우직하게 가게를 운영한 소신을, 짓거리로 치부하는 데 화가 난 것이었다.

아내는 장사가 안 되니 이것저것 변화를 요청한다는 건데, 그렇다면 지금까지 그 꼰대 원칙으로 잘해온 장사는 뭔가? 그동안 쌓아온 자신의 노하우는 다 무시하겠다는 걸로 느껴져 최 사장은 서운하기 짝이 없었다.

아이들과도 그렇다. 무뚝뚝하고 고집 센 아빠였지만 가정에 충실하지 않은 적이 없었고 필요한 건 다 사주고 남부럽지 않게 키웠다 자부했다. 하지만 아이들에게 잔소리하고 일 시킨다고 아내는 화를 냈다. 아니, 내가 학교도 가지 말고 일하라고 그랬나? 그 또래 대학생들 알바 다 하는데, 이왕 하는 거 집에서 하라는 건데, 그게 그리 잘못한 일인가? 알바비를 또박또박 챙겨주진 않지만 대신 용돈을 주지 않는가?

무엇보다 가게란 건 패밀리 비즈니스다. 최 사장 혼자로는 감당이 안 되는 구조다. 매출이 좋을 때는 사람을 쓰며 아내와 아이들의 출근 횟수를 줄여주었다. 하지만 지난 몇 년간 매출이 줄었고, 코로나 타격에 이제 모두가 손을 맞잡고 위기를 타개해야 할 때다. 그런데 그동안 자식들 시켜 먹고 또 부려 먹느냐는 아내의 말은 받아들이기 힘들었다.

끙. 낮게 신음한 뒤 최 사장은 남은 소주를 마저 털어 넣었다. 그때 유리문이 열리고 홍금보가 다가왔다. 손에는 날렵한 튤립 모양의 잔에 맥주를 가득 채운 채. 녀석은 늘 비어 있던 최 사장 맞은편

의자에 앉으며 마스크를 벗었다. 투실한 볼 아래 자리한 큰 입이 드러나자 진짜 홍금보가 떠올랐다.

신기하게 자신을 바라보는 최 사장에게 녀석이 맥주잔을 기울였다.

"한잔 받아드린다는 게 늦었습니다. 아하하."

"일하며 맥주 마셔도 돼?"

"맥주 아닌데요."

"뭘. 맥주 맞구만. 아까 보니 졸기도 잘 졸던데, 알바 똑바로 하는 거 맞아?"

"안 졸았어요. 방금 전에 맥주 한 병 가져가셨잖아요."

"허. 여기 빈 병 보고 눈치챘구만. 카운터나 지키지 왜 왔어?"

"에이, 오늘도 끙끙거리시길래 한번 와봤죠. 자, 건배하시죠!"

끙끙거린다는 말이 거슬렸지만 애써 불편한 표정을 지우고 건배했다. 잔을 비웠다. 혼술이 지겹던 찰나, 그래도 앞에 사람이라고 있으니 나쁘지 않았다.

최 사장은 남은 맥주를 잔에 부었다. 그러자 홍금보도 카고바지 건빵 주머니에서 무언가 꺼내 잔을 채웠다. 자세히 보니 옥수수 염차였다.

"야, 너 술도 아닌 거 먹으면서 건배를 청해?"

"맥주 아니라고 말했잖아요. 근데 감쪽같죠? 맛도 시원하고 구수하고. 맥주 생각날 때 이거 마시면 좋아요."

"거참, 옥수수 우수수 털리는 소리 하고 앉아 있네."

"아, 또 그러신다. 이거 진짜 좋다니까요. 한번 드셔보실래요?"

홍금보가 옥수수수염차를 따라주려 하자 최 사장은 진저리를 쳤다. 녀석이 서운하다는 표정을 짓고는 자기 잔에 연갈색 음료를 채웠다. 참 여러 가지로 골 때리는 녀석이라고 느꼈고, 그럼에도 같이 대작을 해주는 모습이 기특했다.

"자네 정체를 알겠군."

"예?

"자네 정체는, 싸가지 있는 놈이야."

"싸, 싸가지요? 그렇죠. 싸가지. 예. 그렇게 보일 수도 있겠네요."

"자네는 내가 어떻게 보여? 자네도 내가 꼰대로 보여?"

그러자 홍금보는 큰 머리를 갸웃거리며 뜸을 들이더니 고개를 끄덕였다. 최 사장은 녀석을 흘기며 목청을 높였다.

"근데 꼰대가 나쁜 건가? 나는 소신껏 일하고 그걸로 생업을 꾸렸다고. 그리고 꼭 필요한 말을 할 뿐인데, 왜 그리 잔소리한다고, 꼰대 짓 한다고 화를 내는 거지?"

"그게, 소신 있는 꼰대는 나쁘지 않은 거 같은데…… 문제는 자기 말만 해서 아닐까요? 대체로 꼰대들이 자기 말만 하고 남의 말은 안 듣거든요."

"안 듣는 게 아니라 그동안 하던 방식이 있으니, 들어도 고치기 힘든 거 아니겠어?"

"그게 그거죠. 남의 말도 듣고 고칠 건 고치고 해야 발전이 있죠."

"이 나이에 발전은 무슨 발전을 해. 하던 거나 잘해야지. 그거라도 지키려고 꼰대로 사는 거야. 그걸 너무 폄하하지 말란 말이야 내 말은!"

"폄하하긴요. 대단하시죠. 대한민국 자영업자들 저 진짜 존경합니다. 근데 가족들은 생각이 다를 수도 있죠. 가족들한테는 사장님이 사장님이 아니고 아빠나 남편일 거잖아요. 그니까 사장님이 아니라 아빠나 남편으로 가족 말도 들으셔야죠. 그거 듣기가 힘들면, 딩동댕! 꼰대 당첨인 거죠."

"거참, 듣긴 하는데 바꾸기 힘들어 그렇다니까. 바꿨다가 잘 안되면? 망하면? 누가 책임질 건데? 아내가? 아들이? 아님 자네가 책임질 거야?"

"그러니까, 걱정하시는 거구나. 바꿨다가 잘 안 될까 봐 걱정이신 거야. 근데 제가 아까 말씀드렸잖아요. 걱정은 독이라고. 걱정하실 시간에 주변 조언 진지하게 한번 생각해보시고, 조금만 바꿔보시라니까요. 만약에 안 된다 해도 가족이 사장님을 혼내겠어요? 욕하겠어요?"

"그, 그건 또 모르지."

"사람이 양심이 있잖아요. 적어도 사장님이 가족 말 듣고 바꾸려 노력했는데, 그래도 뭐라 그러면 그건 진짜 아니죠! 사모님이 그럴 분은 아니잖아요. 안 그런가요?"

"아, 몰라! 자네같이 가족도 없고 태평한 놈은 그럴 수 있는데 난 아니라고!!"

최 사장은 냅다 소리치고 자리에서 일어나 편의점으로 들어갔다. 홍금보가 서둘러 뒤따라 들어왔다.

카운터에 온 홍금보에게 최 사장은 카드를 내밀었다.

"맥주 한 병 더 드셨고요, 여기 이것까지."

들고 들어온 맥주병 바코드를 찍은 녀석이 순식간에 자기 옥수수수염차의 바코드까지 찍었다. 황당해하는 최 사장에게 녀석은 같이 대작해 드렸으니 차 한잔 사시는 건 인지상정 아니냐며 너스레를 떠는 게 아닌가?

"야! 내가 호구야?"

"아뇨. 꼰댄데요."

"뭐! 아, 내 진짜 여기 다신 안 와!"

최 사장이 도끼눈으로 녀석을 흘긴 뒤 돌아섰다. 출입문으로 향하는 그의 등 뒤로 녀석의 목소리가 들려왔다.

"생각해보니 사장님 꼰대 아닌 거 같아요."

최 사장의 발걸음이 멈췄다.

"꼰대 아니고 상꼰대십니다. 꼰대가 버럭도 하면 진짜 상꼰대거든요. 아하하."

이제 한숨조차 나오지 않았다. 저런 싸가지 없는 놈을 싸가지 있다 착각하고 말을 섞은 내 잘못이지. 자신의 입을 봉하고 싶다는 듯 최 사장은 마스크를 쓰고 유리문을 열어젖혔다.

집에 와 방에 누웠다. 큰아들 방이다. 1년 전 아내는 코 고는 소리를 도저히 참을 수 없다며 각방을 제안했다. 살이 찐 뒤로 코골이를 막을 방법이 없어졌기에, 최 사장은 군대에 간 큰아들 방에서 자게 됐다. 이후 두 달 전 제대한 큰아들은 지방 캠퍼스에 다니는 막내아들 방에서 지내게 되었고, 그걸 아는지 막내아들은 방학임에도 계절학기를 들어야 한다며 자취방에 머무르고 있었다.

방 세 개 빌라에서 네 명의 성인이 계속 같이 지낼 수는 없을 것이다. 안방으로 돌아가 아내와 같이 지내기도 쉽지 않으니, 큰아들이든 막내아들이든 독립해 나가야 할 것이다. 혹은 아들들이 졸업 후에도 집을 안 떠난다면, 어쩌면 최 사장이 집을 나가야 할지도 모를 일이었다.

걱정이 쌓이고 쌓여 잠이 안 왔다. 최 사장에게 소맥이란 수면제 같은 것인데, 그걸 먹고도 잠이 안 왔다. 그때 비밀번호 누르는 전자음과 함께 현관문이 열렸다. 아들이 돌아왔다. 그는 어둠 속에서 휴대폰을 열어 시간을 확인했다. 열한 시 사십오 분. 모든 가게가 열 시면 문을 닫는데, 대체 어디서 일하다 지금 오느냔 말이다. 가게 끝나고 다른 가게에서 한잔할 수도 없는 노릇인데, 저 녀석이 진짜 무슨 뻘짓을 하는지 걱정이 일었다. 밖으로 나가 녀석을 붙잡고 이것저것 따져 묻고 싶은 마음이 부풀어 올랐지만, 꾹 참고 내리눌렀다.

예전 같으면 다짜고짜 훈계를 했겠지만 이제 좀처럼 나설 수 없었다. 홍금보 녀석의 잔소리가 떠올랐다. 꼰대는 자기 말만 한다고. 심지어 버럭 하면 상꼰대란다. 제길, 꼰대 낙인에도 굴하지 않던 그였는데, 편의점 야간 알바까지 뭐라고 하니 기가 죽었다.

이제 이렇게 죽어지내야 하는 건가? 가장이고 뭐고 그냥 자식들과 아내 말에 굽실대며 돈이나 벌어 오면 되는 건가? 돈도 잘 못 버는 요즘은 진짜 죽어지내는 게 맞겠다 느끼며, 최 사장은 새우처럼 몸을 웅크리고 잠을 청했다.

다음 날부터 최 사장은 퇴근 후에도 편의점을 찾지 않았다. 당분간 혼술을 끊기로 했다. 소맥을 마셔도 시원하게 하루가 마무리되지 않았고, 말 많고 잘난 척하는 홍금보 녀석 꼴도 보기 싫었기 때문이었다.

여전히 손님은 희귀 동물인 듯 보이지 않고 에어컨 냉방비만 낭비하는 날이 계속되었다. 그날도 낮에 겨우 두 테이블을 팔고 개점 휴업이었다. 브레이크 타임이 없는 가게임에도 오후 두 시부터 저녁까지는 자연스레 쉬게 된 지 오래였다. 최 사장은 가게를 접으면 어떻게 먹고살아야 하나 또 걱정을 쌓아나갔다.

저녁이 되고 겨우 손님이 들어왔는지 아내의 인사 소리가 들렸다. 주방에서 넘겨보니 혼자 온 손님인 듯했다. 혼자 고기 구울 리는 없고 곰탕이라도 팔리려나 나와 보니, 녀석이었다.

어쭈, 손님으로 와 대접받겠다? 최 사장은 미간을 찌푸린 채 홍금보에게 다가갔다.

"왜 왔어?"

"안녕하세요 사장님. 요새 편의점 안 오셔서 괜찮으신가 뵈러 왔죠."

"싱거운 친구네. 여기 식당이거든. 뭐 먹긴 할 거야?"

"당연히 주문해야죠! 지금 출근길이거든요, 저녁 먹고 가게요."

"편의점 도시락 먹는 거 아니었어?"

최 사장의 퉁명스러운 말투에도 녀석은 싱글거리는 표정을 잃지 않았다. 아내는 아는 사이인가 보다 하고는 뒤로 빠졌다.

"소고기 팔아드려야 하는데 제가 그건 좀 무리라…… 곰탕 주세요."

"알았어. 미운 놈 고기 한 점 더 넣어주마."

"아우, 좋죠."

주방으로 돌아온 최 사장은 고기를 푸짐하게 넣어 곰탕 하나를 말았다. 아내가 그걸 녀석에게 갖다 줬고 녀석은 보자마자 환호성에 가까운 소리를 냈다. 그리고 이어서 국물이 살아 있네요, 고기가 야들야들한 게 죽이네요, 등 연신 호들갑을 떨며 곰탕을 퍼먹었다. 아내는 그런 홍금보를 신기하다는 듯 바라봤고 최 사장도 기분 나쁘지 않게 녀석의 오버를 받아들였다.

문제는 식사를 마치고 계산을 할 때였다. 홍금보는 곰탕도 이렇게 맛있는데 등심은 얼마나 맛있나요, 라며 덕담을 건넸고 최 사장은 우쭐한 표정으로 녀석의 카드를 긁었다. 그런데 녀석이 카드를 돌려받고 이쑤시개를 집어 들며 물었다.

"사장님, 근데 이렇게 맛있는 음식을 먹으려고 손님들이 왜 줄을 안 설까요?"

"인간아, 지금 코로나라 다 망해가는데 누가 식당에 줄을 서?"

"어? 아닌데요. 제가 매일 저녁에 남영역 지나오는데 부근 가게

들 줄 엄청 서요. 특히 고깃집에 손님 아주 많던데……."

"어디가 줄을 선다고 헛소리야? 요 밑에 연탄구이집도 망했다던데."

"아니에요, 사장님. 저기 숙대입구역에서 미군부대 그쪽으로 아주 호황이에요. 코로나 저리 가라라니까요."

"웃기고 있네. 거긴 철판 부대집이나 있지 상권이 약해 빠진 곳인데 뭔 소리야?"

"아, 사장님. 자기 가게 지키느라 남의 가게 안 가보시는구나. 지금이라도 가보세요. 가서 요즘 고깃집 트렌드도 살펴보시고—"

"야! 너나 장사 잘해! 남의 가게 장사 잘되니 마니 떠들지 말고!!"

최 사장은 삿대질까지 하며 버럭 했다.

홍금보는 죄송하다는 듯 마스크 쓴 입을 손으로 가려 보이곤, 90도로 인사하고 사라졌다.

최 사장은 한숨을 쉬고 영수증을 박박 찢어버렸다. 그때 픽 웃는 소리가 들려 돌아보니 아내가 마스크가 터져라 웃고 있었다. 당신은 뭐가 웃기냐고 투덜대자 아내는 후련하다는 듯 그에게 답했다.

"내 말만 안 듣는 줄 알았더니 남 말도 안 듣는 게 일관성 있네. 그 사람이 맞는 말만 하니까 당신이 더 발끈하더라. 그러니 안 웃겨?"

"맞긴 뭐가 맞아! 당신까지 왜 이래?"

아내는 대꾸 없이 돌아서 TV 채널을 돌렸다. 좋아하는 연속극이 나오는 시간이었다. 최 사장은 따지고 싶었으나 일이 커질 것 같아 그냥 주방으로 들어가 휴대폰으로 야구 중계를 시청했다. 응원하는 팀이 이기고 있음에도 집중이 안 됐다. 오늘 저녁은 곰탕 하나 팔고 끝나는 건가 걱정됐고, 홍금보 녀석 말대로 코로나에도 다른 집들은 손님이 미어터지는 게 아닌가 두려웠다. 제길. 장사 잘되는 가게 따위, 손님 붐벼 확진자나 나와라!

최 사장 부부는 휴일인 월요일 저녁엔 외식을 하는 규칙이 있었다. 주로 옆집 박 사장의 초밥집을 애용했는데, 아내가 초밥을 좋아하기도 하고 내내 고기를 다루니 해물이 당기기도 해서였다.

코로나가 터지고 나서는 배달 음식을 애용했다. 집에서 치킨이나 중국요리를 시켜 먹었다. 그런데 그 규칙도 장사가 안 되고는 지키지 못했다. 아내와 대충 남은 식당 재료들로 저녁을 해 먹기 일쑤였다.

그래서였을까? 최 사장의 동선은 자신의 가게 반경을 벗어나는 일이 거의 없었다. 서울에서 모임을 갖던 고향 친구들은 대부분 죽거나 귀농했다. 말하자면 서울에서 살아남거나 고향에 돌아간 것이다. 유일하게 잘나가던 친구는 강남에 집을 산 뒤 강북으로는 넘어오지도 않는다. 돈 잘 벌어 소고기 많이 팔아줄 거라던 놈은 더 맛있는 무언가를 먹으러 다니는지 연락도 없다. 그리하여 최 사장은 청파동에 갇힌 채 바깥세상을 좀처럼 경험하지 못했다. 청파동이라 하면 푸른 언덕일진대, 개구리 같은 그에게는 검은 우물에 다름 아니었다.

홍금보 녀석의 말이 계속 뱃속을 쓰리게 만들었기에, 월요일이 돌아오자마자 최 사장은 아내에게 외식을 제안했다. 이 시국에 장사 잘된다는 곳 한번 찾아가 보자는 말에, 아내는 갑자기 웬 유난이냐 했지만 어느새 외출복을 찾기 시작했다.

부부는 자주 가던 외식처인 숙대 앞 유명 중국집을 지나쳤다. 박사장의 초밥집은 두 주째 닫혀 있었다. 제주도 한 달 살이? 쳇. 하루살이처럼 생긴 팔자 좋은 놈 같으니라고.

그 아래 대학생 손님이 많은 경양식집도 패스했다. 걸으면서 최사장은 한 손으로 거치적거리는 리넨 바지춤을 끌어올렸다. 외식갈 때는 반바지 좀 입지 말라는 아내의 일갈에 어쩔 수 없이 입었지만 불편하기 그지없었다. 그래도 말을 들어줘서인지 아내가 이 더위에 손을 잡고 나란히 걸어주었다. 땀이 끈적대는 자신의 손을 놓지 않는 아내 손의 온기가 더위에도 싫지 않았다.

숙대 입구에 나오니 초저녁임에도 사람이 붐볐다. 하지만 홍금보 녀석 말처럼 줄을 서거나 미어터지는 곳은 보이지 않았다. 아내가 길 건너 미군부대 쪽으로 가자고 했다. 두 사람은 중앙 차선이 있는 신호등을 건너 간판 불빛이 빛나기 시작하는 거리로 접어들었다.

이제 슬슬 여름 해가 지기 시작했고, 술꾼들도 하나둘 단골 식당에 자리 잡고 잔을 채우고 있었다. 철판 스테이크와 부대찌개를 파는 집들이 있는 골목은 여전히 단골 중심으로 운영되는 듯했다. 젊은 사람들보다는 중년 사내들이, 외지인보다는 동네 사람들이 즐겨 찾는 가게들이었다. 이곳은 부부에게도 익숙한 곳이었기에 최 사장은 아내의 손을 끌고 반대편 골목으로 향했다.

50여 미터 정도만 걸어왔을 뿐인데 이 골목은 확실히 분위기가 달랐다. 오래된 가게들이 많던 거리는 외국 맥주를 파는 세련된 펍과 카페, 젊은이들이 좋아하는 동남아 음식점과 일본식 술집이 새로 들어서 있었다. 그중 한 가게는 간판도 없는 철문으로 되어 있었는데, 젊은 사람들 몇이 앞에 모여 있었다. 오호라. 대체 뭘 팔길래?

입구에 놓인 보면대 같은 곳에는 메뉴판이 아니라 이름과 전화번호를 적는 노트가 놓여 있었다. 여기에 번호를 적어놓으면 다음 차례에 불러준다는 것임을 즉시 이해할 수 있었다. 노트에는 줄잡아 일고여덟 명의 명단이 적혀 있었고, 그것만으로도 그는 혀를 내두르지 않을 수 없었다.

"저렇게 대기 줄 서서 먹고 싶을까? 아무리 맛있어도 말이야."

최 사장이 아내에게 돌아와 투덜댔다. 아내는 휴대폰을 바라보고 있었다.

"근데 뭘 파는데 저리 줄을 서고 난리지? 메뉴판도 없고, 밖에서 보면 통 알 수가 있나?"

아내는 답이라는 듯 휴대폰 액정을 들이댔다. 퓨전 한식 주점이라는 타이틀이 붙은 그곳은 해산물과 육류 모두를 취급했고, 창의적인 한식 안주와 전통주를 파는 곳이라 적혀 있었다. 나열된 사진들을 보자니 아주 딱 사진 찍어 올리기 좋게 꾸민 요리들이었다.

최 사장은 이런 거 배부르지도 않을 거, 보기만 좋게 꾸며 파는 게 잘하는 짓인지 모르겠다고 투덜댔다. 아내는 자리를 뜨면서 그래서 잘되는 거야, 라고 말했다. 아내의 말이 섭섭했지만 그는 도저히 저런 트렌드를 이해하기 어려웠다.

배가 고프고 더위에 몸도 녹졌기에 최 사장은 이제 무얼 먹을지 정하자고 했다. 아내는 횟집에 가자고 했고, 두 사람은 다시 익숙한 숙대 입구 쪽으로 향하려 방향을 틀었다. 그때 그들의 시야에 무슨 데모라도 하는 듯 모여 선 사람들 모습이 들어왔다. 대기 중인 직장인들, 담배 피우는 청년들, 식사를 마치고 나오는 커플들 등 연령대도 스타일도 다양한 사람들이 한 가게 앞에서 웅성이고 있었다.

고깃집이었다. 돼지고기를 파는 그곳은 한여름 더위 저리 가라 할 정도로 열기와 연기를 동시에 뿜어내고 있었다. 열린 창을 통해 넌지시 살피니 돼지고기가 뜨끈하게 구워지고 있었고 사람들도 화끈하게 음식을 즐기고 있었다.

"여긴가 보네. 그 사람이 말한 데가."

아내의 말에 최 사장도 고개를 끄덕일 수밖에 없었다.

부정할 수 없는 대박집이었다. 코로나고 뭐고 사람들은 이 가게 주변에서 서성이며 자기 차례가 불리길 기다리고 있었는데, 마치 간택을 기다리는 신하들처럼 충직해 보였다.

최 사장이 느낀 감정은 일단 당혹감이었다. 뒤이어 부러움이 밀려왔고, 마지막으로 자괴감이 그를 잠식해왔다. 모든 걸 코로나 탓이라고 핑계 댄 자신의 어리석은 고집, 그 고집이 꼰대의 짓거리가 아니면 뭐란 말인가? 아내의 질책이 다시 그의 귀를 때리는 것 같아 정신이 다 혼미할 지경이었다.

최 사장의 패닉을 느꼈는지 아내가 팔을 잡아끌며 어서 물회나 먹으러 가자고 했다. 더울 땐 물회지, 무슨 이 더위에 고기를 굽냐며 덧붙인 아내의 말에 헛웃음이 났다. 그러게, 우리도 고깃집 때려치우고 횟집을 해야 하나, 최 사장이 얼버무리듯 말했다.

"여름만 힘들지, 다른 계절엔 고기를 구워야지. 그리고 고기를 구우려면 소고기지."

아내의 말에 최 사장은 간신히 힘을 낼 수 있었다.

두 사람은 횡단보도를 건너 한층 익숙한 거리에 다다랐다. 순간 아내의 발걸음이 멈췄다. 새로 생긴 곳인지 이전에 못 보던 횟집이었다. 아내는 가게 내부를 힐끔거리곤 여기 손님 하나도 없으니 팔아주자고 했다. 최 사장도 동의했다.

모듬회에 물회, 소주와 맥주까지 푸짐하게 시켰다. 먼저 나온 물회를 먹으며 아내는 소맥을 말아달라고 했다. 최 사장은 약하게 타서 한 잔 건넸다. 맥주만 먹던 아내가 자기를 따라 소맥을 마셔주니 고맙기도 하고 신기하기도 했다.

"사실 난 대충 알고 있었어. 요새 남영동이 젊은 사람들 찾는 맛집 거리 됐다는 거."

최 사장은 고개를 숙이고 물회에 집중했다.

"숙대 부근에도 몇 군데 유명해. 다들 돼지고기나 소고기를 다르게 판다 그러더라고. 같은 부위도 달리 잘라 이름 붙이거나, 사이드 메뉴 독특한 걸 추가하거나. 사골라면이라든가, 등심볶음밥이라든가, 그렇게 고기를 이용한 새 메뉴를 만들어 판다더라고."

'아니, 그렇게 잘 알면 우리 가게에서도 한번 해보자고 하지!'라는 말이 목구멍에서 꿈틀거렸지만 양심상 도저히 뱉어낼 수가 없었다. 최 사장은 묵묵히 소맥을 말았다.

"그거 알아? 승민이도 고깃집에서 일해."

맥주잔에 소주를 털어 넣던 그의 손이 굳어버렸다.

"한남동에 한류스타 많이 오는 곳이래. 100퍼센트 예약제고, 한우만 판대."

한우에 한남동에 한류스타에…… 잘 하는 짓이다. 참으로 잘난 놈 같으니라고. 최 사장은 초라해지는 마음을 애써 다독이며 아내를 바라봤다.

"거기서 뭐 한대? 서빙? 설거지? 지가 하는 게 뭐래?"

"고기도 굽고 주방 보조도 하고 이것저것 하며 배운다더라고."

"그런 거 나도 가르쳐줄 수 있는데."

"아냐. 달라. 상술 자체가. 우리가 가게 할 때랑은 천양지차가 됐다고. 젊은 애들 감각을 따라갈 수 없어. 그래서 승민이는 아빠 밑에서 일 안 하고 한남동까지 간 거라고 생각해."

"걔는 그런 거 나한텐 왜 얘기를 안 하는 거야. 내가 그렇게 못 미더워?"

"아니. 답답한 거지. 말해도 안 들을 거니까."

"또 그 소리다."

"당신, 내 말도 안 듣는데 뭐. 군대 가기 전에 승민이가 가게 일 도우며 아이디어 낸 적 있어. 바 테이블도 만들고 메뉴도 추가하자고.

육회만 팔지 말고 육사시미나 뭉티기도 팔자고. 그때 당신이 뭐라 그랬어?"

"몰라. 기억 안 나."

아내가 기억해내라는 듯 노려봤고, 최 사장은 어찌할 바를 모른 채 눈만 끔뻑거렸다.

"아들 상처 준 말도 기억을 못 하니 아들이 아빠 멀리하는 것도 이해를 못 하는 거야."

아내가 젓가락을 탁 내려놨다.

"알았어. 미안해."

갑자기 눈시울이 뜨거워졌다. 미안하단 말이 눈물 버튼을 누른 듯 울컥해왔지만 아내 앞에서 약한 모습을 보이는 건 죽기보다 싫었다. 최 사장은 심호흡을 하며 필사적으로 울음을 참았다. 입술을 깨물며 안간힘을 쓰는 그를 묵묵히 바라보던 아내가 입을 열었다.

"외식 와서 이런 말 해서 나도 그러네."

"겁이 나."

아내가 그의 말에 집중해주는 게 느껴졌다. 최 사장은 그동안 말하지 못했던 마음을 털어놓았다.

"모든 게 걱정이야. 내가 꼰대라 욕먹어도 소신을 지켜야 가게도 가족도 지킬 수 있다 생각했다고…… 그렇게 살아왔고……. 그런데 이제 그게 안 통하니 더 겁나고 두렵다고."

아내가 그의 손을 잡았다. 최 사장은 눈을 똑바로 뜨려 애썼다.

"걱정 말아요. 내가 있고 자식들이 있잖아. 우린 늘 당신 편이었어. 당신이 혼자 앞서갔고, 우린 쫓아가느라 지쳤을 뿐이야. 이제 당신 지쳤으니 바통을 좀 넘겨. 고집 좀 그만 부리고."

"그렇게 하면 가게 좀 나아질까? 망하지 않을 수 있겠냐고?"

"지금보단 나아질 수 있어. 승민 아빠, 우리 포기하지 말자. 가게도, 자식들도."

아내가 잔을 들었다. 최 사장도 자신의 잔을 들었다.

횟집에서 열 시를 꽉 채워 밀린 이야기를 나눴다. 손님이 자신들밖에 없어서인지 주인으로 보이는 여자분이 이것저것 쉬지 않고 서비스를 제공했다. 보답 삼아 두 사람은 맥주병을 줄 세우며 마셨다. 남편이 주방에서 회를 담당하고 아내가 홀을 보는 이곳은 자신들의 가게와 형편이 닮아 보였다.

묘한 동질감을 느낀 최 사장은 계산을 하며 요즘 많이 힘드시죠, 라고 힘주어 말했다. 주인은 복잡한 표정으로 말을 아끼다가 입을 열었다.

"자영업자만 유독 단속해대니 진짜 못살겠어요."

"이해해요. 저희도 가게 하거든요."

아내가 덧붙였다. 주인은 최 사장 부부의 대화를 들었는지 공감의 눈빛을 보였다.

"자영업자만 돈 버나요? 건물주는 돈 안 버나요? 고통 분담할 거면 건물주도 직장인도 거리두기 해야죠."

주인이 푸념하듯 말했다.

"그렇죠. 건물주도 거리두기 해야죠. 건물 하나에 가게 두 개면 가게 하나는 거리두기라 치고 문 닫게 하고, 월세도 저녁 열 시 이후 분은 안 받고! 공장도 열 시 이후엔 기계 멈추고! 직장인도 이틀에 하루만 일하고!"

최 사장이 말을 더했다.

"옳소!"

돌아보니 남편으로 보이는 사내가 다가오며 주먹을 들어 보였다.

"택시도, 버스도, 지하철도, 열 시 이후엔 다 멈추고 거리두기 동참해야죠. 거기는 코로나 없답니까? 그리고 정치인들 유세한다고 밤늦게 쏘다니고 사람들 몰고 다니고? 거리두기 안 합니까? 도대체 우리만 이게 뭡니까?"

최 사장의 언성이 높아졌다.

"그러게요. 손님 같은 분이 정치를 해야 됩니다."

남자 주인이 고개를 끄덕이며 말했다.

잔뜩 고무된 최 사장이 무어라 더 말하려는 순간 아내가 그의 어깨에 손을 올리며 토닥였다. 최 사장이 알았다는 듯 한발 뒤로 물러났다.

"사장님. 저희 숙대 앞에서 고깃집 해요. 청파 제일 정육식당. 한번 오세요. 오늘 이것저것 많이 챙겨주셔서…… 저희도 잘해드릴게."

아내가 주인 부부를 향해 말했다.

"아이고, 고마워요. 쉬는 날 남편이랑 한번 갈게요."

여자 주인이 사람 좋은 미소로 답했다.

"까짓것, 손님들 없으면 우리끼리 서로 손님 하면 됩니다!"

남자 주인이 송충이 눈썹을 꿈틀거리며 말했다.

"하하. 사장님도 말 잘하시네. 맞습니다. 맞아요."

최 사장이 엄지를 척 올려 보였다.

횟집을 나서며 최 사장은 오랜만에 후련함을 느꼈다. 사실 억지
논리였지만 그렇게라도 떠들고 나니 속이 시원했고 고된 시절에
서로의 아픔에 공감하는 동지를 만나니 전우애가 물씬 올라왔다.
이런 걸 동병상련이라고 하는 건가? 최 사장과 아내는 한결 가벼워
진 발걸음으로 후텁지근한 여름 밤거리를 뚫고 집으로 돌아왔다.

샤워를 마치고 나오자 아내가 수박과 참외를 깎아놓았다. 맥주
도 두 병 놓여 있었다. 집에 술이 있는 줄 몰랐는데, 아내 말이 김치
냉장고에 넣어둔 거라고 했다.

"자기 일 끝나고 편의점 가 술 마실 동안 나도 집에서 맥주 한두
잔 했어."

"차암, 그것도 모르고 당신 술 마시는 거 싫어할까 봐 편의점 야
외 테이블에서 모기 물려가며 차암, 나……."

최 사장은 아내에게 하소연하듯 편의점 야외 테이블에서 한 시
간 남짓 술을 마시다 쫓겨나듯 집에 오던 지난 시간을 털어놓았다.
그리고 저번에 곰탕 먹고 간 녀석이 편의점 야간 알바인데 아주 오
지랖이 보통이 아닌 놈이라고 덧붙였다.

아내는 그래도 그 사람 덕분에 오늘 외식도 하고 현실도 알게 되

지 않았냐며 웃었다. 홍금보 녀석 덕에 아내와 다시 마음을 나누게 돼서 다행인 걸까? 조만간 물건을 팔아줘야 하나? 최 사장은 헛웃음을 짓고는 아내가 잘라 준 수박을 와작 썹었다. 아내가 맥주를 따라줬다. 기분이 좋았다. 장사 따위 안 돼도, 집에서 아내와 술을 마실 수 있다는 것만으로도 행복한 거 아닌가?

최 사장은 호기롭게 러브 샷을 제안했다. 아내가 언제 적 러브 샷이냐며 손사래를 쳤다.

"이거 왜 이래! 나 꼰대야. 꼰대 시절 러브 샷 좀 하자."

아내가 마지못해 잔을 든 손을 뻗었다. 그는 아내의 팔을 끼고 잔을 돌려 자세를 잡았다.

그때 현관문 비밀번호 누르는 소리가 들렸다. 두 사람은 화들짝 놀라 팔을 뺐다. 곧 문을 열고 아들이 들어오다 마루에 펼쳐진 술상과 나란히 앉아 맥주잔을 든 엄마와 아빠를 보고는 어리둥절한 표정으로 멈춰 섰다.

"아들 왔어?"

아내가 태연을 가장해 말했다.

"오늘 무슨…… 날이에요?"

최 사장은 말없이 손짓으로 아들을 불렀다. 아들이 청바지 차림 그대로 술상 앞에 앉았다.

"휴일이잖아. 휴일엔 가족끼리 한잔하는 거야. 근데 넌 오늘 왜 일찍 왔냐? 맨날 자정이나 돼야 오더니?"

"저도 오늘 쉬는 날이에요. 친구랑 저녁 먹고 왔어요."

"한잔했냐?"

"했죠."

"더 할래?"

"아, 예. 뭐."

최 사장은 어느새 아내가 가져온 맥주잔을 아들에게 건넸다. 맥주를 채워주었다. 아내까지 다 같이 건배한 뒤 시원하게 잔을 비웠다. 셋이 이렇게 둘러앉아 술을 마시는 게 얼마 만인지.

그날 아들과 아내와 많은 이야기를 나눴다. 술기운이 힘이 되어주었고 홍금보의 조언도 도움이 되었다. 그놈 말처럼 사장이 아니라 아빠와 남편으로 아들과 아내의 말을 듣고 또 들었다.

아들이 밤늦게 오는 이유는 한남동에서 집까지 걸어와서라고 했다. 열 시에 장사를 마치고 뒷정리를 하면 열한 시가 넘는데, 차비도 아낄 겸 운동 삼아 밤거리를 걸어왔다고 했다. 이태원과 녹사평을 지나 삼각지를 통과해 남영동으로, 다시 청파동으로 오는 그 밤거리를 걸으며 아들도 많은 생각을 했겠지. 최 사장은 아들의 퇴근길 밤거리가 눈앞에 그려져 다시금 눈두덩이가 후끈 달아올랐지만, 꼰대답게 더욱 눈에 힘을 주었다.

한남동 한우는 어떻냐고 물으니 진짜 별거 아닌 거 잘 포장해 비싸게 판다고 했다. '한우 오마카세'를 예약제로 받아 파는데, 연예인이나 셀럽들도 많이 온다고 했다. 오마카세는 뭐고 셀럽은 뭔지 묻고 싶었지만, 꼰대답게 알고 있는 척했다.

아들은 그래봐야 우리 집 등심이 최고라면서 차무영도 동의했다고 했다. 차무영? 놀라는 최 사장에게 아들은 차무영이 며칠 전 가게에 왔고 자기가 청파동 소고기집 아들이라고 하니, 반가워했다고 했다. 차무영이 동료들에게 이 친구 아버지 가게에서 자기가 발골 배우는 촬영도 하고 고기도 먹었다며, 여기도 맛있지만 등심은 거기가 최고라고 했다는 것이었다.

사진은 찍어뒀냐는 최 사장의 말에 술을 먹어 사진은 못 찍게 했다고 아들이 답했다. 음, 나는 사진도 같이 찍고 사인도 받는데. 최 사장이 잘난 척을 했다. 아내가 그때 차무영과 지금 차무영은 급이 다르다며 끼어들었다. 아들은 차무영한테 아빠 가게도 다시 방문하시라고 자기가 어필했다며, 어릴 적 태권도장에서 상장 받아왔을 때의 표정으로 말했다.

최 사장은 화장실을 핑계로 자리에서 일어났다. 아내가 차무영이 누구와 같이 왔냐고 아들에게 물었고, 아들이 또 이것저것 수다를 떨어댔다. 저 녀석, 누구 닮아 저리 말이 많은지…… 너도 늙으면 꼰대 당첨이다.

화장실에서 오줌을 누고 나서 손을 닦았다. 세수도 했다. 세수를 하며 눈물도 닦은 거 같았다. 거울을 바라보니 머리는 반이 세고 볼은 축 처진 초라한 중년 사내가 충혈된 눈으로 자기를 바라보고 있었다. 밖에서는 아들의 수다와 아내의 추임새가 요란했다. 곧 그의 입꼬리가 올라가더니 크고 환한 웃음으로 변했다.

최 사장이 밤의 편의점을 다시 찾은 건 여름이 끝나가던 즈음이었다. 홍금보 녀석은 여전히 카운터 의자에 걸터앉은 채 졸고 있었다. 맥주와 소주를 바구니에 양껏 담아 돌아오니 눈을 뜬 녀석이 아무 일도 없었다는 듯 씨익 웃어 보였다.

"잘 지내셨어요?"

"아직 안 잘렸네."

"아유, 저 없으면 이 편의점 안 돌아가요. 어휴, 오늘은 많이 드시네. 야외 테이블에 모기향 피워드릴까요?"

"이 사람아. 집이 있는데 누가 후딱 먹고 치워야 하는 야외 테이블에서 술을 마시나."

"오오, 오오오."

녀석이 엄지를 세우며 호들갑을 떨었다. 최 사장이 진저리를 쳤다.

"이것 봐. 오늘 많이 사 가잖아. 그니까 내 얘기 좀 잠깐 들어봐봐!"

최 사장은 꼰대답게 녀석의 동의 따윈 구하지 않고 털어놓았다. 자네 덕에 주변 가게들도 돌아보고 현실 파악했다는 것과, 가게는 못 지켜도 가족은 지키는 게 중요하단 것과, 아들이 알바로 일하던 가게를 그만두고 자기와 함께 가게를 운영하기로 한 것과, 한우 오마카세가 뭔지 알게 되었고 거기 맞춰 메뉴를 짜고 연습하느라 재미있다는 것과, 술은 아내와 아들과 같이 마시는 게 제일 맛있다는 것과, 무엇보다 이제 걱정 독 따위 다 털어버렸다는 것을 이야기했다.

"그리고 가게 이름도 새로 정했네."

"뭔데요?"

"소. 확. 행. 무슨 뜻인지 맞혀봐."

"소…… 소맥은 확실한 행복?"

"이 사람 이거 상상력 빈약하네."

"소맥 좋아하셨잖아요. 맨날 드셔놓고선 참."

"그 시절 다 지나갔다니까. 암튼 소. 확. 행, 소고기는 확실한 행복! 어때?"

녀석이 입을 딱 벌린 뒤 엄지를 척 들어 올렸다.

"우리 아들이 지은 거야. 죽이지?"

"엥? 아들 말 듣고 가게 이름을 바꿨다고요? 우와, 이름 지키는 거야말로 고집 중에 상고집인데…… 완전 꼰대 탈출이시네!"

녀석의 말에 잠시 뭉클했다만, 해야 할 말이 남아 있었다.

"고마웠네. 상꼰대한테 할 말 다 해줘서. 덕분에 좀 바뀐 거 같아."

힘겹게 한 고백에도 녀석이 눈을 실실거려 슬쩍 짜증이 났다.

"저도 고마워요."

"뭐가?"

"이런 얘기 털어놓으셔서. 제가 다 기쁘네요. 진심입니다."

홍금보가 흡족한 표정으로 그렇게 말하자 최 사장은 민망해진 나머지 녀석의 어깨를 툭 쳤다.

"사람 싱겁긴. 아, 그리고 부탁이 하나 있는데 지네 노가디 좀 했다 그랬지? 금요일에 가게 내부 수리도 좀 하고 바 테이블도 놓고 할 건데, 와서 좀 도와줄래? 아들이랑 둘이 하기엔 손이 좀 부족해서. 일당 줄 테니까."

"일당은 됐고요."

"아니, 그럼 안 되지."

"한우 투뿔. 등심으로 800그램. 그 정도면 됩니다. 아하하."

"허."

최 사장이 고개를 끄덕인 뒤 출입문으로 향했다. 뒤에서 흥얼거리는 콧소리가 들렸다. 최 사장은 녀석에게 등심은 물론 한우 오마카세 테스트 메뉴도 제공하겠다 마음먹었다.

투 플러스 원

  세상은 불공평하다. 건설 현장에서 일하는 아빠를 보면 알 수 있다. 아빠는 비 오는 날만 아니면 늘 현장에 나가지만 버는 돈은 그리 많지 않다. 하청 받는 오야지 밑에서 일하는 잡부여서 그렇다고 하는데…… 도통 무슨 말인지 모르겠지만 아빠는 늘 그 사람들 욕을 한다. 치사하고 더럽다고. 그리고 뒤이어 꼭 이 말이 이어진다. 민규, 너 인마 공부 열심히 해. 공부 못하면 나처럼 여름에 더운 데서 일하고 겨울에 추운 데서 일하는 거야.

  세상은 진짜 불공평하다. 환경미화원 엄마를 봐도 역시 알 수 있다. 엄마는 용역회사 소속으로 파견 가서 일하는데, 정작 일하는 엄마와 동료 미화원보다 용역 사장이랑 직원들이 돈을 훨씬 더 많이 번다고 한다. 게다가 엄마는 용역회사와 건물 측 모두로부터 이 소리 저 소리 들어야 해 힘들다고 했다. 청소는 엄마가 하고 다른 사람들은 이래라저래라 한 대가로 돈을 더 번다니, 참으로 불공평하기가 하늘을 찌른다.

그래도 세상이 불공평하다는 걸 못 믿겠으면 민규 자신을 돌아보면 된다. 사실 그게 가장 명확하게 알 수 있는 방법이다. 머리에 불이 나는 것 같은 더위에 형은 에어컨 있는 자기 방에서 공부를 하는지 게임을 하는지 알 수 없는데, 민규는 하루에 샤워를 세 번 해가며 선풍기를 끌어안고 마루에서 찜통더위를 버텨야 한다.

이 불공평은 애초부터 민규에게는 타고난 것으로 보였다. 왜냐하면 형은 아빠를 닮아 키가 크고 엄마를 닮아 머리가 좋다. 그에 반해 민규는 아빠를 닮아 안 똑똑하고 엄마를 닮아 뚱뚱하다. 대체 어떻게 뽑아도 이렇게 안 좋은 것만 뽑은 것인지, 민규는 태어날 때부터 불공평하게 주어진 자신의 처지를 한탄할 수밖에 없었다.

백번 양보해 형은 고3이고 공부도 잘하니 형 방에만 에어컨이 있다고 치자. 그럼 민규에게는 그것까지는 아니어도 성능 좋은 선풍기 하나는 사줘야 하는 것이 아닌가? 엄마는 민규의 불평에도 불구하고 올여름에도 목이 꺾여 방향 조절도 안 되고 날개도 덜덜거리는 선풍기를 교체해주지 않았다. 조금만 버티면 여름은 지나간다며, 지난해에 한 말을 똑같이 되풀이했다.

민규는 불공평한 세상이 싫었고 불공평한 부모님의 처사가 마음에 들지 않았다. 아빠도 싫고 엄마도 싫고 형은 제일 싫었다. 거기에 더해 코로나가 터지고 집에서 원격 수업을 하게 되자 가족들과 마주칠 일이 늘어 스트레스가 이만저만이 아니었다.

일을 안 나가는 날이면 아빠는 소파에 붙어 TV를 보며 민규를 심부름꾼 삼아 술을 마셨다. 냉장고에서 소주를 꺼내 오라, 담배 재떨이를 비우라, 진미채 안주를 가져오라, 무슨 조선시대 머슴 부리듯 민규를 부려 먹었다.

엄마가 퇴근하면 그런 아빠와 또 한바탕 싸워 집안 분위기가 착 가라앉곤 했다. 일 나간 날의 아빠는 귀가하면 밥만 먹고 바로 주무시는데, 요즘같이 비가 자주 오는 날은 내내 집에서 저러니 엄마랑 안 싸울 때가 없다. 그런 날은 그나마 민규를 챙겨주는 엄마도 민규의 행동 하나하나에 신경을 곤두세우곤 했다.

아빠의 술 담배 셔틀과 엄마의 푸념에 지친 민규는 도망갈 데도 없다. 형 방에서 에어컨을 쐬며 낮잠이라도 자고 싶지만, 형은 집안 공식 서열 1위의 위엄으로 민규를 얼씬도 못 하게 했다. 어릴 땐 같이 잘 놀아주던 형이 이제는 진짜 자기밖에 모르는 치사한 왕재수가 되어버렸다.

형은 명문대와 로스쿨을 거쳐 판검사가 되는 게 목표라고 했다. 사실 세상이 불공평하다고 민규에게 말해준 사람이 바로 형이다. 형은 세상이 불공평해서 좋은 직업을 가져야 우위에 설 수 있다고 했다. 형은 좋은 직업이라는 목표가 있고, 목표 달성을 위해선 희생이 따른다며 공부에만 집중했다. 그래서일까, 집안일은커녕 동생 민규에게도 전혀 관심을 두지 않았다. 아빠 엄마도 그런 형을 지지하는지 형 말은 다 수긍해주었다. 공부는 겨우 인문계 고등학교 들어올 정도고 곧 100킬로그램이 될지 모르는 둔중한 몸에 여드름쟁이 민규는 찬밥 신세였다.

역시 세상은 불공평하고 자신의 집도 불공평투성이다. 민규는 어떻게든 불공평과 더위에 찌든 집에서 벗어나길 바랐고, 그러던 차에 발견한 곳이 있었다.

민규네 빌라 골목에서 내려오면 나오는 작은 삼거리 모퉁이의 한 편의점. 이곳 에어컨은 가게 안 모두에게 공평하게 시원한 바람을 나눠주었고, 가격은 동네 마트보다 비쌌지만 모두에게 공평하게 비쌌다. 무엇보다 외모가 어떻든 성적이 어떻든 상관없이 민규를 손님 중 하나로 공평하게 대해주었다. 민규는 여름 더위가 본격화된 어느 시점부터인가 저녁을 먹은 뒤로 언제 툭탁댈지 모를 아빠와 엄마를 피해 이곳에 오기 시작했다.

유리문을 열고 들어가자마자 투 플러스 원 상품부터 살폈다. 오늘은 초코우유 투 플러스 원을 골랐다. 카운터에 가서 계산을 하고 편의점 제일 안쪽 의자에 앉았다. 휴대폰으로 시간을 보니 여섯 시 반. 한 시간마다 우유 하나를 마시면 아홉 시 반까지 편의점에 머무를 수 있다. 아홉 시가 넘으면 아빠가 곯아떨어지니 우유를 다 마시고 집에 가면 되는 것이다. 민규는 첫 번째 우유를 따서 한 모금 마셨다.

지난달에는 감자칩이, 지난주에는 카스텔라가 투 플러스 원 상품이었다. 좋아하는 핫바가 인기 상품이어서 그런지 투 플러스 원 행사를 안 하는 게 아쉬웠지만, 초코우유도 나쁘지 않았다. 과자를 세 개나 먹으면 입천장이 까지고 카스텔라 세 개는 목이 막힌다. 그런데 초코우유를 먹으면 배도 부르고 목도 안 마르기 때문이다.

우유를 홀짝이며 민규는 유튜브 채널을 살폈다. 편의점 와이파이 비번은 지금 일하는 알바 형이 알려줬다. 조만간 군대에 간다는 이 형은 무뚝뚝한 편이지만 민규가 부탁하는 건 곧잘 들어줬다. 알바생들이 이용하는 화장실 비밀번호도 알려줬다. 민규는 어서 자기 형도 군대에 가 에어컨이 있는 형 방을 차지하고 싶었다.

여덟 시가 되자 새로운 알바가 왔다. 민규는 신경을 집중한 채 카운터 쪽에 귀를 기울였다. 카운터에 있던 알바 형이 인수인계를 하며 이것저것 알려주는데, 좀처럼 말귀를 못 알아듣는 듯했다. 이제 3일 차인 애송이 알바다. 애송이라고 하지만 민규보다 스무 살은 많아 보이는 아저씨다. 아저씨는 어제와 엊그제 일을 알려주는 점장 아줌마에게도 엄청 잔소리를 들어야 했는데, 그걸 보고 듣는 내내 민규는 터져 나오려는 웃음을 참기 바빴다.

"아니, 어제 알려준 걸 반도 모르면 어떡해요? 까마귀 고기를 드셨나. 내일부터 혼자 해야 하는데 잘할 수 있겠어요?"

민규는 점장 아줌마의 까마귀 고기를 드셨냐는 말이 무슨 뜻인지 인터넷으로 검색하고는 웃겨 죽는 줄 알았다. 그런데도 아저씨는 연신 머리를 긁적이며 문제없다고 했는데, 그 모습이 어린 민규가 봐도 진혀 믿음이 가지 않았다. 아니나 다를까, 점장 아줌마가 가자마자 들어온 손님에게 담배 하나 제대로 못 찾아주고 허둥대는 모습을 보였다. 게다가 큰 덩치로 뒤뚱뒤뚱 다니며 진열대의 과자를 떨어뜨리지 않나, 맥주 할인 상품 계산을 잘못해서 손님이 기다리다 나가지를 않나, 아주 엉망진창이었다.

벌써 보름째 이곳에 짱 박혀 있는 민규였기에 어느 정도 편의점 돌아가는 걸 파악할 수 있었는데, 저 아저씨는 정말이지 일하는 능력이 떨어져도 너무 떨어졌다. 아마 학교 다닐 때도 공부를 못했을 것이다. 민규는 공부는 그럭저럭이지만 눈치는 있는 편이어서, 편의점 일은 엄청 잘할 수 있을 것 같았다. 하지만 엄마는 방학 때도 알바를 못 하게 했다. 아직 어리고 공부에 집중해야 한다는 이유에서였다. 민규는 어서 고등학교를 졸업하고 편의점 알바를 하고 싶었다. 그때는 주민등록증도 나올 거고 투표도 할 수 있는 성인이니까 엄마가 막을 수 없을 것이다. 또한 편의점 알바는 아빠 말과 달리 괜찮은 일자리다. 아빠는 공부를 못하면 여름엔 더운 데서 일하고 겨울엔 추운 데서 일한다고 했지만, 편의점은 여름에도 시원하고 겨울에도 따뜻하지 않은가!

그리하여 고교 1년 첫 여름방학 때 민규의 장래 희망은 정해졌다. 편의점 알바. 비록 알바비는 적겠지만 다행히 민규는 취미도 없고 친구도 없으니 돈 쓸 일도 별로 없다. 그리고 선진국은 알바만 하고도 먹고살 만큼 인건비가 세다고 했다. 이제 우리나라도 거의 선진국이나 다름없으니 민규가 성인이 될 즈음엔 알바만 해도 먹고살 정도가 될 거라는 희망을 품을 수 있었다.

민규는 첫 번째 초코우유를 마저 비우고 자리에서 일어났다. 운동 삼아 편의점 안을 돌며 애송이 알바 아저씨가 잘하고 있는지 카운터를 살폈다. 여덟 시에 맞춰 상품들이 엄청 많이 들어왔는데 아저씨는 그것들을 놔둔 채 카운터 아래에 머리를 박고 있었다. 어서 통로를 막아선 상품들을 진열해야 손님들이 편히 오갈 텐데, 대체 뭘 하고 있는 건지 답답하기 그지없었다.

그때 매장에 음악이 흘러나오기 시작했다. 민규로서는 도저히 알아들을 수 없는 팝송이었는데, 몸을 일으킨 아저씨는 어깨를 들썩이며 노래를 흥얼거리기 시작했다. 뭐야. 이 아저씨 음악 틀려고 상품 진열 미루고 카운터에 웅크리고 있던 거였어? 그때 아저씨와 눈이 마주쳤다.

"어때? 올드팝, 괜찮지? 퀸의 〈라디오 가가〉!"

"예?"

"퀸 모르니? 〈보헤미안 랩소디〉라고 몇 년 전에 영화도 나왔는데. 프레디 머큐리!"

랩소디고 머큐리고 민규에게는 수수께끼 같은 단어였다. 지금 저 아저씨가 고개를 끄떡끄떡하며 흥얼대는 〈라디오 가가〉는 또 뭔가? 레이디 가가는 알아도 〈라디오 가가〉는 모르거든요!

"로큰롤!!"

아저씨는 묘하게 접은 손가락을 들어 보이며 외쳤다. 이 아저씬 아무래도 미친 사람인 것 같다. 하지만 그렇다고 하루 용돈 전부를 투자해 얻은 자리에서 물러날 생각은 없었다. 민규는 서둘러 자리로 돌아와 두 번째 초코우유를 땄다. 뒤이어 유튜브에 접속하고 이어폰을 귀에 꽂은 뒤 오마이걸의 음중 영상을 골랐다. 곧 이상한 알바 아저씨의 시끄러운 노래는 사라지고 민규가 제일 좋아하는 〈돌핀〉이 흘러나왔다.

또 물보라를 일으켜. 따따따따 따따따따따따.

이거지. 드디어 눈과 귀가 정화됐다.

유튜브를 보다 보면 계속 비슷한 영상들이 줄줄이 나온다. 민규는 오늘 저녁도 유튜브의 바다에서 돌고래처럼 헤엄을 쳤다. 물보라를 일으키며, 오마이걸의 응원을 받으며.

요즘 민규의 관심사는 역사였다. 역사 관련 콘텐츠는 정말 많고 보는 재미가 넘쳤다. 살면서 어떤 건 해도 해도 지겹지 않다. 지금 민규에게 그건 유튜브 시청이었고, 좀 더 어릴 적엔 독서였다.

엄마는 맞벌이라서 형과 민규를 잘 챙길 수 없다며, 하교 후 집에 오면 책을 읽으라고 했다. 그때 들여놓은 책들은 세계 명작 전집과 무슨 대백과 따위와 학습만화였는데, 형은 스마트폰이 있어서 좀처럼 책을 읽지 않았고 민규만 밤낮으로 책을 읽었다.

두 번째 우유를 해치운 민규는 유튜브를 끄고 이어폰을 귀에서 뺀 뒤 가방에서 책을 꺼냈다. 『나의 라임 오렌지나무』라는 이 책은 도서반 선생님이 방학 때 읽으라며 아이들에게 선물한 것이다. 민규는 지난주부터 숙제하듯 이 책을 읽기 시작했는데, 밍기뉴라는 오렌지나무 이름이 재미있는 것 빼고는 내용이 너무 울적해서 좀처럼 진도가 안 나갔다. 게다가 아저씨가 틀어놓은 시끄러운 음악이 독서에 집중하는 걸 방해했다. 짜증이 난 민규는 분풀이하듯 카운터를 돌아봤는데, 순간 자신의 바로 앞에 와 선 아저씨를 발견하게 되었다.

"학생. 이거 딱 17분 지난 폐기 샌드위치. 괜찮으면 먹을래?"

몸에 너무 꽉 껴 금방이라도 단추가 터질 것 같은 유니폼 조끼 차림의 아저씨가 민규를 향해 돈가스 샌드위치를 내밀었다. 순간 민규의 광대가 어쩔 수 없이 실룩였다. 자신의 최애 음식 돈가스가 들어간 샌드위치와, 남이 주는 거 함부로 먹지 말라는 엄마의 충고 사이에서 민규는 빠르게 머리를 굴려야 했다.

"이거 맛있어. 나도 참 좋아하는 거야."

아저씨의 그 한마디에 민규의 경계심이 커지고 말았다.

"근데 이거 왜 저 주시는 거예요?"

"음, 그건…… 나 역시 17분 지난 폐기 돈가스 도시락이 있기 때문이지. 아하하."

"아…….."

민규는 아저씨가 부러워 죽을 거 같았다. 돈가스 도시락이야말로 이 편의점에서 최고로 먹고 싶은 음식인데, 이 아저씨는 새거나 다름없는 돈가스 도시락을 공짜로 먹는다는 게 아닌가! 민규는 자기도 모르게 군침을 삼켰다.

"그리고 학생이 내가 좋아하는 책을 읽고 있어서, 뭐라도 주고 싶거든."

민규는 '그럼 돈가스 도시락을 주시죠'라는 말을 꾹 참고 고개를 끄덕였다. 아저씨가 웃으며 돈가스 샌드위치를 초코우유 옆에 내려놓았다.

"잘 먹겠습니다."

"응. 요즘 애들 책 안 읽는다 그러던데 학생은 다르네. 좋아. 책은 직접 고른 거니?"

"아…… 예."

"이게 브라질 작가 책인데 아저씨 어릴 때 아주 인기가 있었어. 제제가 밍기뉴한테만 속 얘기를 막 하고 그러잖아. 그게 참 좋더라고. 사람은 속 얘기를 나눌 누군가가 필요하거든."

"음……."

"속 얘기를 나눌 누군가가 바로 친구인 거지. 학생도 친구 있지?"

"……아뇨."

"저런. 그럼 이 책에서처럼 나무한테 이름을 붙이고 친구를 삼도록 해. 저기 서울역 가는 길에 은행나무도 괜찮고, 아니면 효창공원에 가서 나무 하나 골라 친구 해."

"제가 알아서 할게요."

"아, 내가 또 말이 많았구나. 아하하. 너는 책을 읽을 줄 아는 아이니까 대화가 잘될 줄 알았거든. 원래 책을 읽고 나면 감상을 사람들이랑 나누고 싶다고. 그래서 독서토론 같은 걸 하면 좋단다."

"독서토론 해요. 학교에서. 도서반이어서."

"이야, 정말 대단한 학생이구나! 그래, 학생 꿈이 뭐야? 도서관 사서? 독서지도 선생님? 아니면 혹시…… 작가?"

"편의점 알바요."

"응?"

"아저씨 같은 편의점 알바요."

"허."

"아저씨. 이거 폐기니까 빨리 먹어야 되는 거죠? 저 이거 먹을게요."

"으, 응. 그래. 잘 먹어."

아저씨는 멍한 표정으로 돌아서 갔다. 민규는 샌드위치 하나 얻어먹느라 아저씨의 끝 간 데 없는 수다를 들어야 했다. 민규가 보기에는 나무 친구가 필요한 사람은 자기가 아니라 아저씨인 듯했다.

돈가스 샌드위치는 역시 민규를 실망시키지 않았다. 돈가스를 빵으로 싼다는 거 자체가 진짜 대단한 것 같았다. 게다가 초코우유와도 잘 어울려 민규는 남은 우유도 다 먹어버렸다. 그리고 책을 가방에 넣고 자리에서 일어났다.

"잘 먹었습니다."

출입문 앞에서 카운터를 향해 인사를 했다. 아저씨는 소스를 묻힌 큼직한 돈가스 한 조각을 젓가락으로 집으며 반대편 손으로 오케이를 만들어 보였다. 그리고 돈가스를 입안에 넣고는 맛있게 우물거렸다.

역시, 편의점 알바가 짱이다.

민규는 다음 날도 그다음 날도 편의점을 찾았고 열심히 『나의 라임 오렌지나무』를 읽었다. 읽으며 아저씨의 눈치를 봤는데, 독서하는 학생을 좋아하는 아저씨는 이번에도 폐기 상품을 나눠주었다. 투 플러스 원으로 빵을 먹은 날에는 우유 폐기 상품을 주었고,

과자를 먹은 날에는 주스 폐기 상품을 주었다. 민규는 이 거래가 나쁘지 않았다. 하지만 더 읽을 책이 없었다. 방학인데 학교까지 가서 책을 빌리기는 귀찮았고, 집에 있는 오래된 전집을 다시 꺼내 읽기도 싫었다. 그렇다고 없는 용돈에 서점에 가 책을 사는 것도 불가능했다.

그때 아저씨가 다가와『나의 라임 오렌지나무』를 다 읽었냐고 물었다. 그렇다고 답하자 아저씨가 큰 눈을 끔뻑이며 어떻게 읽었냐고 물었고, 민규는 두서없이 감상을 말해야 했다. 이번에는 아저씨가 자기 감상을 말하기 시작했다. 아저씨는 아주 어릴 적『나의 라임 오렌지나무』를 읽었다면서도 내용을 자세히 기억하고 있었고, 엄청 진지하게 설명을 해 상당히 부담이 되었다. 마치 폐기 상품을 준 것에 대한 대가라는 듯 아저씨는 민규에게 강제 독서토론을 실시했다.

중간에 하도 지루해 아저씨가 자기 돈으로 요구르트를 사주지 않았다면 민규는 도중에 자리를 박차고 나갔을지도 몰랐다. 저녁 시간인데도 손님이 뜸해 아저씨는 가게 일을 하는 것보다 민규와 수다를 떠는 데 더 많은 시간을 보내고 있었다. 역시 장사가 안 되는 편의점 알바야말로 꿈의 일자리라는 걸 민규는 다시 한번 실감할 수 있었다.

아저씨는 다음엔 무슨 책을 읽을 거냐고 물었다. 민규는 아직 안 정했다고 답한 뒤 집에 가려고 가방을 집어 들었는데, 아저씨가 잠깐 기다리라며 창고로 들어갔다. 뭐지? 폐기 상품에 이어 중고도서라도 제공하는 것인가? 살짝 기대가 되기도 하면서 또 읽고 나면 독서토론을 해야 할 거 같아 질리는 마음이 들기도 했다.

잠시 뒤 만면에 미소를 띤 채 아저씨가 다가왔다.

"이거 아저씨가 완전 유익하고 재미있게 읽은 책이거든. 한번 읽어볼래?"

아저씨가 책을 건넸다. 두꺼운 양장본 표지로 된, 척 봐도 오래된 책이었다. 받아 들고 보니 폐지 박스에서 꺼낸 게 아닐까 싶을 정도로 먼지가 묻어 있었다. 거기다가 표지에는 마치 유치원생이 크레파스로 그린 것 같은 조악한 로켓 그림이 그려져 있고 그 위에 이런 제목이 달려 있었다.

문학의 향기 청소년 소설
궤도 수정

문학과 향기와 로켓과 궤도라니, 만만치 않은 것들로 조합된 이 책의 정체를 민규는 도무지 알 수가 없었다.

"좀 낡았지? 그래도 내용은 전혀 올드하지 않아. 읽어볼래?"

"아, 알겠어요."

민규는 서둘러 가방을 열어 책을 쑤셔 넣었다. 그리고 아저씨에게 인사를 하고 나서 물었다.

"근데 아저씨는 이름이 어떻게 되세요?"

"나? 황근배."

"그런데 왜 명찰엔 홍금보예요?"

"황근배니까 홍금보. 비슷하게 들리잖아. 홍금보라고 아저씨가 좋아하는 배우 있어."

"닮아서가 아니고요?"

"닮았기도 하고 좋아하기도 하고, 그래서 명찰에 그냥 별명을 쓴 거지. 아하하."

사실 민규는 어제 아저씨의 명찰 속 이름을 검색해보았다. 홍금보라는 이름이 아무래도 중국 사람 이름 같아서였다. 검색해보니 역시 중국인지 홍콩인지의 영화배우였다. 그리고…… 꽤 많이 닮았다.

"학생은 이름이 뭔데? 우리 책 친구니까 이름은 서로 알아야지."

"저는 고민규예요. 근데 저도 아저씨처럼 별명으로 불러주세요."

"별명이 뭔데?"

"지금 생각이 난 건데요…… 밍기뉴라고 하려고요."

"밍기뉴? 민규? 아, 좋네! 안녕! 밍기뉴. 아하하."

민규는 자기가 지은 새 별명이 마음에 들었다. 황근배랑 발음이 비슷해 홍금보라고 했다는 말에서 아이디어를 떠올렸다. 밍기뉴라는 이름도 빨리 발음하면 민규로 들리니까.

민규는 금보 아저씨랑 친해져서 나쁠 게 없다고 생각했다. 아저씨랑 친해지니 편의점에서 한결 편히 죽칠 수 있고, 폐기 상품도 얻어먹을 수 있으며, 책도 빌려 읽을 수 있으니 얼마나 좋은가.

물론 금보 아저씨의 쉴 새 없는 수다와 시끄러운 음악 취향만 좀 참아준다면 말이다.

　동현은 서울 마포의 인문계 고등학교를 다니는 학생이다. 중학교 때까진 모범생이었지만 지금은 불량 학생이다. 동현은 마음대로 수업과 야간 자습을 빠지고 학교 밖으로 쏘다니는 일탈을 즐긴다. 그러던 중 머리를 너무 길렀다고 학생주임에게 고속도로(머리 중앙을 바리캉으로 밀어버려 고속도로가 깔린 것처럼 보여서 그렇게 부른다고 나옴)를 당한 뒤 학교를 뛰쳐나간다.

　엉망이 된 머리를 박박 깎고 학교도 안 나가는 동현은 방황하기 시작했다. 어느 날 신촌 뒷골목에서 인근 공고 일진들과 시비가 붙었는데 일진 중 대빵이 국민학교(국민학교가 초등학교로 바뀌기 전 시절이니 이 책의 연식을 짐작게 한다) 때 친구였기에 싸움이 번지지 않았다. 이후 동현은 그 일진들과 어울리며 나쁜 짓을 저지른다. 가게에서 물건을 훔치고 아이들 돈을 빼앗고 가출을 밥 먹듯 하게 된다.

　사실 동현의 집은 가난하지도 않고 편부 편모 가정도 아니다. 겉으로 보기엔 오히려 부유하고 여유 있는 조건이다. 아빠는 대전의 한 과학센터에서 로켓을 연구하는 박사고 엄마는 장사가 잘되는 옷가게를 운영 중이다. 하지만 동현은 도무지 집에 마음을 붙이기가 힘들었다. 늘 로켓 연구개발로 바쁜 아빠는 한 달에 한 번 집에 올까 말까다. 엄마는 그런 아빠와 사이가 좋지 않고 동현이 중학생이 되고 차린 옷가게가 잘되어 늘 바쁘다. 그래서일까, 늘 늦게까지 사람을 만나거나 술을 마시고 귀가하고 동현의 저녁은 가사 도우미 아줌마가 차려준다.

어디서부터 잘못된 것일까? 이처럼 동현은 자신에게 무관심한 가정 현실 속에서 꿈도 희망도 잃은 채 불량 청소년으로 하루하루를 보냈다. 그러던 어느 날 훔친 스쿠터를 타고 가다 사고를 냈다. 다리가 부러진 채 병원 신세를 지게 된 동현과 아들의 사고를 수습하려 동분서주하는 부모님. 동현은 죄책감을 느끼기보다 오히려 자신이 다치고 사고를 쳐 부모님이 자기에게 집중하는 게 내심 반갑다.

엄마는 울면서 동현에게 다시는 이러지 말라고 했다. 자신도 가게 일을 줄이고 동현에게 더 신경 쓸 테니 건강하게 학교 잘 다니길 바란다고 애원했다. 동현은 엄마가 안쓰러우면서도 자기가 다시 답답한 학교생활을 할 수 있을지 확신이 서지 않았다. 아빠는 말없이 대전으로 돌아갔다.

퇴원하는 날, 아빠가 차를 몰고 와 동현과 엄마를 태우고 대전으로 향했다. 처음 와본 대전. 아빠가 혼자 지내는 원룸은 궁색하기 그지없는 게 동현의 지저분한 방 같았다. 아빠는 민망해하며 어서 연구실로 가자고 했다.

연구실은 근사했고 연구원들은 모두 멋지고 친절했다. 다리 깁스를 한 동현에게 걱정을 해주고 격려를 해주는 아빠 후배들을 보며 동현은 아빠가 생각보다 대단한 사람이라고 느꼈다.

아빠는 연구 중인 로켓 모형이 있는 공간으로 동현과 엄마를 데려갔다. 거기서 동현은 로켓 모형을 보며 감탄하는데 곧 아빠가 벽 한쪽을 가득 채운 화이트보드를 열었다. 거기에는 로켓의 진행 궤도와 발사각 등이 복잡한 기호와 숫자로 가득 적혀 있었다. 아빠는 추진계니

산화제니 랑데부니 어려운 단어를 쓰며 무언가를 설명하려 했는데, 동현과 엄마는 좀처럼 이해가 되지 않았다. 아빠는 또 민망해하더니 자신이 대화와 설명에 서투른 걸 이해해달라고 했다. 그러고 나서 숨을 고르고 말했다.

"간단히 말해서 로켓에게는 때론 궤도 수정이 필요하단다. 동현이도, 우리 집도 지금은 궤도 수정이 필요한 때 같다고 아빠는 생각해."

뒤이어 아빠는 동현에게는 지금이 궤도 수정을 할 마지막 타이밍이라고 했다. 당장 하지 않으면 앞으로 동현이라는 로켓의 진행 궤도는 스쿠터 사고 이상이라고, 그때는 다리가 부러지는 게 아니라 더 큰 사고가 날 수도 있다고 했다.

아빠와 엄마 역시 방향 전환을 하겠다고 힘주어 말했다. 엄마가 뒤이어 말했다. 아빠와 같이 이야기 나눴는데 가족이 다 같이 대전으로 이사 와 살려고 한다고, 동현의 생각은 어떠냐고 물었다.

이 궤도 수정이 우리를 어디에 다다르게 할지는 모르지만, 지금 시뮬레이션으로는 우리 모두 커다란 행성과 부딪쳐 폭발할 거야. 곰곰이 생각해보면 우리는 그걸 예측할 수 있단다. 이제 방향 전환을 할 타이밍이라고, 그래서 다시 같이 랑데부해보자고 아빠가 힘주어 말했다.

동현은 자기 앞에서 열심히 궤도 수정에 대해 설명한 아빠와 그런 아빠와 함께 다시 뭉치기로 합의한 엄마의 간절함을 느꼈다. 자신의 깁스한 다리를 내려다봤다. 동현은 다시 걷고 싶어졌다. 두 다리로 똑바로 걸어 스스로 방향을 바꿔 새로운 정상궤도에 진입하고 싶어졌다.

동현은 아빠와 엄마에게 그러겠다고 했다. 대전에 와 자신의 삶을 수정해보기로 했다. 동현은 아빠에게 볼펜을 요청했다. 그리고 아빠가 건넨 볼펜으로 다리 깁스 위에 적었다. 궤도 수정. Day 1.

"잘 정리했네. 너 글도 잘 쓰는구나?"

"안 그래도 수포자여서 문과 쪽 과목 선택해야 해요⋯⋯."

"사람이 두 개 다 잘할 수는 없어. 이 책 괜찮지? 불량 청소년이 마음을 고쳐먹는 과정을 잘 묘사했다고."

"그런데 전 동현이가 오히려 부러웠어요."

"응?"

"동현이는 집도 부자고, 불량 청소년으로 놀아도 보고, 사고를 쳐도 부모님이 다 커버해주잖아요. 그러니까 그런 결심도 할 수 있는 거고요."

"음. 그거 신박한 해석인걸. 나는 그렇게까지는 생각 못 했는데."

"아저씨도 집이 잘살아서 그랬을 거예요."

"아냐, 나 똥구멍 찢어지게 가난했어."

"아, 똥구멍이 왜 찢어져요!"

"아무튼 나는 동현이가 마지막에 부모님의 말에 동의하며 자기 인생 궤도를 수정하겠다고 마음먹는 게 뭉클하더라고."

"그래서 아저씨도 인생 궤도를 수정했어요?"

"아니, 나는 궤도 수정 실패. 불시착."

"엥?"

"사랑의 불시착. 아하하."

"아, 진짜 유치해요. 무슨 독서토론이 이래요?"

"미안. 너의 토론 수준에 비해 내가 너무 낮다. 넌 진짜 생각이 깊구나."

"주변에선 아무도 그렇게 생각 안 해요. 학교에선 그냥 공부 못하는 찐따고, 집에선 엄빠의 기대주 형 밑에 깔려 있는 애죠."

"아니야, 그렇게 생각하지 마. 이제부터 생각도 행동도 궤도 수정을 해봐. 긍정적으로다가. 아까 말했지만 아저씨도 진짜 답 없는 청소년기를 보냈거든. 그런데 책을 읽고 꿈이 생기고 그래서 그거에 매진하게 됐다고. 지금은 잠깐 불시착이지만 말이야, 언젠간 내 꿈의 무대에 서게 될 날이 올 거라고 믿는다고."

"아저씨 꿈은 뭔데요?"

"그건 비밀. 궁금하면…… 500원!"

"아, 뭐예요!"

"있잖아. 이런 말 식상하겠지만, 너는 꿈이 뭐니?"

"전 그냥 책 읽고 역사 유튜브 보는 게 좋은데, 엄빠가 그건 꿈이 아니래요. 형처럼 판검사가 되는 꿈을 가져야 한다고 했어요."

"밍기뉴."

"네."

"나이가 들수록 자기에게 있는 세 가지를 잘 파악해야 한다더라. 먼저 내가 잘하는 일을 알아야 하고, 그다음 내가 하고 싶은 일을 알아야 하고, 마지막으로 내가 해야 하는 일을 알아야 한다더라고."

"음……."

"여기서 잘하는 일은 특기야. 하고 싶은 일은 꿈이고. 그리고 해야 하는 일은 직업이라고 하자. 이것에 모두 해당하는 교집합이 있을 거란 말이야. 그 교집합을 찾으면 돼. 그러니까 특기가 꿈이고 그게 직업이 돼서 돈도 벌면 최곤 거지."

"에이, 그런 게 어딨어요?"

"손흥민 봐. 특기가 축구고 꿈도 축구선수고 직업도 축구선수고 그래서 돈도 엄청 번다고."

"에이, 손흥민은 천재여서 그런 거잖아요! 저는 평범해요. 그냥 예민한 뚱보라고요."

"아냐. 예민한 게 나쁜 것만은 아냐. 특기가 될 수도 있어. 그리고 너는 독서를 할 줄 알잖아. 그것도 특기야. 역사 유튜브 보는 게 좋으면 역사학자가 되는 건 어때? 그런 게 꿈이 될 수도 있다고."

"역사학자는 왠지 가난할 것 같아요."

순간 금보 아저씨가 돈가스를 먹다 목이 막힌 표정이 되었다. 그럼 그렇지. 돈 버는 건 역시 장난이 아니다. 아저씨는 큼큼, 두어 번 목청을 가다듬었다. 대답할 시간을 버는 듯했다.

"그게 말이다. 세 가지를 모두 포함하는 교집합을 찾긴 쉽지 않단다. 그래서 나도…… 일단…… 편의점 알바를 하는 거고."

"그러니까 결론은 편의점 알바네요."

"그, 그렇구나."

"허무해요."

"그래도 내 안에 뭐가 있는지 찾으려고 애써야 한다니까. 내가 잘하는 것과 내가 좋아하는 걸 알아내기만 하면, 조금은 나답게 살 수 있다고."

"특기와 꿈을 결합시켜서요?"

"그렇지! 남에게 중요한 게 나한테는 안 중요할 수 있잖아. 말하자면 가치가 다른 거지. 아저씨는 최저시급을 받으며 편의점 알바를 하지만 괜찮아. 돈이 그렇게 중요하지 않거든."

"맙소사. 어떻게 돈이 안 중요해요!"

"진짜 안 중요해. 그러니까 너한테 오늘 독서토론 잘했다고 간식도 막 사줄 수 있다고. 자, 뭐 먹을래?"

돈가스 샌드위치는 역시 맛있었다.

민규가 돈가스 샌드위치를 먹는 동안 아저씨는 손님을 받고, 토론을 하느라 밀린 일들을 처리하기 시작했다. 냉장고에 음료를 새로 채우고 진열대에 과자와 컵라면도 채웠다. 그러고 나서 안 팔린 닭튀김은 먹어서 처리해야 한다며 전자레인지에 데우기 시작했는데, 벌써부터 군침이 났다. 아저씨가 닭튀김도 먹고 가라고 했지만, 눈치가 있는 민규는 냉큼 거절하고 집으로 돌아왔다.

집은 조용했다. 열 시가 조금 안 된 시간이었고 아빠는 잠든 듯했다. 민규는 내일도 비가 안 오길 바랐다. 그래야 아빠가 새벽에 일을 나가고 엄마랑 싸울 일 없이 조용할 테니.

폭우였다. 대낮이지만 바깥이 컴컴할 정도로 먹구름 아래 폭우가 쏟아지고 있었다. 민규는 몇 년 전처럼 하수도가 역류해 반지하 빌라에 물이 차는 건 아닌지 걱정이 됐다. 그리고 TV를 틀어놓은 채 소파에 착 붙어 소주를 마시고 있는 아빠의 상태도 염려됐다.

아빠는 뉴스에 나오는 모든 사람에 대해 욕하고 있었다. 아빠의 눈엔 정치인이고 경영인이고 우수 학술상을 받은 사람이고 질병관리청 관계자고 뭐고 모두 썩을 놈들, 망할 놈들, 더러운 놈들, 빌어먹을 놈들이었다. 비난은 동물 관련 프로그램을 보면서도 계속됐다. 개는 미쳤고 고양이는 게으르고 말은 이상하고 닭은 돌았다며 브라운관 속 동물들도 마구 씹었다. 민규 생각엔 당연히 그 동물들이 특이하고 문제가 있으니 방송에 출연한 건데, 그걸 가지고 너무 뭐라 그러는 건 좀 아닌 거 같았다. 그래서 이상하고 특이하니까 방송에 나오는 건데요, 라고 말했다가 니가 뭘 안다고 떠드느냐고 한소리 들었다. 역시 취한 아빠와는 대화가 불가능했다.

문제는 오후에 엄마가 오고 나서였다. 엄마가 오자 아빠는 TV를 끄고 후퇴하듯 안방으로 들어갔다. 엄마는 직장에서 힘이 들었는지 계속 저기압이었다.

싸움은 저녁 식사 자리에서 터졌다. 아빠가 TV에 나온 탤런트 서민준을 보며 혀를 차고는, 저놈의 도박꾼 또 나오는 게 무슨 백인지 모르겠다고 짜증을 냈다. 민규는 엄마가 서민준의 팬이란 걸 알고 있기에 슬쩍 엄마 눈치를 살폈다. 역시나 엄마는 가만있지 않았다.

"도박 아니라 내기 골프였거든."

"내기 골프는 도박 아닌가!"

"그냥 지인들끼리 게임한 건데 뭐가 문젠데? 원래 골프는 라운딩하며 내기 걸고 게임하는 거야."

"이 사람아. 동네 고스톱도 판돈 크면 잡혀가!"

"고스톱 치다 싸는 소리 하시네. 당신은 골프 같은 거 칠 일 없으니 잘 모르는 거야. 그리고 모르는 건 좀 입 닫고 있어."

"입 닥치라고? 지금 나한테 입 닥치라고 그랬냐?"

"내가 언제 입을 닥치래. 내기 골프 개념도 모르니까 그렇지. 그리고 지금 당신 입으로 도박 얘기 하는 거 완전 웃기거든! 그놈의 토토로 날린 돈이 얼만데?"

"썩을, 토토 접은 지가 언젠데 그걸 또 끄집어내 난리야?"

숟가락을 탁 내려놓은 형이 부모님의 눈길을 무시하고 방으로 들어갔다. 밥그릇은 벌써 비어 있었다. 민규는 형처럼 빨리 밥을 해치우지 못한 자신의 처지가 처량했다. 민규는 그냥 고개를 묻고 밥에 멸치볶음을 얹었다. 귀를 막고 밥을 먹는 수밖에 없었다.

"지금 안 끄집어내게 생겼어? 그때 토토 때문에 당신이 통장 안 털었으면 전셋집으로 이사 가고도 남았다고! 그것 때문에 월세 생돈 내느라 내가 이 고생인데! 일도 안 나가고 집에서 술만 퍼마시고 있어?"

"비 퍼붓는 거 안 보이냐? 내가 비 안 오는 날 일 안 나가? 내가 한 번을 빠지냐고? 누군 쎄빠지게 일 안 하냐? 혼자만 고생하는 척은."

"그래. 나는 혼자 고생하는 척하고, 니는 소파에 누워 TV 나오는 사람 욕하기 바쁘고? 잘난 놈들 욕하면 니가 잘나지냐? 응?"

"너 말 다 했어?"

"아니! 비 오면 일을 왜 못 해? 노가다만 일이야? 택배도 있고 대리운전도 있고! 하다못해 집안일이라도 해놓든가! 내가 출근하면서 이따 세탁기 다 돌면 빨래 널라고 했어 안 했어? 집에 와보니 세탁기에 그대로야! 어휴, 진짜 이 여름에 옷 다 썩힐 일 있어? 건조기도 없는 집구석에서—"

"썩을! 건조기 얼마야? 사라고! 사주면 되잖아! 그깟 거 얼만데?"

"지금 얼마가 중요해? 니 태도가 그러니 내가 오늘도 안 싸울 수가 있어?"

둘의 언성이 빗발처럼 거세졌다. 결국 밥을 남긴 채 민규는 일어나야 했다. 보아하니 오늘도 긴 싸움이 될 듯했다. 진짜 말도 안 되는 거 가지고 싸우는 게 중딩들만도 못한 거 같았다. 그리고 서민준은 왜 내기 골프인지를 쳐 가지고 엄마도 화나게 하고 아빠도 돌게 만드는지 모르겠다.

비는 더 심해져 장우산을 쓰고 나왔음에도 반바지까지 다 젖고 있었다. 우르르 쿠쿠!! 천둥 치는 소리가 마치 엄마 아빠가 서로를 향해 터뜨리는 고함 같았다. 슬픔이란 이렇게 비처럼 내리고 천둥처럼 울리는 것일까?

민규는 유일하게 피신할 수 있는 곳을 찾아 발걸음을 옮겼다. 젖은 슬리퍼가 벗겨지지 않게 조심하면서.

상반신 아래로 몽땅 젖은 채 들어온 편의점은 냉방이 빵빵해 매우 추웠다. 맙소사. 더위를 피해 시원한 이곳을 찾았는데, 지금은 추워 얼어 죽을 판이었다.

금보 아저씨가 민규를 보자마자 카운터에서 나와 다가왔다. 민규는 덜덜 떨리는 이에 힘을 주며 아저씨를 바라보았다. 아저씨는 돌아서 창고에 가더니 긴팔 남방을 가져와 민규의 어깨에 얹어주었다. 옷에서 나는 쿰쿰한 냄새는 별로였지만 담요처럼 따스해 민규는 곧 이를 악물고 있지 않아도 되었다.

"어이구야. 오늘 같은 날은 집에 콕 박혀 빈대떡이나 먹어야지. 왜 왔니?"

"……오늘 투 플러스 원 뭐 있어요?"

"오늘? 가만있자, 이번 주부터 음료 쪽이 투 플러스 원이 많던데…… 너 지금 찬 거 먹음 안 돼. 오케이! 컵라면 어때?"

"컵라면도 투 플러스 원 있어요?"

"하나만 드셔. 얼마든지 여기 있어도 좋으니까."

아저씨가 다 안다는 듯 윙크를 했다. 순간 민규는 다시 이를 악물어야 했다. 안도의 한숨인지 서러워서 터진 탄식인지 모를 것이, 가슴에서 자꾸 부풀어 넘치고 있기 때문이었다.

"저거 저거, 추워서 이 악문 거 봐라. 가 앉아 있어. 아저씨가 갖다줄게."

민규는 자동인형처럼 아저씨가 시키는 대로 구석의 자기 자리에 가 앉았다. 계산을 해야 한다는 생각이 뒤늦게 떠올랐지만 꼼짝도

하기 싫었다. 무엇보다 터져 나오는 가쁜 숨을 참아 눌러야 했다.

민규는 생각했다. 그동안 얼마나 자신이 잘 견뎌왔는지를. 초등학교 때 뚱보라고 놀림받을 때도 꿈쩍 않고 자리를 지켰다. 중학교 때 왕따를 당할 때도 절대 학교에 빠지지 않았다. 코로나가 터지고 원격 온라인 수업으로 전환되며 가장 좋았던 것은 빵 셔틀을 하지 않아도 된다는 것이었다. 하지만 올해 고딩이 되고도 집에만 있게 되자, 점점 숨 쉬기가 힘들어졌다. 사흘에 한 번꼴로 벌어지는 엄마 아빠의 싸움, 아빠의 술 담배 셔틀, 형의 잘난 척과 무시가 점점 옥죄어왔다.

민규에게는 집과 더위를 피해 온 이 편의점에서, 누구의 터치도 받지 않고 무관심 아래 보내는 몇 시간이 하루의 유일한 낙이었다.

그런데 저 아저씨가 자꾸 끼어들기 시작했다. 처음엔 폐기 상품을 주며 수다를 떨고, 이어서 책을 주고 독서토론을 하자고 하지 않나, 이제는 옷과 라면도 챙겨주었다. 이런 관심과 도움이 익숙지 않은 민규로서는 마음이 불편했다. 그런데 고맙기도 하니 도대체 이걸 어떻게 받아들여야 할지 몰랐다.

"자, 여기."

어느새 민규 앞에 뚜껑이 큰 컵라면이 놓였다. 그리고 검정 삼각형 뭉치 하나가 누름돌처럼 뚜껑 위에 놓여 있었는데, 자세히 보니 돈가스 삼각김밥이었다. 순간 민규의 눈꺼풀이 떨리기 시작했다.

"서프라이즈! 이번에 돈가스 삼각김밥 나왔거든. 밍기뉴, 너 돈가스 좋아하지? 그치? 좋아서 웃음이 절로 나지? 어? 울어? 얼레리

꼴레리. 울다가 웃으면 항문에 모발 모발! 얼레리꼴레리.”

금보 아저씨가 이상한 노래를 흥얼거리며 어깨까지 들썩였다. 민규는 잽싸게 남방으로 눈물을 훔친 뒤 아저씨를 노려보았다.

“누가 운다고 그래요? 그리고 밥 먹고 와서 삼각김밥까지 못 먹거든요!”

“안 먹는다고? 야! 밍기뉴, 우리 솔직해보자. 너랑 나 같은 체형들은 밥 먹었다고 뭘 더 못 먹지 않아. 그건 선택의 문제지, 가능 불가능의 문제가 아니잖아. 그치? 그리고 이 돈가스 삼각김밥 완전 실해. 돈가스 샌드위치보다 백 배 나아.”

어느새 고인 침을 민규는 꿀꺽 삼켜야 했다.

“그리고 아까 나도 날 추워서 이거를 라면에 말아 먹었거든. 완전 맛있어! 너 돈가스 나베라고 알아?”

“몰라요.”

“일본에 가면 먹을 수 있는 메뉴인데, 이 아저씨가 일본에 딱 한 번 가봤거든. 도쿄 말고 오사카. 오사카 쪽이 더 좋다 그러더라고. 유니버설 스튜디오도 오사카에만 있고—”

“아저씨! 티엠아이 좀 그만요. 그래서 돈가스 나베가 뭔데요?”

“어. 그래. 나베는 우리말로 냄비야. 자, 여기 컵라면이 냄비라고 치자고.”

뒤이어 금보 아저씨는 돈가스 삼각김밥을 치우고 컵라면 뚜껑을 열었다. 김이 훅 올라오며 라면 특유의 참을 수 없는 냄새가 민규의 코를 자극했다. 어느새 젓가락을 뜯은 아저씨가 라면을 휘휘 젓고는 다 익었다며 만면에 미소를 지었다. 그리고 삼각김밥 껍질을 귤 까는 것보다 빠르게 벗겨냈다.

"자, 이걸 여기 투하. 뿅!"

민규가 말릴 새도 없이 금보 아저씨는 돈가스 삼각김밥을 라면 안으로 떨어뜨렸다.

"으아."

"괜찮아. 이제 면을 먼저 먹어. 김밥은 국물 안에 잘 담가놓고. 그리고 면을 다 먹을 때쯤 슬슬 김밥을 해체해. 그럼 나오는 돈가스를 국물에 자작자작 적시라고. 적셔진 돈가스를 한 입 먹으면, 띠로리! 이게 돈가스 나베지. 즉석 돈가스 나베. 오케이?"

"휴."

민규는 컵라면을 들고 국물부터 후루룩 마셨다. 배 속의 한기가 단번에 가시는 게 느껴졌다. 아저씨의 탄성이 들려왔다.

"역시, 먹을 줄 아는구나."

"젓가락 주세요."

아저씨가 배턴터치 하듯 젓가락을 건넸다. 민규는 일단 면을 먹었다. 이후 드러난 삼각김밥을 해체해 안쪽의 돈가스를 국물에 적셨다. 다시 면을 해치웠다. 그리고 아저씨가 말한 대로 즉석 돈가스 나베를 즐겼다.

핵꿀맛이었다!

배 속에 따뜻한 게 들어오고 남방도 걸친지라 이제 감기 걸릴 일은 없다. 민규는 휴대폰을 꺼내 유튜브에 접속했다. 현실을 잊는 법은 유튜브와 책밖에 없었는데, 읽을 책이 없으니 다시 유튜브의 세계에 빠질 수밖에 없었다. 그때 계산을 안 한 게 떠올랐다.

카운터로 가 지갑을 열려는데 아저씨가 손을 마구 휘저으며 안 받겠다고 했다. 진짜 호구 같은 아저씨가 아닐 수 없었다. 민규는 꾸벅 고개를 숙였다.

"감사합니다."

"응. 감사하면 하나만 묻자."

그럼 그렇지. 이 아저씨는 호구가 아니고 못 말리는 수다쟁이다. 그런데 질문 내용이 의외였다.

아저씨는 아까 들어올 때 표정이 어두워 보였다며 무슨 걱정이 있냐고 물었다. 민규는 추워서 얼굴이 창백해진 거라 둘러댔지만 통하지 않았다. 아저씨는 원래 예민한 뚱보들이 자랄 때 힘든 일이 많다고, 힘든 일 있으면 자기에게 말해도 된다고 했다. 무언가 다시 훅 올라온 민규는, 손으로 눈을 한번 문지른 뒤 집에서 있었던 일을 털어놓았다. 탤런트 서민준 때문에 엄마와 아빠가 싸운 걸, 아니 엄마가 아빠에게 집에서 빈둥댄다고 화낸 걸, 아니 아빠가 도박 빚 뭐라 하는 엄마한테 버럭 한 걸, 아니 엄마와 아빠는 그냥 서로를 못 견뎌서 어쩔 줄 모른다는 걸 털어놓았다. 그래서 집에 있는 게 무섭고 불편하단 걸, 그래서 방에서 에어컨 쐬며 혼자 집을 탈출하겠다는 형이 밉단 걸, 그래서 갈 데도 없고 괴로워 숨 쉴 곳은 여기밖에 없단 걸 전부 털어놓았다.

어느새 소리 내 울고 있었다. 손님이 들어와 아저씨를 이상하게 바라보고 경찰에 신고를 하려고 했다. 아저씨는 자초지종을 설명했고 다행히 경찰은 오지 않았지만 민규는 울다가 사레가 들려 캑캑대야 했다.

아저씨가 급히 음료를 따서 건넸다. 음료를 마시고 사레를 겨우 다스렸다. 음료를 아저씨에게 돌려주자 아저씨가 마저 마시라고 하며 덧붙였다.

"옥수수수염차야. 속상할 때 아주 좋아."

구수하고 시원한 게 진짜로 속이 풀리는 것 같았다.

꺼억 트림을 하는 민규를 보고 껄껄 웃은 아저씨는, 이번에도 음료 준 값을 챙기려는 듯 자기 이야기를 시작했다.

아저씨는 화낼 아빠도 없이 자랐고 엄마 혼자서 자기를 키우느라 무척 힘들어하셨다고 했다. 자기 역시 덩치 크고 예민한데 뭐 하나 잘하는 게 없어 친구들 사이에서도 깍두기였다고 했다. 깍두기가 뭐냐고 물으니, 게임할 때 어느 편에도 들어가지 못한 애를 덤으로 얹어주는 거라고 했다. 그러니까 투 플러스 원 같은 거예요? 라고 물으니 아저씨는 박수를 치고는 주먹을 뻗었다. 민규는 마지못해 아저씨의 주먹에 주먹을 맞댔다.

깍두기로 있는 듯 없는 듯 청소년 시기를 보내던 아저씨는 엄마가 책 대여점을 운영하게 되면서 비로소 책과 친해졌다고 했다. 만화책부터 시작해 전집과 명작 다이제스트와 무협지를 읽고, 다시 청소년 소설과 일반 소설을 가리지 않고 읽었다고 했다. 마지막으로 에세이와 자기 계발서까지 읽자 대여점에서 흥미 있는 책은 다

읽게 되었다고 했다.

"그래서 어떻게 했어요?"

"그때가 너만 했을 때야. 우리 집이 중2 때 책 대여점을 시작해서 3년쯤 됐을 때니까. 장사가 안 돼서 엄마가 새 책을 더 들이지 않더라고. 그래서 그다음부터는…… 내가 책을 찾아갔지."

"어디로요?"

"도서관."

"학교 도서관요?"

"아니, 동네 도서관. 아저씨가 남대문시장 쪽 회현동이라는 데 살았거든. 거기서 올라가면 바로 남산이고 남산에 남산도서관이라고 있어. 거기 책도 무지 많고 열람실도 많고 네 또래들도 많이 오고 남산 밑에 있어 시원하고 공기도 좋아. 그리고 매점 음식도 싸고."

도서관에 매점이 있다는 말에 절로 군침이 돌았다. 아저씨는 남산도서관이 여기서도 가까우니 걸어서 가면 된다고 했다. 서울역 가로질러 후암동으로 해서 넘어가면 된다면서, 가서 책도 읽고 매점에서 국수도 먹고, 요즘은 에어컨도 있으니 완전 시원할 거라고 했다.

"시원한 데서 책도 읽고 뭐 사 먹을 수도 있고…… 그럼 여기 같은 곳이네요!"

아저씨가 다시 박장대소를 하고는, 편의점보다 도서관이 민규에게 더 편한 곳이 될 거라고 장담했다. 민규는 당장이라도 남산도서관에 가고 싶어졌다. 그런데 코로나가 심해서 도서관을 여나 모르겠다며 아저씨가 고개를 갸웃거렸다. 민규는 즉시 휴대폰을 꺼내 검색했다.

아저씨가 손님을 받는 사이 민규는 검색을 해서 서울 지역 코로나 거리두기가 4단계이고 도서관은 휴관하는 대신 수용 인원을 줄여서 받는다는 걸 확인했다. 민규는 의기양양 그걸 보여주고는 비가 그치는 대로 남산도서관에 가겠다고 선언했다. 아저씨가 다시 주먹을 뻗어 귀찮지만 어쩔 수 없이 또 주먹을 맞대야 했다.

"근데 아저씨 같은 사람이 거기도 있는 거 아니에요? 막 먼저 아는 척하고 티엠아이 쩔고 그런 사람요."

"아니지. 도서관은 무조건 정숙이지. 떠들 수도 없고 전화도 나가서 받아야 해. 오직 책 속 사람들하고만 대화할 수 있어."

민규는 정숙이란 단어를 검색했다. 조용하고 엄숙함. 마음에 들었다. 이 여름 시원하고 조용한 곳에서 혼자 책을 읽다가 배고플 때 매점에 가서 돈가스를 먹는다면, 그게 천국이 아닐까 민규는 생각했다. 민규는 곧바로 온라인으로 회원 가입을 마쳤다.

집에 가기 전 남방을 벗어 건네자 아저씨가 바로 걸쳤다. 자기도 추웠다는 듯 몸을 떠는 시늉을 하면서. 그게 웃겨서 민규가 웃자 아저씨도 웃었다. 특유의 아하하, 아하, 하하, 하는 웃음을 터뜨리며 주먹을 뻗었다. 이번엔 과감히 무시하고 고개 숙여 인사했다.

감사합니다. 갈 데 없이 외로운 저를 신경 써주셔서.

감사합니다. 책과 매점이 있는 도서관을 알려주셔서.

다음 날 아침, 눈부신 햇살이 반지하까지 쨍쨍했고 공기도 습기 없이 쨍쨍했다. 아빠는 일을 나갔고 엄마도 일을 나갔고 빨래도 마루 건조대에 널려 있었다. 형은 차려진 아침을 혼자 먹고 방으로 들어간 듯했다.

민규는 휴대폰으로 남산도서관까지 가는 길을 검색했다. 도보로 28분. 게다가 산 밑. 늦게 가면 수용 인원이 초과될지 모르기에 서둘러야 했다. 더위로 땀에 절 걸 고려해 티셔츠를 하나 더 가져가야겠다고 생각했고, 마침 빨래 건조대 끝에 널린 자신의 목 늘어진 라운드티를 발견했다. 민규는 손을 뻗어 그것을 가방에 챙겨 넣고 집을 나섰다.

청파동 언덕을 내려와 ALWAYS편의점이 있는 작은 삼거리를 지났다. 큰길에 다다라 서울역으로 가는 뒷길을 걸었다. 은행나무가 만들어주는 그늘을 따라 마스크에 갑갑한 숨을 내쉬며 갈월동 길을 지나 에스컬레이터를 타고 서울역에 올랐다. 잠시 에어컨 바람에 더위를 식히며 서울역을 통과한 민규는 다시 에스컬레이터를 타고 지하도로 내려가 서울역 11번 출구를 찾았다. 쉽지 않았지만 인파를 뚫고 발견한 11번 출구로 나가니, 남산 쪽으로 올라가는 길이 나왔다. 젠장, 오르막이다. 민규는 오지를 향해 진군하는 모험가처럼 오르막을 올랐다. 아직 오전임에도 푹푹 찌는 날씨에 호흡이 가빴지만, 많은 책과 매점과 에어컨 바람이 있는 도서관을 포기할 수는 없었다.

그리하여 다다른 남산도서관은 정말이지 천국이었다. 사회적 거리두기로 전체 수용 가능 인원의 30퍼센트만 입장할 수 있었기에 마치 천국 시민에 당첨된 기분이었다. 역시 빨리 오길 잘했다고 생각하며 민규는 도서관 곳곳을 탐험하기 시작했다. 무엇보다 역사가 오래된 곳이라 그런지 도서관이 아니라 박물관이나 미술관에 온 것처럼 살필 거리가 많았다.

열람실에서는 공부를 할 수 있고, 자료실에서는 책을 빌릴 수 있었다. 다만 코로나 때문에 앉아서 읽을 수는 없다고 했다. 민규는 한 시간여 서가를 오가며 꼼꼼히 살핀 뒤 읽고 싶은 책을 세 권 골랐다. 대출을 한 뒤 자료실 밖으로 나와 곳곳에 포진한 빈 의자를 오가며 책을 읽었다. 이 의자에서는 소설을 읽었고 저 의자에서는 역사 인문서를 읽었다. 또 다른 의자에서는 편의점에 관한 책을 읽었다.

시간이 점심을 지나 오후가 한참 되어서야 민규는 허기를 느낄 수 있었다. 독서에 빠져 허기마저 잊다니? 이것이 진정 도서관의 힘이란 말인가, 민규는 새삼 감탄하며 입장할 때 봐둔 매점을 향해 서둘러 발걸음을 옮겼다.

오 마이 갓. 돈가스가 5천 원이다!

김밥천국에서도 6천 원 하는 돈가스가 5천 원이라니……. 역시 도서관은 천국이었다. 돈가스 천국! 민규는 주저 없이 돈가스를 시킨 뒤 한 시간에 걸쳐 아껴 먹었다. 하루 종일 도서관에서 지내야 했기에 시간을 최대한 여유 있게 쓰기로 했다.

민규의 느리게 시간 보내기 계획은 실패로 돌아갔다. 도서관에서 책을 읽다 보면 하루가 정말 빨리 지나갔기 때문이었다. 한참 몰입해 책을 읽다 보면 에어컨 냉방에 한기를 느꼈다. 그럴 때면 도서관을 나와 정약용 동상을 끼고 돌아 남산공원으로 향했다. 남산공원에는 비둘기와 노숙자 아저씨들과 느긋해 보이는 사람들이 세상사와는 담을 쌓은 듯 쉬고 있었다. 민규는 공원을 산책하고 다시 도서관에 돌아와 책을 읽었다. 그러다 심심해지면 도서관 내 여러 곳을 둘러보았고 각종 프로그램이 있다는 걸 알게 되었다. 청소년 문학교실도 있고 독서 아카데미도 있고 작가 특강도 있고 사서와 함께하는 독서 여행도 있었다.

민규는 그 모든 프로그램을 섭렵하겠다고 다짐했다.

여름 내내 민규는 도서관으로 출근해 하루를 보냈고, 행복감을 느꼈다. 올 초, 코로나 거리두기로 인해 고딩이 되자마자 원격 수업을 했었다. 정말이지 새로 맞춘 동복 교복도 못 입어보고 하복을 맞출 줄은 몰랐다. 집에 갇혀 온라인 수업만 들었고 가족들의 구박덩어리로 집에 묶여 있었다.

코로나도 방학도 싫었는데 이제 방학이 끝나가는 게 싫었다. 2학기부터는 학교가 열리고 등교를 하게 된다. 도서관을 매일 갈 수가 없게 된 것이다. 대신 민규는 주말마다 도서관을 찾겠다고 마음먹었다. 집을 나와서도 편히 지낼 수 있는 도서관이야말로 민규에게는 최고의 편의점이 아닐 수 없었다.

8월과 함께 폭염도 끝나갈 즈음 도서관에서 귀가하는 민규의 시야에 ALWAYS편의점이 들어왔다. 밤 여덟 시가 조금 넘은 시각이었다. 여름의 시작에 민규가 늘 짱박히던 그 시간이었다. 민규는 자기도 모르게 발걸음을 편의점으로 돌렸다.

딸랑.

카운터에는 아무도 없었고 민규는 진열대를 돌며 내부를 살폈다. 금보 아저씨는 어디 있지? 그때 창고에서 알바 조끼를 입은 사람이 나왔다. 젊은 여자였다. 민규가 처음 이곳에서 저녁 시간을 보낼 때 금보 아저씨는 원래 밤 열 시부터 아침 여덟 시까지 근무였으나, 가게 사정 때문에 저녁 여덟 시부터 아침 여덟 시까지 일한다고 했었다. 지금은 그만둔 것일까? 아니면 원래대로 밤 열 시부터 일하는 것일까? 살짝 궁금하긴 했으나 밤 열 시까지 기다리기에는 배도 너무 고프고 지쳐 있었다.

민규는 마치 옛날 즐겨 찾던 놀이터를 다시 찾은 것처럼 편의점 안을 살피며 돌아다녔다. 여전히 상품은 부실했고 진열도 제각각이라 불편했다. 돈가스 삼각김밥은 다 팔렸는지 안 들였는지 없었고 유통기한이 다 되어가는 돈가스 샌드위치는 맛없어 보였다. 문득 아저씨가 만들어준 즉석 돈가스 나베가 그리웠다.

민규는 마지막으로 투 플러스 원 상품을 살폈다. 곧 마음에 드는 걸 발견해 카운터로 향했다. 계산을 하는 새침해 보이는 알바 누나에게 금보 아저씨에 대해 물을까 하다가 금보 아저씨라고 말하면 알아들을까 하는 의문이 들어 포기했다.

아저씨는 홍금보라는 별명과 본명의 발음이 비슷하다고 했는데,

지금 민규는 아저씨의 진짜 이름이 기억나지 않았다. 금보 아저씨 역시 자신을 민규가 아닌 밍기뉴로 기억할 거라고 생각하니 기분이 묘했다.

생각해보면 밍기뉴가 아저씨였고 자신은 책 속 불우한 소년이었다. 그 소년의 이름은 정확히 기억이 났다.

제제.

민규는 제제가 되어 편의점을 나섰다.

어제도 아빠와 엄마는 한바탕했다. 민규는 두렵지 않았다. 여름에 녹음이 짙어지듯 민규 역시 키도 한 뼘 더 자랐고 몸통도 한 뼘 더 굵어졌다. 보이지 않는 마음의 굵기도 한 뼘 더 두꺼워진 듯했다. 아빠는 엄마를 의식해서인지 말없이 TV를 보고 있었다. 민규가 도서관에서 2학기 예습을 한다고 알고 있는 엄마는 '막내아들'이 귀가하면 늘 반가이 맞아주었다. 알아서 공부를 한다고 칭찬하며 저녁을 차려주었다. 하지만 2학기 예습만이 공부는 아니다. 읽고 싶은 책을 읽는 것도 공부다. 그것이 민규의 궤도 수정이었고, 금보 아저씨가 알려준 인생 꿀팁이었다.

그런데 다시 읽고 싶어 도서관에서 아무리 찾아도 그 『궤도 수정』이란 책은 발견할 수 없었다. 왜죠? 언젠가 다시 아저씨를 만나게 되면 꼭 물어봐야겠다고 민규는 마음먹었다.

부모님이 잠든 어두운 거실에 나온 민규는 편의점에서 사 온 투 플러스 원 상품 두 개를 냉장고에 넣어두었다. 식탁 위에는 직접 쓴 메모지를 내려놓았다.

엄마 아빠 냉장고에 옥수수염차 넣어뒀어요.
출근하며 가져가세요. 더울 때 속상할 때 드시면 좋대요.

남은 하나는 깍두기 민규 차지였다. 그 여름밤, 민규는 옥수수
염차를 마시며 도서관에서 빌려 온 소설책을 읽었다. 여름밤은 길
고 이야기는 재미있었고 속은 편했다.

밤의 편의점

손님이 없는 한여름 밤 편의점은 냉장고 같다. 밤의 고요 속 쉼 없이 일하는 냉장고처럼, 편의점도 스물네 시간 멈추지 않고 가동된다. 냉기를 만들어내기 위해 냉장고에 컴프레서가 있듯 편의점에는 수익을 만들어내기 위해 점원이 있다. 그리고 컴프레서가 웅, 윙, 웨엥, 같은 동작음을 내듯이 근배 역시 수시로 소리를 냈다. 어우, 아하, 휴. 물건을 진열할 때도, 잠을 쫓기 위해 기지개를 켤 때도, 짬을 내 책을 읽다가도 근배는 소리를 냈다. 마치 살아 있다는 걸 확인시키듯, 마치 냉장고에 갇혀 있다는 걸 알리기라도 하듯 근배는 혼잣말을 했다. 그러면 손님이 들어와 이 밤에 깨어 있는 점원의 존재 이유를 입증해주기라도 할 것처럼.

근배의 그런 무의식적인 노력에도 불구하고 청파동 ALWAYS편의점의 새벽은 참으로 적막했다. 손님이 너무 없어 냉장고가 아니라 북극이라고 해도 될 법했다. 이러다 얼어 죽는 건 아닐까? 정말이지 이곳은 근배의 무한 긍정도 녹아내리는 빙산처럼 허무하게 만드는 곳이었다.

딸랑. 손님이 들어왔다. 그렇지. 한밤중에 목이 말라 냉장고를 열어보는 누군가가 있기 마련이다. 근배는 활기차게 '어서 오세요'를 외쳤다. 마스크를 쓴 중년 남성은 깜짝 놀랐다는 듯 근배를 흘기고는 진열대로 사라졌다.

중년 남성은 숙취 해소 음료와 헛개차를 사서 나갔다. 역시 목이 마른 손님이었다. 다음 손님은 언제 올까? 갈증을 느끼고 올까? 허기진 배를 채우러 올까? 아니면 열이 나거나 소화가 안 되어 상비약을 사러 올까? 새벽 출근하며 간식거리를 사 가던 그 아주머니는 왜 요새 안 오시는 걸까? 어젯밤 10분 넘게 편의점 안을 맴돌다 그냥 간 청년의 정체는 뭘까?

질문은 꼬리에 꼬리를 물어 마침내 근배가 가장 궁금해하는 지점에 다다랐다.

1년 6개월 전 이곳의 새벽을 지키며 기억을 회복해 나간 그 사내는 지금 어디에 있을까? 추운 겨울을 이곳에서 따뜻하게 보냈다고 했는데, 이 열대야의 여름에는 어디에 머물고 있을까? 시원하다 못해 썰렁한 이 냉장고 같은 편의점이, 그 사람이 있던 겨울엔 따뜻한 난로 같은 공간이었다는데…… 정말 그랬을까?

근배는 편의점 곳곳에 독고의 모습을 투영해보았다. 쉽지 않았지만 그게 그의 일이었다. 야간 알바는 알리바이에 불과했다. 이곳에서 독고가 기억을 찾으려 애썼듯, 근배는 편의점의 독고를 떠올리기 위해 애썼다. 불편한 편의점의 독고를 상상해야 했다.

올해 초부터 이곳을 주목했다. 청파동에 있는 ALWAYS편의점은 두 군데였는데, 학교 앞 큰길가에 자리한 곳은 불편함과는 거리가 멀어 보였다. 넓고 깨끗한 매장과 붐비는 손님들로 장사가 잘되고 있었다. 그리고 봄이 되자 본사 계약이 끝났는지 다른 프랜차이즈 편의점으로 간판이 바뀌었다.

주택가에 자리한, 작고 물건이 다양하지 못한 ALWAYS편의점은 이곳이 유일했다. 근배는 호시탐탐 야간 알바 자리가 나길 기다렸다. 몇 번 방문해 살펴보기도 했다. 환갑이 지나 보이는 희끗희끗한 머리의 중노년 사내가 일하고 있었는데, 나이에 비해 강골인 듯해 쉽게 그만둘 것 같지 않았다. 포기해야 하나? 하지만 기약이 없는 건 이곳만이 아니었기에, 근배는 묵묵히 기다렸다. 남창동 집에서 청파동 편의점까지 일주일에 두 번씩 오가며 살폈다. 출입문에 구인 전단이 붙어 있진 않은지, 주말 야간 알바 청년은 여전한지 살폈고, 알바 사이트 검색도 잊지 않았다.

그리하여 마침내 7월 초, 구인 전단이 붙었다. 평일 야간 알바였다! 근배는 대학교에 합격했을 때만큼 기뻤다. 아직 야간 알바로 결정된 것은 아니었지만 자신 있었다. 이미 이곳을 수십 번 오갔고 점장으로 보이는 낮 근무 아주머니도 살펴본 바 있었다. 듬직한 체구와 긍정적인 자세로 어필하면 자신을 뽑지 않을 이유가 없을 거라 여겼다.

그런데 면접을 망치다니!

체크카드에 잔고가 얼마 안 남은 줄 모르고 민망한 꼴을 당해야 했다. 다행히 점장님의 순발력 덕에 넘어갈 수 있었다. 하지만 며칠째 연락이 오지 않았다. 이력서를 너무 길게 써서 점수가 깎였나? 너무 오버한 게 부담스러웠나? 아니면 다른 강력한 지원자가 있었던 걸까? 근배는 오랫동안 노려온 자리를 얻지 못할 수도 있다는 생각에 조바심이 났다.

휴. 내가 그렇지 뭐. 근배는 무언가에 집착하는 성격이 아니었다. 그럼에도 이번에는 좀 쓰라렸다. 자신이 유일하게 매달리는 일이었기 때문에 아쉬움이 가시지 않았다.

그 주 일요일 저녁, ALWAYS편의점 점장님에게서 전화가 왔다. 주휴수당을 주기 어려울 것 같은데 그래도 할 생각이 있냐 물어왔고, 근배는 반가운 나머지 알바비 없어도 일하겠다고 답할 뻔했다.

"괜찮습니다. 어려운데 서로 양해하고 일해야죠."

점장님은 미안함과 안도감이 섞인 말투로 근배를 고용하겠다고 했다. 이로써 원했던 그 공간 바로 그 자리에 도달할 수 있게 되었다. 언제까지 일할 수 있을지 모르지만, 일하는 동안은 편의점 야간 알바 본분에 충실하겠다고 근배는 마음먹었다. 마침 생활비도 떨어졌고 에어컨 없는 옥탑방의 여름이 두렵기도 했다. 결과적으로 돈도 벌고 시원하게 여름도 나고 원하는 목적도 달성할 수 있게 되었다.

근배는 그날 밤을 새웠다. 옥탑방 마당에 내리쬐는 아침 햇살을 마주한 뒤에야 매트리스에 몸을 눕혔다. 바뀔 생활 패턴에 맞춰 바이오리듬을 조정하는 스스로를 대견하게 여기며 잠에 빠져들었다.

대학에 합격하면서 엄마와 근배로 이루어진 2인 가족은 해체를 맞이하게 되었다. 서울 소재 대학의 지방 캠퍼스에 추가 합격해 간신히 대학생이 된 근배에게 엄마는 말했다.

"졸업할 때까지 등록금은 엄마가 어떻게든 마련해볼게. 하지만 생활은 이제 성인이니 직접 꾸리도록 하렴."

싸 온 반찬을 자취방 냉장고에 넣으며 엄마는 독립에 대해 이야기했다. 근배의 독립이기도 했지만 엄마의 독립이기도 했다. 스물다섯에 홀로 근배를 낳고 키운 엄마는 여전히 젊고 아름다웠다. 엄마는 장사가 안 되는 책 대여점을 접기로 했고 남자친구와 그의 고향에 가 무화과 농사를 지을 거라고 했다. 근배는 엄마에게 걱정 마시라고 했다. 그때는 스무 살 젊음을 만끽한다는 기대감에 엄마와 살림을 나누는 게 두렵지 않았다. 엄마의 삶을 응원하면서 동시에 자기만의 삶을 꿈꾸던 시기였다.

책 대여점 아들 아니랄까 봐, 국어국문학과에 입학한 근배는 그곳에서도 줄곧 책만 읽었다. 알바 자리는 쉽게 구해지지 않았다. 엄마가 준 '독립자금'만으로는 몇 개월 버티지 못할 것이기에 대책을 마련해야 했지만, 뾰족한 수가 보이지 않았다.

낙담한 근배는 과방 구석에 앉아 책꽂이의 아무 책이나 꺼내 읽으며 시간을 죽였다. 그러다 보면 드나드는 선배들이 가끔 밥을 사주기도 했다. 겁 많고 소심하던 근배는 생존을 위해 넙죽넙죽 인사 잘하는 후배가 되었고, 어느 날 한 선배가 밥을 산다며 그를 어디론가 데려갔다.

다다른 곳은 꽤 큰 동아리방이었는데, 구석에 싱크대와 취사도구가 있을 정도로 넓었다. 창가 쪽에는 야전침대가 놓여 있었고, 오후의 햇살 아래 장발의 사내가 깔깔이를 덮은 채 잠들어 있었다.

근배를 데려간 선배는 동아리방에서 라면을 끓여주었다. 동아리방이 자취방도 아니고 이런 게 가능한가 할 때쯤, 또 다른 사람 몇이 들어왔다. 그들은 오자마자 약속이라도 한 듯 라면을 끓였다. 초면의 근배를 보고도 옆집 꼬마가 밥상에 낀 것처럼 아무렇지 않게 대했다.

얼마 뒤 잠에서 깬 장발의 사내가 자기만 빼놓고 라면을 먹는다고 호통을 쳤다. 그런데 아무도 신경 쓰지 않고 라면에만 집중했다. 불퉁한 장발 사내는 혼자 짜장면을 시켜 먹을 거라 선언했고, 그제야 사람들이 라면을 나눠주며 요리도 시키자고 그를 꼬드겼다. 뭐지? 재밌는 사람들이네. 그런데 나도 중국 음식 먹을 수 있는 건가? 근배는 군침을 삼키고 돌아가는 상황을 주시했다.

일사천리로 탕수육과 짜장면, 군만두가 동아리방 중앙에 깐 신문지 위에 놓였다. 누군가가 냉장고에서 바주카포 포탄 같은 됫병 소주를 꺼내 종이컵마다 채웠다. 그때까지도 근배는 꿔다 놓은 보릿자루와 다름없었다.

소주로 채운 종이컵이 몇 번 돌고 나자 선배는 연극을 아주 좋아하는 과 후배라 데려왔다고 근배를 소개했다. 황당해하는 근배를 사람들이 일제히 주목했다. 엄지를 세우기도 하고 소리를 지르기도 하며 자기소개를 재촉했다.

"저는 그냥…… 밥 사준다고 해서 따라왔는데요."

라면에 중국 음식까지 사주고 있지 않냐며 데려온 선배가 등짝을 때렸다. 연극무대에 서본 적 있냐고 다른 선배가 물었다. 술은 좀 먹냐고 또 다른 선배가 물었다. 기숙사인지 자취인지 또 누가 물었다. 알바 안 하면 저녁에 뭐 하냐고 또 다른 누군가가 물었다. 근배가 두서없는 질문에 답하기 바쁘던 즈음, 장발 사내가 탁자를 탕탕 치고는 근배를 똑바로 응시했다.

"너 연기 해볼래? 배우 말이야, 배우."

"아직 잘 모르겠는데요."

"너 자취한다며? 우리 동아리 들어오면 밥은 안 굶어. 그리고 너 국문과라며? 국문과 취업 쉽지 않아. 두고 봐라. 연기 배워두면 밥은 안 굶는다. 우린 일종의 기술자라고. 몸 쓰는 기술자. 어른들 말하나도 안 틀려. 기술 배우라고 하잖아."

근배가 밥에 진심인 걸 간파한 그가 그렇게 근배를 꼬드겼다. 통했다.

그날로 근배는 연극 동아리 신입이 되었고, 매일 저녁을 동아리 방에서 해결했다. 진짜 밥은 안 굶었다만 먹은 것 못지않게 고된 연극 연습에 금세 배가 꺼지곤 했다. 선배들의 전공은 다양했다. 경제, 경영정보, 도시사회학, 독어독문학, 환경공학, 철학, 고고미술사학 등등. 아무도 연극영화과나 예술 전공이 아님에도 연극에 빠져 있었고, 열정적으로 무대를 준비하고 자부심으로 무대에 올랐다. 심지어 장발 선배는 졸업생임에도 학교를 떠나지 않은 채 동아리방으로 출근하는 기인이었다. 그는 전공이 도시사회학이어서 '김 도사'라고 불렸다. 그러니까 국문과나 도사과나 졸업 후 전망이 안 좋기는 매한가지였던 것이다.

근배는 그들의 이해할 수 없는 열정이 신기하고 부러웠다. 그리고 끼니 해결을 목적으로 시작했지만 어느새 그 열정에 살금살금 전염되어갔다.

근배와 함께 연극반에 들어온 신입생 여덟 명 중 세 명이 1학기가 끝나기 전에 동아리를 그만두었다. 남은 다섯 중 둘도 가을 공연을 마치고 그만두었다. 동아리 선배들은 요즘 애들은 취업에만 신경 써 동아리 활동이 엉망이라고 푸념했다. 아니, 당연히 취업이 우선 아닌가? 근배는 학사경고를 받아가며 동아리 활동을 하는 선배들이 때론 답답해 보였다. 하지만 다음 해 근배 역시 배고프고 할 일 없어 보이는 후배들을 동아리방에 데리고 왔고, 그들에게 라면을 끓여주며 대학 생활은 취업이 전부가 아니라고 훈계하고 있었다.

편의점 일 왜 이렇게 힘들지?

인수인계 첫날부터 근배는 정신을 차릴 수가 없었다. 카운터 안은 마치 비행기 조종실처럼 복잡해 보였다. 정면의 포스기 화면은 계기반 같았고, 우측에는 점포 운영 내역이 잔뜩 뜬 모니터가 있었고 그 아래엔 점포 경영 시스템 태블릿과 검수기, CCTV 본체, 인터넷 모뎀, 와이파이 기기, 오디오 기기, 프린터가 촘촘히 자리하고 있었다.

왼쪽으로는 커피머신과 튀김기가 언제든지 커피를 뽑고 닭을 튀길 기세였고, 카운터 아래엔 수많은 잡동사니들이 빼곡히 박혀 있었다. 그리고 카운터 주위를 모자이크 처리하듯 수많은 공지사항이 다닥다닥 붙어 포위하고 있었다.

유통기한 체크

튀김 상미시간 등록

커피 찌꺼기 비우기

이번 주 점격 통합 지표 확인

돌발 상황 대처 매뉴얼 숙지

FF 배송매니저 연락처

CK 택배기사 연락처

용모/복장 점검

접객 10계명 연습

주류/담배 판매 시 신분증 꼭 확인

마스크 착용

밤 열 시 이후 매장 내외 취식 금지

결제 전 통신사 할인/적립 확인

온장고/냉장고 보충 점검

상품 진열/보충 시 페이스 업

카드 분실 주의

봉지 유상 판매

아니 편해야 할 편의점이 왜 이리 복잡하고 불편한 거지? 점원 입장이니 그럴 만도 하지만 생각보다 생소한 단어도 많고 조작법을 습득해야 하는 기계도 많았다. 시재 점검과 입고된 물류 검수는 틀리기 일쑤였고 포스기 사용법은 유튜브를 틀어놓고 수차례 연습해야 했다.

이제 편의점을 떠나는 무뚝뚝한 곽 선생은 마치 군대 조교가 전투 교범 가르치듯 일을 알려주었다. 처음에는 수많은 알바를 전전한 경력을 믿고 유들유들하게 굴던 근배는 기억할 게 쌓여가자 굼뜨게 굴 수밖에 없었고, 어느새 곽 선생의 눈치를 보게 되었다.

곽 선생은 한바탕 일을 알려준 뒤 잠시 쉬자면서 커피를 뽑아주었다.

"접객은 잘할 거 같으니 기본 매뉴얼만 빨리 숙지하도록 하세요."

"그런가요? 근데 정말 알아둬야 할 게 산더미네요."

"근배 씨, 백화점 가보셨나?"

"예. 제가 남창동 사는데 길 건너면 신세계백화점이에요. 또 길 건너 쫌만 가면 롯데백화점도 있고요. 예전에 그 사이에 미도파백화점이라고 지금은 없어진 백화점도 있었는데, 전 거기가 참 좋았어요."

곽 선생이 잠시 신기하다는 듯 근배를 살폈다. 어이쿠, 또 잔말이 많았구나.

"한마디로 백화점 많이 가봤다는 거죠. 물론 아이쇼핑만 했습니다. 아하하."

"백화점은 한마디로 상품이 백 개는 된다는 거잖아요. 그렇게 비유하자면 편의점은 만화점이라고 난 봐요. 백화점에서 파는 고급 제품 백 개 대신, 잡다하지만 사는 데 꼭 필요한 물건이 만 개는 있지요."

"만화점이라…… 재밌는데요. 만화책도 있을 것 같고. 하하."

곽 선생은 이미 근배를 파악했는지 반응하지 않고 말을 이어나갔다.

"그리고 백화점이 영어로 디파트먼트 스토업니다. 백화점은 물건이 많지만 파트가 나뉘어 있어 해당 점원이 자기 파트만 담당하면 되죠. 하지만 편의점은 혼자서 수많은 물건을 팔아야 합니다. 그러니 일이 쉽지 않겠죠? 나도 편의점 알바를 하면서 세상에는 사소한 일 같아도 필요하지 않은 일이 없구나 느끼며 많이 배웠습니다."

근배는 고개를 끄덕이며 생각했다. '이 어르신 내가 말 많이 하니까 지지 않으려고 자기도 말씀을 많이 하시네.' 그럼에도 새겨들을 만한 말이었다. 근배는 편의점 일을 만만히 여겼던 자신의 태도를 반성했다.

제대 후 고향에 돌아오듯 근배는 캠퍼스로 돌아왔다. 복학생이 되어 집 같은 동아리방에 똬리를 틀고 김 도사와 같은 말을 하고 있었다. 야전침대는 그의 차지였고 후배들에게는 노가다로 번 돈으로 중국요리를 사주며 연기에 관한 훈수를 뒀다.

하지만 이미 많은 것이 달라져 있었다. 근배가 군대를 가기 전엔 취업에만 몰두하는 대학생을 핀잔주는 분위기라도 있었다면, 이제 대학은 취업 준비와 스펙 쌓기가 전부였고, 대학 생활의 낭만이나 학생 활동은 말 그대로 '대책 없는 짓'이 되어 있었다. 동아리 역시 취업에 필요한 공부 동아리와 스펙에 도움이 되는 봉사 동아리가 살아남았고, 연극 동아리 같은 시간과 노력을 쏟아부어야 하는 곳은 사라지는 추세였다. 어느 순간 근배는 대학에서 멸종 위기에 처한 연극 동아리의 멸종 위기종이 되어 있었다.

졸업을 앞두고 취업 준비가 전혀 안 된 근배는 변변한 회사에 지원조차 할 수 없었다. 그 역시 취업보다는 동아리에서 배운 연기로 어떻게든 살아보겠다는 목표를 세웠다. 졸업을 하고 대학 캠퍼스가 있는 지방 도시를 떠나 서울로 돌아왔다. 과거에 엄마와 살던 회현동에서는 마땅한 방을 못 찾았고, 옆 동네 남창동의 옥탑방 하나를 겨우 구할 수 있었다.

그는 보조출연 회사에 등록해 엑스트라 알바를 하면서 배우로서의 기회를 노렸다. 다행히 덩치가 좀 있는, 배경으로 세워두기 좋은 단역 일이 종종 떨어졌다. 한 사극에서는 대사도 있었다. 조연급 무사의 칼에 맞아 죽으며 외치는 감탄사 '끄윽!'이 그것이었는데, 세 번이나 엔지를 내서 제작진의 눈총을 받아야 했다.

보조출연을 하며 배우 오디션을 보러 다니기도 했다. 독립영화의 단역이나 지자체 홍보물의 조역으로 캐스팅되기도 했다. 마트 점원, 개장수, 마을버스 기사, 과장님, 엔지니어 1, 생산직 노동자 1, 주인공의 삼촌, 보스의 졸개 3, 외판원, 도박꾼 2 등 다채로운 인물과 직업으로 변신할 수 있었다. 하지만 잘생긴 것도 아니고 미친 연기력을 겸비하지도 않은 덩치만 좀 있는 배우가 주목받기란 쉽지 않았다. 근배는 그래도 알바로 돈을 벌며 연기자의 꿈을 포기하지 않았다.

그러던 어느 날 몇 해 동안 꾸준히 거래한 보조출연 회사에서 근배를 유명 드라마 작가의 신작에 조연급으로 꽂아주겠다며 로비 비용을 요구했다. 근배의 전 재산과 다름없는 옥탑방 보증금을 빼야 치를 수 있는 금액이었다. 고민 끝에 근배는 김 도사를 찾아갔다.

김 도사는 이제 장발을 꽁지머리 헤어스타일로 바꾼 채 대학로를 누비는 중이었다. 이전에도 그는 수차례 근배에게 대학로로 오라고 했지만, 자신 못지않게 무명 배우인 그를 도저히 믿을 수 없었다. 그런데 그는 이제 연극 제작자로 활동하고 있었고, 제법 커리어를 만들어가는 중이었다.

김 도사는 이야기를 듣자마자 그따위 사기 거짓부렁에 돈을 갖다 주지 말고 자기에게 술이나 사라고 했다. 술을 사면 일자리를 소개해주겠다는 명목이었는데, 그게 훨씬 싸게 먹히는지라 근배는 그에게 술을 사주었다.

술자리에서 근배는 푸념처럼 항의했다.

"선배가 연기 배우면 밥은 안 굶는다고 했잖아요!"

"마, 그때 내 나이가 지금 너보다도 어릴 때다. 내가 뭘 알았겠 냐?"

김 도사가 잔을 비우며 클클거렸다. 얄미웠지만 같이 고생하며 만들었던 무대가 생각나자 미워할 수가 없었다. 동아리에서 아마 추어 배우지만 온 열정을 바쳐 무대에 섰던 선후배 동기 중에 그와 근배, 둘만이 연기를 포기하지 않고 이 바닥에 남아 있었다.

얼마 뒤 김 도사는 약속을 지켰다. 그의 소개로 근배는 한 아동극 단의 대표를 만났다. 박 대표는 40대 중반의 아저씨였는데, 연극 관계자라기보다는 동네 주민 센터에서 마주치는 공무원 같아 보였 다. 그는 초면인 근배를 눈으로 슥 훑고는 입맛을 다셨다.

"살 더 찌울 수 있어?"

당시 제대로 못 먹고 다녀 살이 빠진 근배는 잠시 고민한 후 고개 를 끄덕였다. 이곳에서 월급을 받아 제대로 끼니를 차려 먹으면 살 을 찌울 수 있을 거란 심산이었다. 박 대표는 근배에게 직원 겸 배우 로 일할 수 있겠냐고 다시 물었다. 월급은 80만 원이고 휴일은 따로 없으며, 공연을 준비하며 자신이 시키는 온갖 일들을 처리해야 한 다고 말했다. 배우로 무대에 서는 건 맞느냐고 근배가 힘주어 물었 다. 박 대표가 지금보다 20킬로그램 더 찌우는 조건으로 무대에 설 수 있다고 답했다. 이에 근배는 지금 집에 먹을 게 없어서 못 찌우니

가불을 해주면 가능하다고 답했다.

박 대표는 누가 김 또라이 후배 아니랄까 봐 하는 짓이 비슷하다 며 혀를 찼다. 뒤이어 지갑을 열고 10만 원권 수표를 건넸다. 맙소 사, 김 도사는 대학로에서 김 또라이로 불리고 있었다. 김 또라이 라니, 김 또라이가 소개한 곳이라니……. 근배는 5초 정도 고민했 고 김 또라이 말고 김 도사를 믿기로 했다. 근배는 그렇게 아동극단 '푸른 바람'의 대표 배우이자 머슴이 되었다.

사흘간 편의점에서 곽 선생에게 스파르타식 교육을 받고 나서야 근배는 겨우 신병교육대를 수료한 기분이었다. 인수인계 마지막 날 아침, 근배는 곽 선생에게 감사한 마음도 있고 하니 밥을 사겠다 고 했다. 처음에는 사양하던 곽 선생은 근배의 끈질긴 제안에 결국 원효로 쪽으로 앞서 걸었다.

곽 선생은 근배를 용문시장의 한 해장국집으로 데려갔다. 유명 한 곳인 듯 아침부터 사람들로 북적였다. 구석 자리에 앉은 곽 선생 은 오랫동안 그곳에 있던 가구처럼 보였다. 근배는 선생님 덕에 맛 집에 온 것 같다고 너스레를 떨었고 곽 선생은 부근에 자신의 원룸 이 있다고 답했다.

두 사람은 해장국에 소주를 나눴다. 근배는 지난 사흘간 업무 관 련 질문을 하느라 꺼내지 못한 '진짜' 질문의 타이밍을 노렸다. 기 똥차게 맛있는 국밥에 빠져 질문을 미룬 건 아니었다. 다행히 식사 자리를 사양하던 곽 선생의 모습은 온데간데없었다. 그는 느긋하게 소주를 비우며 해장국을 술국 안주처럼 떠먹고 있었다. 근배는 국밥을 서둘러 비운 뒤 곽 선생에게 잔을 들어 보였다.

"그동안 수고 많으셨습니다. 편의점 근무도, 저 가르쳐주신 것도요."

건배를 하고 잔을 비운 곽 선생이 미간을 찡그렸다. 얼핏 보면 신경질적인 모습으로 비칠 수도 있는데, 그의 주름과 잘 어울려서인지 근사해 보였다.

"고맙네. 여기 일도 쏠쏠하게 마무리되나 했는데, 자네 덕에 따뜻하군."

어제인가 오늘 새벽인가부터 곽 선생은 자연스레 말을 놓고 있었다. 근배 역시 상관하지 않았다.

"그런데 곽 선생님. 선생님 전에 일하던 분은 어떠셨어요? 선생님이 저 가르쳐주시는 거 보니 그분이 인수인계를 아주 잘해주신 거 같아요."

근배가 곽 선생의 잔에 소주를 따르며 물었다. 곽 선생은 잔을 든 채 잠시 골똘해하다가 다시 미간에 주름을 잡았다.

"그 친구는 술을 안 했어. 그리고…… 인수인계를 해준 게 아니라 이 일을 통째로 내게 제공했지. 그건 참 특별한 경험이었네."

"특별한 경험이요? 와, 그거 정말 궁금한데요?"

"이만 말하겠네. 그 친구 사정도 있고 나도 딱히 말할 처지가 아니어서."

"무, 물론이죠. 저처럼 말이 많으신 것도 아닌데 괜히 부담 드렸으면 송구합니다. 저는 궁금하면 못 견뎌서요. 그리고 말이 많아서 늘 주변을 피곤하게 만들곤 합니다. 아하하."

"아니야. 자네는 말이 많지만 남에게 해되는 말을 하는 사람이 아니야. 내가 말을 아낀 건 말로 사람에게 상처를 주곤 해서야. 그저 과묵한 게 남에게 피해를 덜 주는 거더군."

곽 선생이 들고 있던 잔이 기억났다는 듯 뒤늦게 소주를 비웠다.

"하지만 배워야 했네. 사람과 사람을 연결하는 재료는 말이었어. 점장님의 두서없이 늘어놓는 이야기는 잔소리 같지만 사실은 배려라네. 자네의 수다 역시 나쁜 의도가 아니란 걸 알고 있고. 나는 그렇게 할 말재주도 심성도 부족했던 것이고."

잠시 회한에 빠진 듯 곽 선생이 시선을 돌렸다. 근배는 그의 잔을 다시 채워주었다.

"어휴, 말씀 적재적소에 잘하시던데요."

"그래도 여기 와서 접객을 하며 젊은 사람들도 만나고, 좀 배웠네. 그리고 여러 가지로 이곳에서 근무한 보람이 있었어."

곽 선생의 목소리가 살짝 떨렸다. 근배는 전날 밤 그를 찾아온 딸과 곽 선생의 모습을 떠올렸다. 진열대를 정리하며 들은 두 사람의 대화는, 몰래 엿들은 게 미안할 정도로 뭉클했다. 더 묻고 싶은 말들을 뒤로하고 근배는 마지막 말을 건넸다.

"진심으로 수고하셨습니다. 모쪼록 저도 잘해보겠습니다."

곽 선생이 근배의 잔을 채워주었다. 두 사람은 잔을 맞부딪쳤다.

극단 푸른 바람은 아동극 레퍼토리를 계절마다 가지고 있었다. 공연 하나 끝나면 또 다음 공연을 쉼 없이 준비했는데, 열악한 환경과 대표의 고집에 지쳐 배우와 연출이 수시로 그만두기 일쑤였다. 극단은 뜨내기들이 오가는 환승 정류장 같았고 박 대표와 근배 그리고 대표의 조카라는 총무 직원만이 붙박이로 버텨야 했다.

근배는 전단 붙이는 일부터 시작해 의상과 소품 챙기기, 청소와 식사 추진 등 온갖 잡일을 도맡아 해야 했다. 대표의 담배 심부름 역시 근배 몫이었는데, 이것만큼은 치사해 화딱지가 났다. 하지만 곧 대표의 담배를 얻어 피우는 게 자연스러워졌고, 자기 담배를 사러 간다는 생각으로 견딜 수 있게 되었다.

박 대표는 구닥다리 꼰대에 고집쟁이였지만 절대 일을 쉬지 않는, 그야말로 대학로의 공무원 같은 존재였다. 원래 그는 대학로 히트 연극을 지방에 소개하고 세팅하는 지방 흥행업자였는데, 그러다 만난 아동극 연출가와 의기투합해 극단을 차리고 자리를 잡았다고 했다. 현재 극단의 모든 아동극은 그 연출가의 손을 거친 작품이었다. 그런데 무슨 일인지 둘은 틀어졌고, 지금은 혼자 극단을 꾸리고 있었다.

그에게는 연극이 예술도 아니고 뭣도 아니었다. 일이었고 생계의 무대였다. 그는 근배에게 연극은 밥 주는 일이고 무대는 업장이라고 누누이 강조했다. 하지만 근배는 그것만으로는 부족했다. 배우답게 무대에 서 자기 배역을 연기하고 싶었다. 다행히 입사 후 반년이 지나 목표한 20킬로그램을 증량했기에 대표는 더 이상 근배를 무대에 세우는 걸 미룰 수 없게 되었다.

그때부터 탈을 썼다. '페르소나'가 아닌 진짜 탈을 수시로 갈아 썼다. 이번 달은 겁쟁이 호랑이 탈, 다음 달은 전자레인지를 닮은 로봇 탈, 그다음 계절은 전신을 덮는 공룡 탈을 써야 했다. 이후로 아동극단에서 등장할 수 있는 온갖 종류의 탈을 쓰고 연기를 했다.

근배는 그 시절을 후회하지 않았다. 늘 탈을 쓰거나 알아볼 수 없는 분장을 하고 연기를 했지만 무대에 선다는 충만함이 있었다. 꼬장꼬장한 박 대표의 성격을 근배만이 받아줄 수 있었고, 자신이 극단에 없어선 안 될 존재라는 데 묘한 만족감을 느끼고 있었다. 또한 그 어떤 관객보다 진심으로 근배의 등장에 환호하는 관객들을 사랑했다. 어린이 관객은 근배가 무대에서 내려와도 여전히 그를 캐릭터로 받아들였고, 아이돌 팬 못지않게 근배에게 열광해주었다.

그러나 대학로에서 근배는 박 대표의 노예라고 불렸다. 혹자는 근배가 박 대표에게 가스라이팅을 당했다고 했다. 하지만 생각해보면 근배는 기댈 사람이 필요했을 뿐이었다. 오랫동안 외로웠던 자신을 받아준 연극과 그 연극을 할 수 있게 해준 그와 그의 극단과 함께하고 싶을 따름이었다.

본격적으로 무대에 서고 나서는 엄마와 엄마의 남자친구가 사는 곳에 좀처럼 내려가지 못했다. 명절도 두어 번 거르고 나자 엄마가 먼 길을 달려 올라와주었다. 그날은 근배가 도깨비 탈을 쓰고 무대에 선 날이었다.

공연이 끝나고 근배는 엄마와 함께 대학로의 단골 막걸리 집에

갔다. 파전에 막걸리를 먹으며 마주한 엄마는 희끗희끗한 머리의, 환갑을 1년 앞둔 중노년 여성이 되어 있었다. 염색 좀 하라는 근배의 핀잔에 엄마는 너나 머리에 구멍 안 나게 탈모 약도 먹고 탈모 샴푸도 쓰라고 잔소리 폭탄을 던졌다. 안 그래도 늘 탈을 쓰고 연기하느라 머리카락이 많이 빠지던 터에, 엄마의 지적은 머리를 지끈거리게 만들었다. 서로의 모발 문제를 걱정하는 모자지간이라니······. 함께 나이 들어간다는 게 바로 이런 것일까, 라고 근배는 생각했다.

그날 비 오는 대학로 뒷골목에서 엄마와 파전에 막걸리를 마시던 순간을 근배는 잊을 수 없었다. 우산을 엄마 쪽으로 더 기울이고 혜화역으로 간 것, 지하철을 타고 신용산역에서 내려 다시 엄마와 우산을 쓰고 용산역에 간 것, KTX에 타는 엄마를 마지막까지 배웅한 것까지, 모두 언제라도 틀면 하이라이트 필름처럼 그의 머리에서 재생할 수 있었다.

헤어지며 엄마는 말했다. 다음에는 탈바가지 안 쓰고 잘난 얼굴로 무대에 서라고. 그런 공연을 하면 그때 다시 불러달라고 요청했고, 근배는 착한 아들이 되어 고개를 힘차게 끄덕였다.

하지만 그런 기회는 좀처럼 오지 않았다. 박 대표는 청소년 연극도 기획했으나 좀처럼 투자나 지원을 받지 못했다. 근배는 박 대표가 좀 더 의지를 보이길 바랐고, 그에게 제대로 된 정극을 하자고 채근했다. 둘은 이 문제로 매해 갈등을 겪었다. 근배는 극단을 떠나 정극을 하는 곳으로 가겠다고 엄포를 놓곤 했고, 박 대표는 니가 가봐야 어딜 가겠냐며 기다리라고만 했다.

어쩌면 노예가 맞을지도 모르겠다고 근배는 종종 생각했다.

일주일 정도 편의점에서 전전긍긍하며 일하자 비로소 일머리가 돌아가기 시작했다. 카운터에 서면 조종간을 잡은 파일럿이 되어 매장 상황을 조망할 수 있게 되었다. 야외 테이블에서 컵라면이 익길 기다리는 손님, 진열대 사이에서 투 플러스 원 과자를 챙기고 있는 주부와 아이, 출입문으로 다가오는 대학생으로 보이는 젊은 여자 둘.

딸랑.

"어서 오세요!"

활기차게 외치곤 과자를 가지고 오는 엄마와 아이를 맞이할 채비를 한다. 계산을 진행한다. 그들이 나가고 곧 음료수를 골라 다가오는 대학생 둘을 맞아 계산을 한다. 잠시 뒤 매장 손님은 다 나가고 야외 테이블 손님은 컵라면 면발을 흡입 중이다. 지금이 워크인에 음료를 보충해야 할 타이밍이다.

일을 시작하고 얼마 안 돼 점장님은 앞 타임 알바 사정으로 당분간 두 시간 빨리 와줄 수 있냐고 물었다. 저녁 여덟 시부터 다음 날 오전 여덟 시까지로 열두 시간을 일하게 된 건데, 기꺼이 수락했다. 돈도 더 벌 수 있고 무엇보다 편의점에서 조금이라도 더 시간을 보낼 수 있다는 게 좋았다. 근배가 수락하자 점장님은 든든하다는 듯 그의 어깨를 툭 쳤다. 그러고 나서 근배의 명찰에 적힌 홍금보라는 이름을 보고 눈이 똥그래졌다.

"뭐야 근배 씨. 이거 별명이야?"

"예. 황근배라서 홍금봅니다."

점장님이 그의 외모를 다시 살피곤 깔깔 웃었다.

"이름 때문만은 아니네. 진짜 닮았잖아! 나 한창때 성룡이랑 홍금보 나오는 영화 많이 봤는데."

"저는 어릴 때, 아주 어릴 때 봤습니다."

"앞으로 금보 씨라고 부를게. 무슨 황금 보배 준말 같네. 아니, 이참에 우리 편의점의 황금 보배가 돼서 열심히 하도록 해요."

"아, 예. 잔소리만 덜 해주시면 제가 더 잘할 거 같아요. 아하하."

"뭔 소리? 근배 씨는 진짜 운 좋은 줄 알아요! 옛날에 진짜 골 때리는 아저씨 하나는 나한테 아주 혼쭐이 나곤 했어. 나는 나이 안 가리고 쏘아붙이거든. 그거에 비하면 내가 살살 해주는 줄 알아요."

"골 때리는 아저씨요? 그분도 야간 알바였나요?"

"있었어. 그런 사람. 야간 알반데 일 끝나고도 안 가. 오전 내내 어슬렁대며 동네 할머니들 말벗해주고, 어휴."

"신기한 사람이네요. 저는 일 마치면 천근만근이라 집에 가기 바쁜데."

"그 사람은 집이…… 음…… 아니 됐다. 가만, 냉장고에 음료수 다 채웠어?"

"아, 예."

더 파고들 수도 있었는데, 아쉽지만 다음 기회를 노릴 수밖에 없었다.

사실 근배는 점장님의 잔소리가 싫지 않았다. 어렴풋이 엄마 생각이 났다. 엄마 이후로 이렇게 자기에게 잔소리를 해주는 사람이 있었던가? 엄마를 떠올릴 수 있다는 것만으로도 근배는 점장님의 잔소리와, 그 잔소리에 볼멘소리로 화답하는 순간이 좋았다.

편의점은 점장님 같은 분만이 아니라 사연 많은 사람들이 수시로 오가는 곳이었다. 근무 일수가 늘어날수록 하나둘 그들을 만날 수 있었다. 그들은 모두 불편한 얼굴로 꾹 참고 있었지만 근배가 한마디 툭 던지면 풍선 터지듯 무슨 말이든 터뜨리고야 말았다.

밤 아홉 시를 전후로 등장해 맡겨놓은 맥주 글라스를 들고 야외 테이블로 향하는 근처 정육식당 아저씨도 그런 존재였다. 매일 밤 그는 소맥을 말아 마셨다. 끙끙거리면서. 코로나 거리두기로 장사가 안 돼 고충이 이만저만이 아닌 듯했다. 근배는 곧 그와 자리해 이런저런 이야기를 나누고 싶었다. 독고 씨가 혼술을 하는 샐러리맨과 대화를 나누며 편의점의 밤을 견뎠듯, 자신도 비슷한 체험을 하며 독고 씨가 느꼈을 감정을 공유하고 싶었다. 사실 그것이야말로 근배가 이 편의점에서 일하는 이유이기도 했기에.

정육식당 최 사장은 만만치 않았다. 벽창호 꼰대였다. 그것도 상꼰대. 하지만 근배는 상꼰대, 왕진상, 갑질 짱까지 두루 겪어본지라 반격이 가능했다. 근배는 시간적 여유를 두고 최 사장을 공략했고, 마침내 그의 이야기를 들을 수 있었다.

최 사장은 장사가 안 되어 지치고 자신감을 잃은 사내였다. 자기가 무너지면 가족은 어찌 될까 걱정하는 평범한 가장. 그래도 스스로가 꼰대인 걸 인정하는 꼰대여서 다행이었다. 근배는 최 사장을 돕기 위해 한마디라도 더 하려고 노력했다. 그래서 호통도 들었지만 나쁘지 않았다. 적어도 걱정 독에 대해 알려줬으니. 그가 힘든 인생에서 쓸데없이 걱정 독에 시달리지 않길 바랐다.

비교 암, 걱정 독.

엄마가 늘 근배에게 하던 말이었다.

"아들. 비교는 암이고 걱정은 독이야. 안 그래도 힘든 세상살이, 지금의 나만 생각하고 살렴."

엄마와 자신뿐인 2인 가정의 가훈과도 같던 그 말이 어릴 땐 귀에 잘 안 들어왔다. 덩치는 크고 행동은 굼뜨고 인기도 없고 공부도 별로였다. 그런데 예민하기까지 하니 온갖 비교에 마음이 오그라들곤 했다. 미래에 대한 걱정은 산맥처럼 웅장하기 그지없었다. 나는 뭐가 될까? 엄마가 죽으면 나 혼자 살 수 있을까? 나 같은 놈은 왜 태어나 미래도 없는 삶을 사는 걸까? 대학에 떨어지면 사람 노릇이나 하고 살 수 있을까?

살았다. 살아지더라. 걱정 따위 지우고 비교 따위 버리니, 암 걸릴 일도 독 퍼질 일도 없더라. 물론 근배에게 산다는 건 걱정거리로 가득했고 사람들의 하대는 피할 수 없는 일이었다. 하지만 그럴 때마다 엄마가 남겨준 말을 꼭꼭 씹었다. 하대는 상대방의 시선에서 나온 비교였고, 비교를 거부하자 아무것도 아니게 되었다. 담담하게 대응하는 근배를 사람들은 더 이상 함부로 대하지 못했다. 걱정

또한 지금 현재의 일에만 집중하겠다고 마음먹자 실재하지 않는 허상에 불과해졌다.

　편의점에서 밤을 보내며 엄마 생각을 많이 했다. 얄궂게도 엄마에게 잘한 것보다 못한 것만 자꾸 떠올랐다. 곽 선생 왈 편의점은 만화점이라더니, 이곳에 있는 만 가지 물건이 모두 엄마를 상기시켰다. 손님이 계산하려고 가져온 손톱깎이만 봐도 엄마 생각에 쩔쩔맸다. 엄마가 아끼던, 손톱을 잘 모아주는 손톱깎이가 떠올랐다. 손톱을 밤에 깎으면 부정 탄다던 말도 떠올랐다. 손톱을 아무 데나 버리면 쥐가 그걸 먹고 너 닮은 놈이 되어 나타난다는 으스스한 이야기도 엄마는 잘했다. 엄마는 다 잘했다. 그랬기에 혼자서 근배를 건강한 성인으로 키운 것이 아닌가? 근배는 엄마가 원하던 대로 맨얼굴로 무대에 서고 싶었다. 아들도 잘하고 있다는 걸 보여드리고 싶었다.

　하지만 엄마가 다시 서울에 온 건 근배의 연극을 보기 위해서가 아니었다. 엄마는 병들어 있었다. 서울의 큰 병원에서만 다룰 수 있는 병이었고, 장기 치료가 필요한 상황이었다. 그 순간 근배의 삶은 멈춰버렸다. 2인 3각 달리기를 하던 중 다리가 엇갈려 넘어졌고, 둘만이 운동장에 주저앉아 흙먼지를 마시고 있는 것 같았다.

　항암 치료는 쉽지 않았다. 근배는 모든 걸 작파하고 6인 병실의 엄마를 간병했다. 엄마 침대 아래의 보조 침대에 큰 몸을 웅크리고 누운 채 함께 밤을 보냈다.

치료 후 근배의 남창동 옥탑방에 머물며 엄마는 만족스러워했다. 예전 이 근처 동네에 살 때는 내가 너를 돌봤는데 이제 네가 날 돌본다고 말하기도 했다. 근배는 항암 모자를 써서인지 인상이 변한 엄마를 마주할 때마다 탈을 쓴 무대 위 자신 같다고 느꼈다. 이건 가짜라고, 엄마의 진짜 얼굴이 다시 드러날 거라고 애원하듯 믿었다.

그즈음 박 대표가 찾아왔다. 그가 가져온 작품은 알려지지 않은 청소년 소설이었다. 박 대표는 두어 다리 건너 알게 된 소설가로부터 발표한 지 한참 된 소설의 판권을 구매했다며, 이걸로 청소년 연극을 제작하겠다고 했다. 급하게 준비한 게 근배의 사정을 고려해서인 듯했다. 그럼에도 그는 태연하게 굴며 근배 네가 주연이니 잘해보자고 했다. 적절한 때 도착한 행운일까? 아니면 너무 늦은 걸까? 근배는 알 수 없었다.

각색된 대본은 원작 못지않게 좋았다. 첫 리딩 자리에서 근배는 각색 작가를 만나고 깜짝 놀랐다. 그녀는 김 도사가 제작한 연극에서 주연을 도맡아 하던 배우였고, 가끔씩 대학로 술자리에서 인사를 나누기도 한 후배였다. 그녀는 얼마 전 희곡작가로 데뷔했다며, 앞으로는 정 작가라고 자기를 불러달라고 했다. 연기 참 야무지게 하는 배우였는데, 무대가 없어진 걸까? 아니면 원래 작가가 꿈이었던 걸까? 근배는 평소 호감이 있던 그녀에게 부쩍 관심이 갔다.

하지만 리딩에서 처참히 깨졌다. 대사를 치는 게 아동극 티를 벗지 못했다는 혹평을 들어야 했다. 근배는 얼굴이 다 화끈거려 다시 공룡 탈이라도 쓰고 싶을 정도였고, 정 작가에 대한 호감 역시 부끄러움에 꼬리를 말고 말았다.

연습을 마치고 집에 와서는 엄마를 간병했다. 드디어 얼굴이 나오는 연극에 캐스팅됐다고 자랑도 했다. 놀랍게도 엄마는 연극의 원작자를 알고 있었다. 그 소설가 책을 몇 권 책 대여점에 들여놨던 기억이 있다고 했는데, 원작 청소년 소설은 기억이 안 난다고 했다. 근배는 원작을 엄마에게 건넸다.

엄마는 책을 다 읽고 나서 네가 과학자 역을 맡은 게 신기하다고 했다. 그녀는 근배가 과학자가 되길 바랐는데, 구구단을 5학년이 되어서야 겨우 떼는 걸 보고 기대를 접었다고 했다. 근배는 수학은 포기했지만 무대를 포기하지 않은 스스로에게 감사했다. 늦지 않게 이 책을 가져온 박 대표에게도 감사했다. 하얀 가운을 입은, 잘생긴 과학자 아들을 꼭 보라고 엄마에게 당부했다. 엄마는 물론이라고 답하곤 살을 좀 빼면 더 멋있을 것 같다고 덧붙였다.

박 대표의 응원, 연출자의 독려, 정 작가의 타박 속에서 근배는 극의 주연인 과학자 아버지 역에 매진했다. 처음 무대에 서던 대학생 때의 열정이 되살아나고 있었다. 치킨을 사 들고 연습실에 찾아온 김 도사는 열정도 몸무게도 신입생 시절로 돌아간 근배를 보고 기막혀했다. 먹는 것에 진심인 그가 치킨과 맥주에 입도 안 대고 물만 마시는 모습에 혀를 내둘렀다.

김 도사는 이 작품은 자기가 발굴한 근배의 주연 데뷔작이자, 자기가 배우로 데뷔시킨 인경의 작가 입봉작이기에 무조건 잘될 거

라 공치사를 떨었다. 모두에게 중요한 작품이었다. 그리고 모두가
이 작품이 근배에게 어떤 의미인지 잘 알고 있었다.

〈궤도 수정〉

원작 : 공우현

극본 : 정인경

연출 : 이수철

주연 : 황근배, 하지순, 권석중, 안치환, 전수연

제작 : 박근성, 극단 푸른 바람

연극이 막을 올렸고 5주간의 공연 동안 근배의 엄마는 여섯 번
이나 공연을 관람했다. 암 투병 중 현저히 떨어진 컨디션에도 아들
의 공연을 관람한 엄마는, 행복해했다. 엄마는 근배의 연기와 극의
완성도에 대해서는 아무 말도 하지 않았다. 평균 관객 열 명이 채
안 되어 흥행 참패를 했어도 상관하지 않았다. 그저 연극을 보며 좋
았단 말만 반복했다. 근배는 이 순간이 자기 인생의 클라이맥스라
고 느꼈다. 다시 무대에서 기똥차게 훌륭한 연기를 선보이고 명성
을 쌓은들 엄마가 죽고 나서 그것을 알지 못한다면 무슨 의미가 있
단 말인가.

요즈음 저녁에 와서 더위를 피하며 죽치고 있는 고딩을 보면 그
시절 자신이 생각났다. 근배처럼 덩치는 큰데 겁은 많고, 집안 환경

은 안 좋지만 혼자 잘 노는 친구. 그 녀석이 하루는 유튜브만 보는 게 아니라 책도 읽는 게 아닌가? 기특한 나머지 근배는 폐기 식품을 나눠주었다. 책도 빌려주었다. 근배의 인생에 아주 중요한 책이 녀석에게도 도움이 되길 바랐다. 다행히 아이가 고무되는 게 보였다. 예민하기에 눈치도 빠르고 센스도 있었다.

녀석이 집에 가기 싫어 편의점에서 죽치는 게 안타까워 이번에는 도서관에 대해 알려줬다. 그 자신이 애용했던 남산도서관을 추천했고, 어느 순간부터 녀석은 편의점에 오지 않았다. 잘된 일이다. 돈가스 도시락 한번 사주지 못한 게 아쉽지만 더 이상 편의점에서 시간을 보내지 않길 바랐다. 편의점 에어컨 바람 말고 책 그늘 아래서 더위를 식히길 바랐다.

주말 알바 동료는 취준생이었다. 아주 알뜰한 친구였는데 근배와는 폐기 상품을 두고 긴장이 좀 있었다. 이후 자연스레 한식은 근배가, 양식은 그쪽이 챙기는 식으로 교통정리가 됐다.

사실 그 친구는 근배보다 늦게 이 편의점에 왔지만 이미 알바 경험이 있어 일을 참 잘했다. 오히려 근배가 여러 가지 팁을 얻었고 덕분에 효율적으로 일할 수 있었다. 고마운 나머지 보답할 방법이 없을까 궁리했지만 그의 능력으론 딱히 방도가 보이지 않는데, 어느 날 그녀가 마음이 상했는지 밤의 편의점에 와 울분을 터뜨리는 게 아닌가?

근배는 들어주었다. 맞장구를 쳐주었다. 그 친구가 자갈치를 좋아한다며 자갈치를 가물치라고 했다던 아버지 이야기를 하길래,

얼마 전 기사에서 읽은 가물치 이야기를 해주었다. 그런데 그게 취업 면접에 도움이 되었다니, 참으로 다행한 일이었다. 하긴, 그 친구 알바 면접을 얼렁뚱땅 근배가 보긴 했다. 그때도 근배는 100점을 줬었다. 아무래도 그때부터 자신감을 안겨준 듯했다. 그런데도 진짜 참치는 안 쏘고 참이슬에 자갈치만 사준 건 좀 서운했다.

〈궤도 수정〉이 막을 내리고 두 달 열흘 뒤 엄마의 삶도 막을 내렸다. 보이지 않는 어둠 속에 갇힌 채 근배는 침잠했다. 장례를 치른 뒤 극단도 무단이탈하고 집에 틀어박혔다. 모든 연락을 끊은 채 근배는 웅크려 잠들고 또 잠들었다. 겨우 깨어나면 폭식을 했다. 다시 살이 찌고 몸이 부었다.

얼마나 흘렀을까? 건강상태가 극도로 나빠졌을 때 김 도사가 집으로 찾아왔다. 선배는 지난주 박 대표가 교통사고로 죽었고 극단은 해체되었다는 충격적인 소식을 전했다. 근배는 자신의 30대를 함께한 동지이자 고용주를 잃었다. 그의 마지막 가는 길도 챙기지 못했다. 대학로에서는 근배의 사정을 알면서도 배은망덕한 놈이라는 말이 돌았다고 했다. 근배는 이러지도 저러지도 못하고 고통 속에 잠긴 채 시간만 흘려보냈다.

그에게 궤도 수정이란 불가능해 보였다. 다시 무대에 설 용기가 나지 않았다. 그렇다고 새로운 일을 하자니 마땅한 능력이 없었다.

그즈음 엄마의 남자친구였던 사내가 찾아왔다. 장례식 때 잠깐 본 이후로 그를 잊고 있었다. 장례 절차부터 시작해 모든 것을 그가 도맡았고 근배는 슬픔에 잠겨 간신히 상주 역할을 했을 뿐이었다.

어색하게 마주한 근배에게 사내는 연락을 안 받아 찾아오게 되었다며 장례 이후 진행한 여러 가지 행정 절차에 대해 말해주었다. 두 사람은 식은 올리지 않았지만 혼인신고를 한 상태였는데, 근배는 그런 것도 신경 쓸 겨를이 없었다.

"기운 차리고 살아야지. 엄마를 생각해서라도."

사내는 근배에게 그렇게 말하고 통장 하나를 건넸다. 통장 안에는 엄마가 직접 쓴 편지도 들어 있었다. 얼마 안 되는 엄마의 저축과 보험금에 대한 내용이었다. 사내는 엄마의 유언대로 일을 처리한 뒤 근배의 몫을 챙겨 온 것이었다.

엄마가 자신에게 남긴 편지와 통장을 바라보며 근배는 이것이 새 연료라는 것을 직감했다. 엄마가 준 새 연료를 장착하고 다시 날아야 했다. 궤도를 수정하고 계속 비행해야 했다.

그때부터 가리지 않고 일했다. 고깃집에서는 불판닦이를 거쳐 숯불을 담당했다. 숯불에 화상을 입은 뒤에는 건설 현장 잡부 일을 했다. 십장과 다툰 뒤 가락시장으로 갔다. 수산물 냉동 창고에서 꽝꽝 언 생선박스 옮기는 일을 했다. 냉동 창고에서 미끄러져 골반뼈를 다치는 바람에 한 달을 쉰 뒤 뷔페식당 설거지 일을 구했다. 설거지에 지쳐갈 즈음 택배 상하차 일에 대해 알게 되었다. 극한의 노동이라는 택배 상하차를 보름 한 뒤 골병이 들어 또 쉬어야 했다. 이번엔 오토바이를 사 배달 알바에 뛰어들었다. 6개월간 아슬아슬하게 운행했다. 하지만 운전 부주의로 사고가 날 뻔한 뒤 무서워 일

을 접었다. 오토바이는 처분했다. 역시 요식업이 맞는다 생각해 햄
버거 프랜차이즈 주방에서 매일 햄버거를 조립했다. 얼마 뒤 양식
은 역시 자신의 취향이 아님을 깨닫고 쌈밥집 주방에서 보조로 일
하게 되었다.

엄마를 보낸 후 갖은 일을 전전하며 살게 되자 사는 건 그저 사는
것일 뿐 특별한 의미 따위 없다는 걸 깨닫게 되었다. 걱정은 독이고
비교는 암이었으며, 과거는 끝났고 미래는 없고 오직 현재만 있을
뿐이었다. 지금 죽는다 해도 후회는 없었으며 남은 인생은 언제든
반납할 용의가 있었다.

그즈음 코로나가 터졌다. 갑갑한 걸 못 참는 엄마가 이 답답한 재
앙 전에 하늘나라로 간 게 다행이라고 느껴졌다. 엄마, 살아 계셨으
면 매일 마스크를 쓰고 손 소독제를 로션처럼 바르고 어딜 가나 검
문 받듯 방문 기록을 남겨야 하는 꼴을 겪어야 했어요. 하늘나라는
안 그렇죠? 꽤 지낼 만하시죠?

그해 말, 김 도사로부터 연락이 왔다. 요즘 어떻게 사냐는 말에
근배는 '그냥 살죠'라고 답했다. 코로나에 대학로가 초토화되었다
는 소식을 들은 바 있었기에 근배도 어떻게 사냐고 되물었다. 죽을
맛이라고 투덜대던 김 도사는 대뜸 코로나로 피해를 입은 연극계
를 돕는 지원사업에 작품이 선정되었다고 했다. 역시 추진력 하나
는 알아주어야 했다.

"같이 해보지 않을래?"

"왜죠?"

"너 동아리 들어왔을 때 내가 그랬잖아. 연기 배우면 굶진 않게 해주겠다고."

"저 연기 안 해도 밥 안 굶고 사는데요."

"어떻게 사는데?"

"말했잖아요. 그냥 산다고."

"시끄럽고, 너한테 맞는 배역이야. 정 연출도 너 캐스팅 동의했어."

"정 연출이 누구예요?"

"정인경. 인경이 오리지널 대본이고 연출도 직접 한다."

"인경이가 연출을요? 게다가 날 캐스팅했다고?"

"물론 내가 추천했지. 죽은 사람 하나 살리자고. 응?"

"아하하. 하하. 지금 난 뭐 유령입니까?"

"유령이지. 밤의 대학로를 유령처럼 떠돌던 홍금보 어딨냐고 다들 궁금해해."

"……인경이는 잘 지내요?"

"궁금하면 합류해. 작품 좋아. 괜히 지원받은 줄 알아?"

전화를 끊고 나자 근배의 머릿속에서 수많은 상념이 요동쳤다. 유령, 박 대표, 그가 즐겨 피우던 멘솔 향 담배, 대학로 홍금보, 꽁지머리 김 도사, 그리고 까칠한 정인경 씨가 박자를 타며 그의 머리와 가슴을 두드려댔다.

갑자기 사는 기분이 들었다.

그냥 사는 게 아닌 진짜 사는 기분이 배 속 깊은 곳에서부터 멀미처럼 요동쳐 숨이 다 가빠왔다.

다음 날 근배는 모든 알바를 접고 대학로로 갔다. 김 도사 아니
김 대표의 그럴 줄 알았다는 표정과 마주쳤고, 연출자가 된 인경을
만나 대본을 전달받았다.

대본 상단에 적힌 작품의 제목은 꽤나 아이러니했고, 상당히 불
편해 보였다.

자정쯤, 편의점 유리문을 밀고 덩치 큰 사내가 들어왔다. 근배와
비슷한 연배로 보이는 사내는 하와이안 티셔츠에 펑퍼짐한 반바지
차림이었고 막 잠에서 깬 듯 부스스한 모습이었다. 동네 건달인가?
근배는 또 무슨 일이 일어나나 흥미진진하게 사내의 행동을 지켜
보았다.

사내는 바구니를 들고 냉장고로 직진해 다짜고짜 맥주를 꺼냈
다. 다섯, 여섯, 일곱, 여덟. 캔 맥주 여덟 개를 담은 사내는 슬리퍼
를 질질 끌고 와 바구니를 내려놓았다. 잠깐이지만 마스크 너머로
며칠은 찌든 듯한 땀내가 풍겨왔다.

어서 내보내야 한다는 생각에 근배는 서둘러 맥주의 바코드를
찍었다.

"뭐 하는 거야?"

사내는 눈썹을 치켜올리며 근배를 노려봤다.

"계산하는데요."

"아, 처음 보셨나. 그동안 내가 바빴어. 나 사장이야. 어서 담아."

근배는 이 무지막지한 사내를 눈을 똥그랗게 뜨고 바라보았다. 사내가 얼굴을 찌푸리며 그를 향해 버럭 소리를 질렀다.

"나 여기 사장이라고! 너 새로 온 알바지? 그동안 뭐 배운 거야?"

근배는 포위하듯 카운터 주위를 에워싼 공지사항 중 하나를 가리키며 진지한 표정으로 설명했다.

"일 잘 배워 이렇죠. 여기 보실래요? 돌발 상황 대처 매뉴얼 3, 낯선 사람이 점장과의 친분을 과시하며 상품 계산을 미룰 때는, 절대 상품을 내주지 말고 점장에게 확인할 것. 아주 매뉴얼대로 잘하고 있는 건데요. 댁이 사장인 걸, 제가, 어떻게, 믿을 수 있죠?"

"휴, 말귀 못 알아먹는 또라이 하나 또 들어왔네. 그럼 매뉴얼대로 점장한테 전화 걸어! 어서!!"

"그건 안 될 말이죠. 자정이 넘은 시각인데 점장님을 깨울 순 없죠. 스스로 증명을 하시거나 돈을 내세요. 사장이라면서 이거 계산할 돈이 없어요? 에이, 사장 아닌가 보다."

사내가 피식 웃음을 흘리더니, 근배를 향해 위협적으로 상체를 들이댔다.

"너 아직도 내가 이 가게 사장 아닌 거 같아? 똑바로 봐. 응! 내가 누구야?"

근배는 이글이글 노려보는 사내를 향해 한마디 한마디 끊어가며 말했다.

"누구긴, 누구예요. 양아치죠. 양아치가, 왜 양아친지, 아세요? 일제강점기 때 거리에서 동냥하던 자들을 동냥아치라고 불렀대요.

동. 냥. 아. 치. 근데 말이 기니까 나중에 양아치라고 줄어든 거죠. 양. 아. 치. 지금 돈도 안 내고 물건 달라는 동냥질하고 계시니, 양아치, 맞죠. 그쵸?"

사내가 대뜸 후려칠 듯 손을 들었다. 근배는 미동 없이 서 있었다. 곧 사내가 폭소를 터뜨리며 양손을 들어 보였다.

"너 말 잘한다. 깽값 벌려고 애쓰네. 내가 모를 줄 알고? 내가 그렇게 호락호락해 보여?"

그러면서 사내가 잽싸게 바구니를 채갔다. 근배가 다급히 팔을 뻗었지만 사내는 이미 뒤로 한참 물러나서는 씨익 웃었다.

"나 강 사장이야. 나중에 선숙 이모한테 전해. 내가 너 자르라고 했다고."

사내가 바구니째 맥주를 들고 유유히 밖으로 나갔다. 카운터에서 나온 근배는 그를 뒤쫓으려다 문득 선숙 이모란 말이 떠올라 멈추고 말았다.

"선숙 이모? 오선숙? 점장님!"

근배는 통 유리창 너머 멀어져가는 놈의 뒷모습을 보며 혀를 찼다.

"이런…… 사장 맞네."

근배는 고개를 절레절레하며 카운터로 돌아왔다. 그리고 다시 혼잣말했다.

"연출님이 말한 빌런 맞네. 맞아."

한 편의 도시 우화를 목격한 기분이었다. 인경의 대본은 매우 체험적이었고 디테일이 살아 있었으며 이 시대 여러 인간 군상을 보여주는 작품이었다. 근배 자신은 편의점을 자주 이용하지 않았지만 이런 편의점이 있다면 얼마든지 가보고 싶어졌다. 어릴 적 구멍가게 같은 느낌의 편의점, 사연이 터지고 소문이 오가고 사람들이 웃고 떠드는 평상이 있는 그런 공간이 아닐까 싶었다. 근배보다 다섯 살이 어렸지만 인경 역시 어린 시절 구멍가게의 추억을 떠올리며 편의점을 배경으로 한 이야기를 만든 듯했다.

무엇보다 주인공 캐릭터는 그에게 일생일대의 배역이었다. 독고 씨라는 희대의 캐릭터는 대학로 배우라면 누구라도 탐낼 만큼 매력적인 인물이었다. 그런데 김 대표는 나를 도와주겠답시고 배역을 줬다면, 인경은 왜였을까? 쟁쟁한 배우들이 많을 텐데 자신을 선택한 이유가 궁금했고, 책임감을 되새기기 위해서라도 알아야 했다.

"독고 씨를 처음 봤을 때 왠지 선배 생각이 났어. 그게 다야."

너무도 허무한 캐스팅 배경에 기운이 빠졌지만 딱 부러지는 인경이 자신을 선택했다면 분명 자신에게도 이 배역을 감당할 무언가가 있으리라 믿기로 했다.

대본을 연구하고 리딩을 하며 공연을 준비했다. 추운 겨울, 노숙자가 따뜻한 편의점에 자리를 잡는다는 선정에 맞게 개막을 12월 초로 잡았다. 코로나에 노는 극장이 많은 걸 이용해 대관료를 많이 깎았다고, 김 대표는 자신의 협상력을 자랑했다. 참으로 안 바뀌는 캐릭터였다.

인경은 신인 연출자답지 않게 혹독하게 배우들을 조련했다. 자신의 대본이고 직접 경험한 사건을 극화해서일까, 디테일에 대한 집착도 엄청났다. 근배 역시 독고 씨가 되기 위해 그녀가 제시한 숙제를 풀어야 했다. 특유의 더듬거리는 말투와 굼뜬 행동을 체화해야 했고, 서울역에서 노숙자들을 관찰하기도 했다. 그럼에도 연출은 만족하지 않았다.

한번은 독고가 진열대의 상품 각을 잡는 액션을 하다가 컷을 당했다.

"선배, 독고는 바보야. 기억을 잃고 일상의 행동들도 부자연스럽다고. 다시."

그래서 근배는 더듬거리며 각을 제대로 잡지 못하는 액션을 선보였는데, 또다시 컷을 당했다.

"독고는 바보가 아니야, 선배. 그런 액션은 말이 안 된다고."

"좀 전에 독고는 바보라면서?"

근배가 멍한 표정으로 인경을 바라보며 물었다. 인경이 무대가 꺼질 듯이 한숨을 내쉬었다.

"그러니까 독고는 바보지만 바보가 아닌 거야. 무슨 말인지 알겠어요? 바보짓에도 로직이 있다고. 로직이!"

"로직이 뭔데?"

"논리!! 논리와 패턴을 부여해야 한다고 대체 몇 번을 말해요!!"

인경의 일갈에 현장의 공기는 순식간에 긴장감으로 팽팽해졌다.

근배는 어두운 소극장의 구석 어딘가에서 먼 산을 찾고는 고개를 끄덕였다.

"휴, 독고가 바본지 아닌지는 잘 모르겠는데…… 난 바보 맞네. 아하하."

"쯤! 그렇게 웃고 넘어갈 생각 말고 정신 똑바로 차려요!!"

"아, 예."

인경은 독고 씨가 작품 속 알파와 오메가라며 근배에게 압박을 가했다. 그러나 연출을 따라가지 못해 회의감에 빠진 그를 독려하는 것도 인경이었다. 무대 위 알파와 오메가는 독고 역을 맡은 근배였지만, 이 작품의 알파와 오메가는 인경이었다.

그런 인경이 공연을 일주일 앞두고 코로나에 걸렸다.

인경을 비롯한 스태프와 배우 다섯이 확진자로 판명되었고 공연은 무기한 연기되었다. 감염 경로는 알 수 없었고 작품은 발표되지도 않은 채 다른 의미로 업계에 홍보가 되었다.

다시 공연을 할 수 있을지 아무도 장담할 수 없게 되었다.

그해 연말, 근배는 김 대표와 인경과 자리를 가졌다. 코로나 후유증으로 힘든 것보다 작품이 엎어진 게 더 힘들다며 인경이 연신 술잔을 비웠다. 괴로워하는 그녀를 보며 근배는 음성 판정을 받은 자신을 원망했다. 자기도 확진 판정을 받았으면 그녀와 함께 고통을 토로했을 텐데, 그녀가 덜 죄책감을 느낄 텐데, 라고 생각했다. 그리고 그때 자신이 인경에 대한 애착이 있다는 걸 알게 되었다. 누군가는 우정이라 부르고 누군가는 사랑이라 말하는 그런 감정 말이다.

김 대표는 내년에는 어떻게든 작품을 올릴 거니 기죽지 말라고 두 사람을 다독였다. 그때만큼 선배가 멋져 보인 적이 없었다만, 과연 그게 가능할지는 의문이었다. 내년부터 백신 접종이 시작된다 하더라도 코로나 시대가 종식될지는 미지수였다. 지원금은 코로나 확진으로 날아갔고, 공연을 올린다고 해서 제작비가 회수될 만큼 관객이 들 리 만무했다. 걱정 따위 안 하는 근배조차도 속이 탔다. 본인은 잃을 게 없다지만 인경과 김 대표가 받을 타격이 컸기 때문이었다.

"대본 수정 들어갈게요. 나 믿어줘요."

인경이 선언했다. 취기 속에서도 결기가 느껴졌다. 근배는 믿고 기다리겠다고 했다. 김 대표가 건배를 선창했다.

근배는 인경을 이화동 원룸까지 데려다주었다. 가는 길에 인경이 팔짱을 꼈다. 아니, 팔짱을 낀 건지 기댄 건지 헷갈렸다. 원룸 입구에서 들어가기 전 인경이 몸을 돌려 근배를 가볍게 안았다. 둘은 잠시 그렇게 서서 서로의 온기를 나누었다.

"선배, 이제 가."

인경이 포옹을 풀며 말했다.

"여기까지 왔는데 들어가는 거 마저 보고."

근배가 말했다.

"가라니까! 추운데 어서."

인경이 짜증을 내며 가라는 손짓을 마구 했다.

"그, 그래. 건강 잘 챙기고. 내년에 봐."

돌아서 걸어가는 근배의 등 뒤로 인경의 외침이 들려왔다.

"몸 관리 잘해! 코로나 걸리면 죽여버릴 거야!!"

근배는 걸음을 옮기며 왼손으로 오케이 표시를 만들어 보였다.

2021년 새해가 밝았다. 왠지 태양도 마스크를 쓰고 일출할 것 같았다. 소의 해이고 백신이 소에서 기원한 단어라며 방송에서는 희망찬 전망을 떠들고 있었으나 근배는 별다른 희망을 품지 않았다.

코로나 시대가 시작되던 즈음 알바를 시작해 수많은 일을 전전하며 다양한 사람들을 만났다. 사람들은 마스크가 숨통을 막은 것처럼 힘들어했다. 일자리는 희박하거나 불안했고, 더럽거나 위험했다. 부유한 누군가는 마스크도 좋은 걸 쓰고 거리두기로 인해 자기만의 시공간에서 자신의 일에 집중할 수 있었겠지만, 근배와 같은 도시 빈민에게 코로나 시대는 전시체제와 다름없었다. 생존에 대해 고민해야 했고 감염되고 나면 부상병처럼 후송되어 재기가 불가능한 꼴이 되었다.

설 지나 인경이 수정한 대본을 보내왔다. 거기에도 코로나가 있었다. 근배는 입술을 깨물며 작품을 읽었다. 이전 대본에 없던 코로나 시대 설정이 작품 후반부에 들어가 있었다.

사람들이 마스크를 쓴 채 거리를 걷고 독고 역시 마스크에 장갑을 끼고 일한다. 마스크를 쓰라는 말에 진상을 떠는 제이에스를 골탕 먹이는 독고의 모습도 있다. 그러던 중 편의점에 확진자가 방문하고 독고 역시 확진이 된다. 편의점은 임시 폐쇄되고 독고는 치료

차 신원을 확인하던 중 자신의 정체를 알게 된다. 코로나 후유증인지, 과거에 대한 기억 때문인지 괴로워한다. 마지막 장면에선 폐쇄됐던 편의점이 다시 열리고 돌아온 독고가 묵묵히 카운터를 지키고 있다. 마스크를 쓴 채, 알 수 없는 표정을 눈으로만 전하며.

이전 대본의 마지막 장면은 밤샘 근무를 마친 독고가 아침 햇살 아래 야외 테이블에서 산해진미 도시락을 먹으며 우는지 웃는지 모를 표정을 짓는 것이었다. 근배는 그 장면을 사랑했다. 사장님과, 또 편의점과의 인연이 시작된 도시락을 먹는 장면에서, 독고가 느끼는 회한이 고스란히 전해졌기 때문이었다. 내게 전해진 밥을 먹으며 오늘도 살아간다는 것, 그것이 이 우화의 마지막으로 적절하다고 느꼈다.

하지만 바뀐 대본은 도시 우화라기보다는 살벌한 코로나 시대의 현실로 마무리되어 있었다. 게다가 그 와중에 알게 된 독고의 정체 역시 바뀌어 있었다. 근배는 이 변화가 못마땅했다. 비록 다시 편의점에 돌아와 일상을 보내며 이야기가 끝나지만, 바뀐 대본의 독고 씨 캐릭터에 근배는 전혀 동의가 되지 않았다.

"예술은 동시대를 반영해야 해."

"그래도 이건 아니지. 작품의 톤이 바뀌었잖아."

"바뀐 게 아냐. 진화한 거지."

"연출님. 나는 이런 독고 씨 캐릭터를 생각하고 연기를 준비한 게 아니었어. 게다가 코로나 시대에 따뜻한 우화를 바라는 관객에게 이건 너무하다고 생각하는데."

"어차피 관객들도 마스크 쓰고 관람할 건데 뭐가? TV 드라마 보면 웃기지 않아? 아무도 마스크 안 쓰고 있는 거. 우린 할 수 있어. 우린 현실을 제대로 반영할 수 있다고."

"굳이 그러지 않아도 되지 않을까? 인경이 네가 코로나 확진되어 고생하며 느낀 바가 있다는 건 아는데—"

"무슨 소리! 코로나 걸려서 코로나 현실을 반영한 거라고 봐? 내가 체험론자야? 이 작품 초고 쓸 때는 코로나가 심하지 않았어. 곧 끝날 줄 알았다고. 하지만 지금 우리는 코로나와 함께 살아가고 있다고! 그게 작품이 진화한 이유야! 내가 코로나 걸려서 퇴화한 것처럼 말하지 마!!"

둘은 맹렬히 싸웠다. 연출과 주연배우가 의견이 안 맞으니 당연한 말이지만, 연습은 엉망이 되었다. 두 사람 사이에서 눈치를 보던 김 대표는 인경의 편에 섰다. 연출자와 다투는 배우는 무대에 설 수 없는 것이 이 바닥의 불문율이었다.

그럼에도 근배는 주장을 굽히지 않았다. 급기야 인경이 싸늘한 표정으로 말했다.

"아동극만 해서 따뜻한 것만 좋아하는 거야? 선배는 변화할 의지가 없는 거야?"

'아동극만 해서'라는 말에 자신의 몸 어디에 있는지도 모르던 분노 버튼이 켜졌다. 근배는 아동극을 폄하하고 낮춰 보는 사람들을 견딜 수가 없었다. 그 자신들 역시 아이들이었으면서, 아이들만큼 연극을 온몸으로 받아들일 줄도 모르면서, 그러니까 그런 헛소리를 하는 거라고 여겨왔다. 하지만 그게 지금 자기 앞의 인경이라는 게 근배에게는 뼈저렸다. 그는 어찌할 바를 모른 채 분을 삭이며 서 있을 수밖에 없었다.

근배가 화를 참느라 꿈쩍 않고 있자 인경도 심했다고 느꼈는지 가만히 숨을 골랐다. 김 대표가 두 사람 사이에 개입했다. 근배는 연습실을 나갔다. 인생 최고의 캐릭터가 훼손되었고, 자신의 전 커리어가 모욕당했다. 그것도 호감을 지닌 사람에게. 이것보다 더 나쁠 수가 있을까?

지하 연습실 계단을 올라 밖으로 나오며 마스크를 썼다. 차가운 겨울바람이 근배의 이마에 맺힌 땀을 식혀주었다. 근배는 어디로 가야 할지 모른 채 무작정 길을 걸어 나갔다.

한 달 뒤 칩거해 있던 근배에게 김 대표로부터 연락이 왔다. 국민 대다수가 백신 접종을 완료하는 하반기가 되면 위드 코로나 시대가 열린다며, 그때 다시 공연을 올린다는 소식이었다. 새 주연배우가 안 뽑혀 미뤄진 건 아니냐고 묻자, 인경은 여전히 너를 생각하고 작품을 수정 중이니 까불지 말고 대기하라는 말이 돌아왔다.

인경에게 직접 연락이 안 온 건 서운했지만 대기하라는 말은 나쁘지 않았다. 대기야말로 근배가 가장 잘하는 일이기 때문이었다.

봄이 되고 모아둔 돈이 떨어져 새 알바를 구해야 했다. 그때 근배의 머릿속에 떠오른 게 ALWAYS편의점이었다. 왜 지금까지 편의점 알바를 할 생각을 못 했는지 한심하기 짝이 없었다. 돈도 벌고 캐릭터 연구도 할 수 있고 인경과의 접점도 찾을 수 있는데! 바로 지금이야말로 그곳으로 가야 할 때였다.

즉시 청파동으로 향했다. 남창동 집에서 충분히 걸어갈 수 있는 거리였다. 심지어 서울역을 지나며 노숙자들의 기운을 받아 갈 수도 있었다. 근배는 인경이 청파동에서 실제 방문하고 영감을 얻었다는, 독고 씨가 일하는 편의점을 찾기로 했다.

인경이 대본에 쓴 'ALL THE WAY 편의점'은 'ALWAYS편의점'의 변형이 분명했다. 검색해보니 청파동에 ALWAYS편의점은 두 군데 있었다. CU나 GS25였으면 청파동 거리를 몽땅 살펴야 했을 텐데, 인기 없는 프랜차이즈 편의점인 게 다행이었다.

인경이 아이디어를 얻었다는 편의점에 독고 씨는 더 이상 보이지 않았다. 야간 알바는 환갑도 더 된 분이고, 주말 알바도 젊은 남자였다. 낮 근무 시간 역시 독고로 보이는 중년 사내는 찾아볼 수 없었다. 그나마 건진 건 공격적인 말투와 태도로 독고를 구박하다 화해하게 되는, 중년 여성 캐릭터의 모델을 발견한 것이었다. 그녀는 분명 독고와 일한 적이 있는 것으로 보였다.

무엇보다 독고에게 도시락을 제공하고 편의점 일까지 맡기는 호의를 베푼 편의점 사장님을 만나고 싶었다. 70대 초반의 할머니로 설정되어 있는 그녀를 만나면 정말이지 묻고 싶은 게 많았다. 하지만 맞은편 카페에 앉아 며칠을 염탐해도 편의점 사장으로 보이는 할머니는 발견할 수 없었다. 아무래도 그곳에 취직해야만 자세한 정황을 파악할 수 있을 것으로 보였다.

그리하여 근배는 지금 이렇게 여름밤의 편의점을 지키며 독고 씨를 체화 중이다. 이곳에서 일하며 캐릭터를 연구하고 편의점이라는 무대를 파악하고 있다. 점장님에게 독고 씨와 사장님, 그리고 그 둘의 관계에 대해 더 물을 것이다. 안 그래도 점장님을 통해 간밤에 맥주를 탈취해 간 '자칭 사장'이 실제 사장님의 아들이라는 걸 확인했다. 이제 놈을 통해서도 알아낼 것이다. 어쩌면 점장님보다 이쪽이 더 나을지도 모른다. 근배에게는 진상, 또라이, 꼰대, 갑질짱이 더 익숙한 존재들이었기에.

밤의 편의점.

지금 여기 이곳이 근배에게 전부인 시간과 공간이었다.

그때 진동이 울려 휴대폰을 확인하니 인경으로부터 메시지가 와 있었다. 거기에는 아무런 설명 없이 파일 하나가 전송되어 있었다. 수정 대본이었다. 몇 번이나 고치고 또 고쳤을 대본을 열었다. 손님이 없는 밤의 편의점은 무언가를 집중해 읽기 좋은 공간이기도 했다.

마스크는 그대로 거기 있었다. 위드 코로나 시대를 준비하는 대본다웠다. 다만 독고는 코로나에 걸리지 않았다. 치료를 받으며 과거를 알게 된다는 설정도 빠져 있었다. 마지막 장면, 근무를 마치고 아침 햇살을 받으며 산해진미 도시락을 먹는 장면이 돌아와 있었다. 도시락을 다 먹고 마스크를 쓰는 것으로 끝내기는 했지만, 근배가 좋아하던 엔딩의 느낌이 살아나 있었다.

연출을 맡고 나서 고집이 업그레이드된 인경으로선 많이 접어준 대본이었다. 근배의 뜻을 반영하면서 자신이 주장한 코로나 시대의 단면도 보여주고 있었다. 그녀가 신경 쓴 게 느껴져 당장이라도 마음을 나누고 싶었다. 하지만 서운했던 감정과 고마운 마음이 겹쳐 쉽사리 연락하지는 못했다. 대본이 나왔으니 조만간 김 대표가 자리를 만들 것이고, 그때 말하기로 했다.

고쳐 쓰느라 고생했다고, 못난 배우 고집 받아줘 고맙다고.

다음 날 밤이었다. 자정쯤 근배는 워크인 냉장고에 들어가 음료를 채우고 있었다. 그때 출입문 종소리와 함께 손님이 들어왔다. 얼마 안 남은 맥주를 마저 넣고 나가려던 그는 냉장고 문을 여는 손님과 눈이 딱 마주쳤다.

깜짝 놀랐다. 냉장고 안에서 밖의 손님과 눈이 마주친 것 때문이 아니라, 상대가 바로 인경이라는 데 화들짝했다. 진한 마스카라에 똘망똘망한 눈동자로 냉장고 안 맥주를 살피는 인경은 근배의 존재를 눈치채지 못한 듯했다.

서둘러 냉장고에서 나온 근배는 맥주를 담은 바구니를 들고 온 인경과 마주했다. 그녀는 '그럼 그렇지' 하는 표정으로 바구니를 카운터에 올려놓으며 외쳤다.

"하이네켄 네 캔!"

"갑자기 무슨, 그런 개그를."

"이런 거 좋아하잖아, 선배."

근배는 긍정도 부정도 하지 않은 채 계산을 서둘렀다. 인경이 덥석 캔 하나를 따서 들이켰다.

"계산 마치고 마셔야지. 그리고 이제 아홉 시 넘으면 매장에서 취식 불가거든!"

"목마른데 어쩌라고."

"너…… 제이에스구나."

"인정할게."

"갑자기 왜 온 거야? 이 늦은 시간에?"

"나 원래 이 시간에 여기 오곤 했어. 저기 밖에 빌라 보여? 빌라 3층 불 꺼진 창. 저기서 지내며 초고 썼어."

근배는 인경이 가리키는 곳을 바라봤다. 저기서 편의점 야외 테이블의 취객과 독고의 모습을 살핀 거였구나.

"대본을 읽었으면 뭔 피드백을 줘야 할 거 아니야?"

"으응, 괜찮더라."

그녀가 답답하다는 듯 캔 맥주를 다시 기울였다.

"할 거지?"

"그럼. 그러니 여기서 캐릭터 연습 중이잖아."

그녀가 헛웃음을 짓고는 재미있다는 듯 그를 바라보았다.

"김 대표가 선배 여기서 일한다고 해 좀 놀랐어. 기특하기도 했고. 그리고 보니 진짜 독고 아저씨 닮아 보이네. 독고 아저씨가 더 각이 져 있고 선배는 동글동글하긴 하지만……. 암튼 근사하다."

"고생했어. 고쳐 쓰느라."

"배우 황근배도 내가 고쳐 쓸 거야. 그러니 잘 따라오도록 해."

"알았어."

"오케이. 다음 주부터 스파르타 연습이니 편의점 일 정리해."

"그건 좀 힘들겠는데."

"뭐야 또?"

"야간에 사람 쉽게 안 구해져. 그리고 아직 여기 더 파야 해. 점 장님에게 물어볼 것도 더 있고 사장이라는 그 빌런도 이제 만났고……."

인경의 표정이 굳어가는 걸 보고 근배는 말꼬리를 흐렸다. 인경이 고개를 숙이고 잠시 숨을 고른 뒤 두 번째 맥주를 땄다. 횟술이라는 걸 과시하듯 꿀떡꿀떡 마시고는 근배를 똑바로 응시했다.

"선배. 인생은 문제 해결의 연속이야. 인생작 썼더니 코로나 터지고, 코로나 지원받았더니 코로나 걸리고, 대본 고쳤더니 주연배우 울골질하고…… 진짜, 선배야말로 문제 중의 문제다."

"이번 달까지만. 그때까지 야간 알바 안 구해지면 김 대표라도 여기 끌어다 놓을 테니까."

"그 대답은 좀 괜찮네."

인경이 근배를 한번 쓱 쳐다보고는 다시 캔 맥주를 마셨다. 그런 인경을 향해 근배는 단호하게 말했다.

"그럼 이제, 매장에서 그만 드시고 나가주실래요. 제이에스님."

색다른 방식의 제이에스가 가고 나자 편의점은 무슨 일이 있었냐는 듯 고요해졌다. 근배는 자기도 모르게 피식, 웃음을 흘렸다. 그녀에게 문제 중의 문제가 된 자신이 나쁘지 않았다. 아니, 사실은 기쁘기까지 했다. 근배가 슬그머니 미소를 짓는 그 순간 냉장고가 윙 하고 돌아가기 시작했다.

밤의 편의점이 근배와 함께 살아 숨 쉬고 있었다.

오너 알바

이생망.

지난 1년간 민식은 '이번 생은 망했다'의 준말을 감탄사처럼 내뱉곤 했다. 특히 된소리 욕과 결합된 '이생망'은 그의 피폐해진 육신과 정신에 가하는 자조 어린 채찍이었다. 그나마 민식의 이번 생만 망한 게 아니라 코로나로 인해 지구 전체에 망조가 든 게 위안이라면 위안이었다.

코로나.

재기해보겠다고 기를 쓰던 사업가 민식을 구렁텅이에 빠뜨리고 확인 사살까지 한 저 녀석은, 정말이지 떼려야 뗄 수 없는 인생 동반자였다. 기드래곤에게 뒤통수를 맞고 좌절해 있던 그가 마지막 안간힘으로 준비한 사업은 '배달 포장 전문 주방'이었다. 시국이 시국이니만큼 배달과 포장이 많아지는 데 아이디어를 얻어, 매장 없이 요리만 만드는 주방 체인을 전국에 까는 프로젝트였다. 민식은 이 시스템이 코로나의 불황 속에서 활활 타오를 거라 확신했다.

코로나에 맞선 공격적인 아이디어로 탄생한 이 사업체의 이름은 '배포 키친'이었다. '배달과 포장만으로 고객 만족 100% 달성하는 배포 넘치는 키친'이란 모토로, 발 빠르게 체인점 사업을 세팅하고 있었다. 배달 앱 회사와 미팅을 했고 기존 프랜차이즈 업체들과도 제휴를 해볼 심산이었다.

무엇보다 그동안 그가 벌여온 일이 교도소 담벼락 위를 걷듯 합법과 불법의 경계에서 위태위태했다면, 이번에는 번듯한 사업이기에 자신감이 넘쳤다. 충분히 엄마에게 신뢰받을 수 있는 제대로 된 일이었고, 그렇다면 엄마도 편의점을 팔아 사업 자금을 지원해줄 거란 기대감이 생겼다. 역시 죽으란 법은 없었다. 그때까지만 해도 민식은 코로나가 자신에게 성공을 가져다줄 행운의 이름이라고 믿었다.

그 자신이 코로나에 확진되기 전까지는.

1년 전 민식은 강남 어딘가에서 미팅을 했고, 코로나에 확진되었다. 5월 이태원 코로나 대란 일주일 뒤였다. 그는 즉시 격리 수용되었다. 40도가 넘는 고열에 온몸이 불타는 듯했고 며칠간 고통 속에서 정신을 차릴 수 없었다. 격리 해제 후에도 후유증으로 한 달 내내 앓아야 했다. 그렇게 두어 달 사경을 헤매고 나니 사업은 물 건너간 지 오래였다.

다행이라면 엄마가 집에 없었다는 점이었다. 당시 엄마가 빌라에서 민식과 같이 지내고 있었다면, 자신이 엄마를 감염시켰을 것이다. 그거야말로 생각하기도 싫은 끔찍한 일이었다. 엄마에게 효도는커녕 치명적인 바이러스를 드릴 뻔했고 그랬다면 누나는 기다렸다는 듯 민식을 몰아붙였을 것이다. 엄마는 민식의 버팀목이자 누나를 견제하며 자신에게 가게를 물려줄 수 있는 유일한 아군이었다.

기저질환이 있는 엄마가 코로나가 확산되던 3월에 양산 이모네로 내려간 건 정말 신의 한 수가 아닐 수 없었다. 민식은 다시 한번 감 좋은 엄마의 판단을 인정해야 했다. 하지만 엄마 없는 집에 병들어 혼자 누워 있는 시간은 외롭고, 괴롭고, 서글펐다. 그즈음이었을 거다. 민식이 모든 의욕을 놓아버린 것이. 이생망이 그의 머리에서 망아지처럼 날뛰게 됐을 때가.

어느새 여름이었다.

낡은 에어컨 바람에 기대 민식은 폐인 생활을 하고 있었다. 불러주거나 위로해주는 친구도 없었다. 끼니도 거르기 일쑤였고 며칠에 한 번 편의점에 가 맥주를 공수해 오는 게 유일한 외출이었다. 그런데 그럴 때마다 선숙 이모의 잔소리로 인해 스트레스가 이만저만이 아니었다. 선숙 이모는 점장이 되자 마치 학교 다닐 때 반장 한번 못 해본 한을 풀기라도 하려는 듯 편의점의 모든 것을 쥐락펴락했다. 심지어 사장인 민식의 말도 무시하고 불퉁거리곤 했다.

"강 사장. 술 좀 작작 마셔. 어머, 저 맥주 배 나온 것 좀 봐! 엄마 생각해서라도 이제 기운 내야지 언제까지 퍼져 있을 거야!"

며칠 전 술을 공수하러 편의점에 가자 이렇게 쏟아부었다. 예전 같으면 이모고 엄마 친구고 뭐고 받아버렸을 텐데, 이젠 화낼 의욕도 없었다. 게다가 숨이 훅훅 막히는 더위에 마스크까지 쓰고 있자니 어서 맥주만 챙겨 집으로 후퇴하고 싶은 것이다. 선숙 이모는 술만 먹어 쓰냐면서 맥주를 담은 봉지에 도시락을 얹어주었다.

산해진미 도시락.

민식은 피식 비웃음을 흘렸다. 한때 사업이 잘나갈 때는 정말 산해진미만 먹고 다녔다. 정재계 인사들이 다닌다는 식당을 단골 삼았고, 제철 요리 맛집을 찾아다녔고, 호텔 정찬 코스를 즐겼다. 그런데 지금은 시뻘건 건 반찬이고 하얀 건 밥으로 보이는 엉터리 산해진미가 그에게 주어졌다. 도시락의 이름마저 자신을 놀리는 것 같았다.

패잔병의 심정으로 돌아온 민식은 맥주부터 땄다. 원래 맥주는 안 먹었는데 기드래곤 녀석 때문에 에일맥주에 빠지게 되어 지금은 이것만 먹고 있다. 그는 맥주를 잔에 따르기도 귀찮은 나머지 꿀꺽꿀꺽 입에 대고 한 캔을 비워버렸다. 곧바로 다음 캔을 땄다.

몇 캔 연달아 비우자 헛 트림이 나왔다. 그제야 하루 종일 아무것도 안 먹은 걸 깨달았다. 민식은 마지못해 이모가 준 도시락을 뜯었다. 한 손으로 받쳐 들고 젓가락으로 밥과 반찬을 퍼먹기 시작했다. 허기가 져서 그런가? 의외로 맛있었다. 민식은 노숙자가 무료 급식을 먹듯 그 자리에서 김치 한 조각 나물 한 가닥까지 싹싹

비워버렸다.

　그런데 마지막에 먹은 나물 반찬이 뭔가 찝찝했다. 씹을 때 군내가 느껴졌던 걸 떠올리며 민식은 황급히 도시락 포장 비닐을 살폈다. 상표 라벨에 찍힌 유통기한을 확인하고 보니…… 어라? 두 시간이 지나 있었다.

　폐기 도시락을 먹은 것이었다!

　도저히 참을 수 없어진 민식은 휴대폰을 집어 들었다. 잠시 후 선숙 이모의 뚱한 목소리가 전화기 너머에서 들려왔다.

　"강 사장 왜? 지금 바쁜데."

　"이모! 이거 너무한 거 아냐?"

　"오 점장! 점장이라고 부르기로 했잖아. 이모가 뭐야? 식당이야?"

　"점장이건 된장이건, 이모! 어떻게 나한테 폐기 도시락을 먹일 수가 있냐고? 나 지금 배탈 나 토하고 난리야. 보자 보자 하니까 진짜 너무한 거 아뇨?"

　"저런. 근데 그게 두 시간밖에 안 돼서 괜찮을 텐데. 나도 같은 시간 걸로 먹었는데 괜찮아."

　"아하, 그럼 내 배만 똥이 들어서 그래? 진짜 왜 그래요?"

　"똥 들긴 했지. 똥배가 산만 하니. 깔깔깔."

　"뭐요? 놀리는 거야? 엄마 백만 믿고 까부시는데 진짜 점장 확 잘라버리는 수가 있다고!!"

　"뭐? 까불어? 톡 까고 말해 민식아, 이모가 너 코 닦아주던 게 엊그제 같은데 말이 심한 거 아니니? 사장님, 사장님 해줄 때 가만있어. 너 같은 컴플레인 하는 진상 손님 없는 줄 알아? 한여름에 배탈나면 너처럼 떠들 기운도 안 나. 엄살 그만 부려라. 그리고 가게 경영 생각하면 멀쩡한 도시락보다는 폐기 먹어야지 어째. 우린 지금 한배를 탔다고. 알바들도 가게 사정 생각해 자발적으로 폐기 먹는데, 명색이 사장이 이깟 것 갖고 난리면 어쩌냐?"

"와 막무가내시네. 가게 그렇게 경영해요? 점장 딱지 떼야겠네 진짜. 이모, 오늘부로 해고야! 해고!!"

"해고고 자시고 웃기지 마. 나 없으면 편의점 어쩔 건데?"

"아, 그건 내가 알아서 해."

"민식아. 나 너한테 안 잘려. 너 실권 없잖아. 엄마한테 자르라 그래. 그럼 잘려주지."

"캬아, 또 엄마 들먹이시네. 내가 못 할 줄 알고?"

"못 하지. 너 엄마한테 연락 안 한 지 두 달 넘었잖아. 어제 너네 엄마가 나한테 푸념하시더라. 아들 녀석 키워봤자 연락도 안 한다고. 그런데 엄마가 너 말을 듣겠냐? 그리고 나도 아들 취직해서 편의점 이거 언제든 때려치울 수 있거든? 근데 너네 엄마 생각해서 다니는 거야. 알아? 그러니까 고마운 줄 알고, 해고하더라도 네가 맡아 할 준비되면 해고하렴. 알겠지? 그럼 그땐 고분고분 잘려줄게."

뚜뚜뚜뚜뚜.

민식이 반격을 할 새도 없이 전화가 끊겼다. 아니, 오히려 전화가 끊겨 다행이라는 생각이 들었다. 이모의 반격은 가차 없었다. 그냥 목소리만 큰 줄 알았더니 조목조목 반박을 하며 민식의 약점을 공략해 꼼짝할 수가 없었다. 똥배를 거론하며 약 올리고, 발끈하자 갑자기 코흘리개 시절을 들먹이고, 진상 취급에, 명색이 사장 타령에, 불효자 운운에, 무능력 공격까지 5단 콤보를 쉴 새 없이 날렸다. 실로 막강한 이모의 화력에 민식은 두개골이 다 얼얼했다.

민식은 분하고 억울한 마음을 달래려 남은 맥주를 모조리 마셔 버렸다. 그리고 잤다.

누나에게서 문자가 온 건 다음 날 오후 두 시였다. 라면으로 해장을 했지만 여전히 술이 덜 깬 상태였다. 귀찮지만 확인해보니 늘 용건만 충실한 누나다운 문자였다.

약속 까먹지 마.

무슨 중요한 말을 하려는지 누나는 신용산 쪽의, 관공서 사람들이 많이 가는 한정식집으로 그를 불렀다. 오늘 저녁이 약속임을 확인하는 문자까지 보내는 누나의 꿍꿍이가 벌써부터 궁금해졌다.

한정식집은 인테리어부터 종업원들까지 매우 고급스러웠고 무엇보다 진짜 산해진미가 그득했다. 요리를 먹기 바쁜 민식에게 설교를 하는 누나의 피부가 매끈했다. 누가 피부과 의사 아니랄까 봐 도자기 닦듯 잘도 관리했네. 누나의 설교에 민식이 심드렁하게 반응하자 매형이 유들유들 넉살을 떨며 설득을 시작했다. 크고 기름기 많은, 무언가 보양식으로 달여진 듯한 매형의 얼굴을 보며 민식은 슬쩍 비웃음을 흘렸다.

누나는 엄마가 지금 적자에 허덕이는 편의점 파는 걸 고민 중이시니 이참에 같이 설득해 잘 정리하자는 것이었다. 민식이 편의점은 현재 자신의 직장이고 밥줄이라 안 된다고 하자 누나는 그러면 엄마의 빌라를 정리하자고 했다. 코로나가 나아질 기미가 없어 엄마는 양산 큰이모 집에서 계속 지내야 할 것 같으니 엄마의 빌라를 너 혼자 계속 쓸 필요가 있냐는 것이었다. 심지어 병원 한쪽에 생활공간을 마련해주겠다고 했다.

그러니까 병원을 차린다는 거다.

누나와 매형은 서초구 방배동의 4층짜리 빌딩을 매입해 그곳을 자신들의 피부과 병원으로 운영할 계획이었다. 지금 사는 동부이촌동 집을 정리하고 모든 자산을 끌어내고 융자까지 받는다고 했다. 그래도 모자란 일부 비용을 두 사람은 민식의 편의점과 엄마의 빌라에서 충당하려 하고 있었다.

민식이 계속 심드렁과 콧방귀 사이를 오가자 누나가 한숨을 쉰 뒤 도끼눈을 떴다. 그도 배 째라 정신으로 같이 쏘아보았다. 매형이 분위기를 바꾸려는 듯 민식에게 코로나 후유증은 괜찮냐고 물었다.

"참 빨리도 물어보십니다, 매형. 나 후유증 심해요. 완전히 맛 갔어. 그래서 편의점도 빌라도 포기 못 해요."

"그러니까 내가 보기에 처남 지금 많이 다운되어 있는 거 같아. 사업도, 그게, 코로나라 힘들 것이고. 그래서 내가 말하는데 병원을 지으면 생활공간만 제공하냐, 그것 말고도 말이야—"

"됐어, 여보. 애 아직 정신 못 차렸어. 안 된다고."

누나가 푸념하듯 말했다. 민식은 호승심이 일었다.

"누나 병원 차리는 게 안 될 일이지. 안 되긴 뭐가 안 돼?"

"도와줄 것도 아니면 함부로 말하지 마."

"도와줄지 말지 그건 두고 봐야지. 매형, 그러니까 뭔데요?"

민식이 매형을 돌아봤다.

"처남. 어차피 병원을 확장하게 되면 할 일이 더 많아져. 그리고 이참에 사무장을 자르려고 하거든. 영 별로라서 말이야. 나는 그래서, 처남이 사무장을 맡아줬으면 하는데…….."

민식은 잠시 구미가 당겨 군침을 삼키는 꼴을 들킬 뻔했다. 하지만 누나의 쌀쌀맞은 태도와 매형의 유들거림에서 '굿 캅 배드 캅'의 기운을 느꼈다. 전직 형사 곽 씨 아저씨가 알려준 '배드 캅이 혹독하게 신문한 뒤 굿 캅이 부드럽게 설득한다'는 전형적인 사람 다루기 기법 말이다. 아무리 기세가 처진 민식이지만 이따위 협잡에 놀아날 순 없었다.

"사무장 자리 주고 또 뭐요? 한 반년 써먹다가 자르려고?"

"가족인데 그럴 리가 있나. 이봐, 처남. 지금 자존감이 떨어진 거 같은데 자네만큼 사업도 성공해보고 수완도 좋은 친구가 어딨나? 누나도 나도 이젠 자네랑 같이 힘을 합칠 때라고 생각한다고."

"네네, 그럼 종신 계약서 가져오세요."

"너는 태도가 문제야. 야, 강민식. 가족이 사기꾼이야? 네가 사기꾼이라 우리도 사기꾼으로 보이니?"

"아니. 난 그냥 누나가 내 말에 어떻게 반응하는가 보려고 오버 좀 한 거지. 역시 같이 일하면 안 되겠네. 맨날 밑에서 저 성깔을 어떻게 받치나."

"처남. 요새 누나가 스트레스가 많아. 이해해. 자네 사무장 시키기로 한 거 우리 같이 합의한 거야. 계약서? 쓰면 되지."

"에이, 사무장을 사기꾼으로 앉히면 안 되죠. 밥 잘 먹었수다."

일어나 자리를 뜨려는 민식에게 누나가 다급히 양손을 들어 보였다. 그냥 지나치려던 민식은 누나의 간절한 표정에 마지못해 다시 앉았다. 매형이 누나의 귀에 대고 속삭였고, 누나는 알겠다는 듯 매형을 제지하고 민식을 돌아봤다.

"민식아. 솔직히 이야기할게."

뭐 그럼 지금까진 안 솔직하게 이야기하셨나? 그는 진지하게 자신을 바라보는 누나를 향해 터지는 코웃음을 참았다. 누나는 숨을 고른 뒤 그를 똑바로 응시했다.

"엄마 지금 경도인지장애 판정받았어. 치매 전 단계이고 언제든 치매로 발전할 수 있다고. 그러니 우리가 미리 준비를 해야 해."

그날 민식은 누나가 사준 한정식 코스의 메뉴가 하나도 기억나지 않았다. 무얼 먹었는지 도무지 기억할 수가 없었다. 음식 대신 충격을 먹었기 때문일까? 엄마가 무슨 장애라고? 치매 전 단계라고? 치매가 오면 완치는 될 수 없고 점점 심해질 거라고? 치매는 원래 그런 거라고?

누나가 말했다. 엄마는 이제부터 치매 예방에 힘써야 한다고, 가족의 자산을 제대로 챙기려면 우리가 미리 엄마와 합의해 나눠야 한다고 설명했다. 마침 괜찮은 빌딩이 나와 번듯한 피부과 전문병원을 열 수 있기에, 가족이 몇 대는 먹고살 터전이 생기는 거라고 강조했다. 무엇보다 혈육이라고 엄마와 너인데 내가 나만 먹고살겠다고 빌딩을 사겠냐며, 모두의 미래를 위한 병원 설립에 힘을 실어달라고 덧붙였다.

이번엔 누나가 굿 캅이었다. 애틋한 눈빛으로 바라보며 민식이 사업으로 잘나갈 때 도움 준 것들을 언급했다. 조카 준희의 삼촌 사랑을 강조했다. 배드 캅 역할을 맡은 매형은 처남이 협조 안 하면 자기들은 평생 융자만 갚다 망할 거라며, 그럼 앞으로 국물도 없을 줄 알라고 했다. 무엇보다 언젠간 엄마를 치매 병원에 모셔야 할 텐데, 좋은 데 모시려면 안정적인 자산이 필요하지 않겠냐고, 아니면 아들이 다 책임질 거냐고 따져 물었다.

민식은 도무지 정신을 차릴 수가 없었다. 나를 돌봐주는 엄마가 아니고, 내가 돌봐야 하는 엄마라니? 엄마가 해주는 간이 딱 맞는 그 계란말이는 앞으로 먹을 수 없단 말인가? 그동안 마음이 맞지 않아 엄마랑 종종 다투긴 했어도, 여전히 엄마는 엄마다. 민식이 돌아갈 수 있는 유일한 고향 같은 곳인데, 그 고향에 가도 아무도 민식을 못 알아본다는 말인가? 백세시대에 겨우 일흔 넘은 엄마다. 서른 살은 더 사실 만큼 한창인데, 어쩌자고 하늘은 엄마와 내게 이런 시련을 주시는 거지? 그리고 엄마는 왜 나한테는 일언반구도 없이 누나에게만 그 사실을 알린 거지? 그런데 내가 과연 엄마를 책임질 수는 있을까?

물음표 갈고리들이 엉킨 낚싯바늘이 되어 민식의 뇌를 팽팽하게 당기고 있었다. 덕분에 머리가 터질 것 같았는데, 풀어줄 그 누구도 없었다. 누나도 매형도 이마를 손으로 받친 채 물만 들이켜는 그를 바라보기만 했다. 그들은 민식에게 고민해봐야 투항하는 수밖에 없다고 침묵의 시위를 하는 것 같았다.

어찌어찌 일어나 식당을 나왔다. 누나가 생각해본 뒤 연락하라고 했다. 매형이 보양식이라도 사 먹고 기운 내라며 봉투를 건넸다. 둘이 주차장으로 사라지고 나서도 한참을 멍하니 서 있던 민식은 다가온 택시를 향해 겨우 손을 들어 보였다.

집에 와 봉투를 열어보니 200만 원이 들어 있었다. 보양식만 사 먹기엔 큰 액수다. 돈은 늘 무언가를 말한다. 의도가 없는 지출은 없다. 남의 돈 빼먹기가 얼마나 어려운지 사업을 한 민식은 잘 알고 있었다. 200만 원 먹고 자기들 편에 서라는 건데, 그건 민식의 몸값을 후려치고 뺨도 후려치는 꼴이었다. 감히 이 강민식을 돈 200에 매수하려 들어? 2억도 아쉬울 판에 200에 보양식이나 먹고 순순히 따르라고?

천만의 말씀 만만의 콩떡이다!

민식은 며칠을 끙끙대다 엄마에게 전화를 걸었다. 엄마가 먼저 말하기 전엔 치매에 관해서는 언급하지 말라는 누나의 경고를 떠올리며 안부를 나눴다.

엄마는 양산에서의 삶이 평안하고 여유롭다고 했다. 그리고 누나가 편의점을 정리하자고 해서, 민식이가 사장으로 일하는 동안엔 팔 수 없다고 말했다고 했다. 선숙 이모와 누나의 말과는 다른, 마음을 숨긴 엄마의 이야기였다.

민식은 애가 탔다. '엄마, 편의점 파는 거 고민 중이라며?' '엄마, 연락도 안 하는 아들 밉다며!' 짐짓 속을 숨긴 엄마의 태연한 말들이 그의 가슴을 마르게 했다. 그럼에도 엄마는 민식과 편의점에 대한 걱정만을 쏟아냈다. 민식은 새어 나오려는 말을 꾹 참고 잘 지내시라고만 했다. 가게는 자기가 잘 지킬 테니 걱정 마시라 덧붙였고, 다시 연락드리겠다는 말로 통화를 끝마쳤다.

민식은 편의점을 지키기로 마음먹었다. 누나로부터. 그 모든 다른 압력으로부터.

하지만 그 후로도 일주일을 누워 예능 프로와 넷플릭스만 보며 지냈다. 날은 너무 더웠고 의욕은 없었으며 누나가 준 200은 배달 음식으로도 산해진미를 먹을 수 있다는 걸 경험하게 해주었다. 어쩌면 누나는 현찰이란 독을 주어 민식을 망가지게 하려는 것인지 몰랐다. 한편으로 배달 음식을 시켜 먹다 보니 어쩔 수 없이 배포키친이 떠올랐고, 코로나에 걸려 반 죽어나가던 시간이 상기되었으며, 기드래곤에게 사기당할 뻔해 엄마에게 신뢰를 잃던 날이 떠올라 속이 쓰려왔다.

쓰린 속을 달래려 또 술을 퍼부으니 폐인도 이런 폐인이 없었다. 일주일 동안 엄마 걱정은커녕 연락도 못 드렸다. 편의점 건으로 왔을 선숙 이모의 전화도 받지 않았다. 다행인 것은 민식 자신도 자기가 퇴행하고 있다는 걸 느낀다는 점이었다. 적어도 아직 의식은 살아 있으니까…… 그래서 다시 한번 레퍼토리를 읊었다.

씨바, 이생망.

누나에게 전화가 온 건 며칠 뒤 밤이었다. 낮술에 취해 잠든 지 얼마가 흘렀는지 알 수 없었다. 포기하지 않고 울리는 알람 같은 전화벨 소리에 짜증을 터뜨리며 전화를 받았다.

누나는 지금 편의점인데, 대체 운영을 어떻게 하는 거냐며 데시벨을 올리기 시작했다. 민식은 황급히 정신을 가다듬으며 누나의 속셈을 파악해보았다. 옳거니, 민식이 가게 운영에 소홀하다는 꼬투리를 잡아 엄마를 다시 설득해 가게를 팔아 치우려는 게 분명했다.

민식은 같이 언성을 높이려던 마음을 접고 일단 기다리라고 했다. 누나의 화력을 잠시 재우고 반격을 준비할 시간이 필요했다. 이를 닦고 세수를 하며 민식은 누나에게 맞설 레퍼토리를 떠올리고 또 떠올렸다. 하지만 두려움을 떨칠 순 없었다.

어릴 적부터 그랬다. 말로는 도저히 누나를 이길 수 없었다. 말뿐이면 다행이게? 성적이나 주변 어른들 칭찬 모두 누나 차지였다. 초등학교 때는 두 살 많은 누나에게 완력에서도 맥을 못 췄다. 중학생이 되자 키가 부쩍 크고 팔다리가 굵어졌는데, 그래서 오히려 누나를 힘으로 제압할 수 없는 노릇이 되었다. 이에 반해 누나는 말솜씨도 지능도 월등해져 도저히 이길 수 없는 존재가 되어버렸다.

그러니까 누나를 이길 방법은 전혀 없었다. 사업이 잘되던 시절 돈으로 우위를 점할 뻔했으나 결국 망해버렸고, 지금은 그저 소심하게 저항하거나 깐족댈 뿐이었다.

민식은 두려움을 누르며, 임전무퇴의 각오를 다지며, 편의점으로 향했다.

그런데 편의점에 와보니 자신의 상대가 이미 판을 벌이고 있는 게 아닌가? 민식은 도둑처럼 슬며시 유리문을 열고 편의점 안으로 진입했다. 진열대 뒤에 몸을 숨긴 채 벌어진 판세를 살폈다.

"이딴 거 조잡하다고요. 견이득이 뭐야 견이득이!"

누나가 야간 알바 사내의 눈앞에서 무언가를 흔들어대고 있었다. 자세히 보니 상품 안내 전단이었는데, 거기엔 이렇게 적혀 있었다.

> **핵꿀 조합 大할인 !!**
> **묶어 사면 犬이득 !!**

"상품 소갭니다. 견이득. 개이득. 그러니까 아주 좋다는 거죠. 아하하."

카운터에 선 야간 알바 사내가 눈치 없이 떠들고 있었다.

"본인이 이거 만들었다 그랬죠? 이렇게 하지 마세요. 천박합니다. 혼자 센스 있다고 착각 마시라고."

"다른 손님들은 별말 없으시고 재밌다고 사진도 찍고 그러세요. 하하."

"내 말이 그렇게 우스워요?"

"아뇨. 우습긴요. 그럴 수 있죠. 천박하게 보실 수도 있죠. 그런데 제가 댁의 말을 들어야 할 이유는 없잖아요."

순간 민식은 누나의 도끼눈이 절로 그려졌다.

"나 강 사장 누납니다. 아까 통화하는 거 옆에서 듣고도 계속 딴 소리할 거예요?"

"저도 아까 말씀드렸습니다. 사장 지인 사칭하는 분 많다고요."

이번엔 누나의 머리에서 만화에서처럼 분노의 열기가 치솟는 게 보였다.

"내가 어딜 봐서 그런 사람으로 보입니까? 진지하게 한번 말해볼 래요?"

"그러기엔 저도 손님을 받아야 해서요. 하하. 이만 가주시는 게 좋을 것 같은데……."

크하! 카운터의 알바 사내가 누나를 받아치는 꼴이 통쾌하기 그 지없었다.

"내가 이것만 가지고 이러는 줄 알아요? 그 명찰에 홍금보는 또 뭐예요? 여기가 당신 놀이터예요?"

"홍금보 모르세요? 진짜 최고의 홍콩 액션배웁니다. 가만, 연배 가 아실 것도 같은데……."

"뭐라고요? 또라이가 따로 없네. 그쪽 진짜 이름이나 어서 말해요!"

"또라이요."

"뭐요?"

"그쪽이 또라이라면서요."

"헛소리 집어치우고 진짜 이름이나 말하라니까요!"

"그건 아실 필요 없고요, 그쪽 이름이나 알려드릴게요. 제이에스. 진상. 여기 수화기 들기만 하면 5분 거리 지구대에서 달려옵니다. 그러니까 어서 가주세요."

누나는 분을 주체하지 못한 채 발만 동동 굴렀다. 그도 그럴 것이 사내가 덩치도 있었고, 방금 전 사람 좋게 웃던 모습을 싹 지우고 할 말만 딱딱 하니 무시 못 할 위압감이 느껴졌다.

저거다. 자신도 저렇게 누나를 상대해야 했다! 허허실실 굴다가 정색을 하고 팩트로 폭행을 했어야 했다!

나가지 않으면 경찰을 부른다는 사내의 두 번째 경고에 누나는 홱 몸을 돌려 편의점을 나섰다. 창밖을 보니 분을 삭이며 어딘가로 전화를 걸고 있었다. 민식은 잽싸게 출입문으로 다가갔다. 그때 알바가 민식을 발견하고는 눈이 똥그래졌다. 민식은 그에게 윙크를 한 뒤 문을 열고 누나를 향해 외쳤다.

"거기서 뭐 해?"

민식은 이제 막 도착해 편의점 문을 열다 누나를 발견한 척 굴었다. 그녀가 민식을 발견하고는 쌍심지를 켜고 다가왔다. 누나는 알바가 자기를 쫓아냈다며, 어떻게 이런 사람을 고용했냐고 숨도 안 쉬고 퍼부었다. 민식은 별일 아니라는 듯 어깨를 으쓱하고 편의점 으로 들어갔다.

"이봐요. 무슨 일입니까?"

민식이 알바 사내에게 슬쩍 윙크하며 물었다.

"아, 사장님. 저분이 자꾸 사장님 누나라고 하시는데, 제가 확인 할 방법이 없어서요. 근데 누나 맞으세요?"

"우리 누난데, 함부로 한 겁니까?"

"아이고야, 그럼 이거 제가 큰 실수를 했네요. 그게, 죄송합니다. 매뉴얼이 그래서 어쩔 수가 없었어요."

녀석이 90도로 몸을 숙여 누나에게 사과했다. 누나는 분을 삭이 며 녀석을 향해 무슨 말을 쏘아붙일까 고민하는 듯했다. 하지만 화 살은 민식에게 돌아왔다. 그녀는 도끼눈을 뜨고 민식을 돌아봤다.

"너 가게 운영 어떻게 하는 거야? 이런 유치한 상품 소개 하며, 저 장난 같은 명찰은 또 어떻고. 저런 알바가 가게 말아먹게 두는 거 야? 이게 니가 최선으로 가게 운영하는 거니?"

"누나. 이분 얼마나 성실한데. 그리고 누나네 동네는 편의점도 고 급이라 이런 거 안 통할지 몰라도 여기는 중고생도 많이 오고 어르 신도 많이 와. 이 정도 유머 필요하지."

"유머가 아니라 가게 격 떨어뜨리니까 그렇지! 넌 대체 언제 근 무야? 낮엔 선숙 이모가 한다고 해 밤에 와봤더니, 꼴이 이게 뭐니? 엄마한테 보고할 수밖에 없겠어. 넌 코빼기도 안 비치고 가게는 한

심한 알바한테 맡겨놨다고."

"음. 그러면 엄마가 누나 말을 들어줄까?"

"그럼 너 말을 믿겠니? 엄마는 네가 가게 이모한테 떠맡긴 거 다 알거든!"

"아, 웃기지 마. 이모는 그냥 점장으로 돕는 거고, 내가 사장이야. 내가 다 결정한다고!"

"니가 진짜 결정권 있는 사장이라고? 그럼 날 믿게 해보시지."

"어떻게 하면 믿을래? 응? 뭘?"

그러자 누나가 단숨에 야간 알바를 손가락으로 가리켰다.

"이 사람 잘라. 그럼 믿어주지."

순간 민식이 멈칫했다. 평소 자른다고 떠벌리긴 했어도 진짜 자를 생각은 없었던 것이다. 망설이는 그의 모습에 누나가 회심의 미소를 지었다.

"이것 봐. 실권이 없지. 역시."

반격해야 했다. 무어라도 말해야 했다.

"무슨 소리! 야간 알바 구하기 힘들어 잠깐 고민한 거거든. 거기요, 미안하게 됐는데 이번 주까지만 나와요."

민식이 사내에게 말했다.

홍금보라고 적힌 명찰을 단 사내는 고개를 갸웃하더니 눈꼬리를 내리며 웃이 보였다.

"그게, 갑작스러운 해고 통보에 많이 당황스럽군요. 지금 그러니까 권고사직 하신 거죠? 이 사업장이 5인 미만이니까 '부당해고 구제신청'은 하기 힘들겠네요."

"부당 해고라니. 가게 사정상 어쩔 수 없어 이러는 거 아뇨!"

"하지만 사업장 상시 근로자 수가 5인 미만이어도 해고예고수당을 요구할 순 있거든요. 제가 어제로 여기 3개월 일했으니까, 예외자 적용도 안 됩니다."

"해고예고수당? 그건 또 뭐야?"

"사용자는 근로자를 해고하는 경우 30일 전에 통보하거나 또는 30일분의 통상임금을 해고예고수당으로 지급해야 합니다. 지금 30일 전에 통보 안 하셨잖아요. 그러니까 해고예고수당을 저한테 주셔야죠. 그럴 용의가 있으십니까?"

"뭐 이리 복잡해? 아, 이것 참······."

"이것 봐. 사람 하나 자를 줄도 모르면서 무슨 사장이라고."

민식은 뭐라 반격하려 했으나 아무 말도 떠오르지 않았다. 전전긍긍하는 자신의 모습을 보며 누나가 마스크 너머에서 비웃음을 흘리는 게 느껴지자 이마에 땀까지 송골송골 맺혔다.

"사장님!"

"응?"

"사장님이니까 사람을 함부로 안 자르시는 거죠."

알바 사내의 말에 민식과 누나가 동시에 그를 돌아봤다.

"사장이 사람 자르는 능력 있어 사장입니까? 사람 고용하고 수익 창출하는 능력이 있어야 사장이죠. 사장님, 그동안 저 많이 도와주셨잖아요? 점장님 열심히 하시는 것도 다 사장님이 힘 실어준 덕분이고요. 곧 흑자 될 거라고 어제 점장님이 그러셨어요. 사장님이 직원들 잘 챙겨주니 이제 매출 올라오는 겁니다. 저는 그게 진짜 강 사장님 능력이라고 보는데."

"그렇지! 내 말이. 역시 그, 금보 씨가 나랑 합이 잘 맞더라니…… 내 이러니 자를 수가 없는 거야. 미안해요. 금보 씨. 내 권고사직, 취소하죠."

"감사합니다."

민식은 흡족하게 고개를 끄덕이곤 누나를 돌아보았다. 누나는 뭔 짓거리들이냐는 식으로 민식과 금보 씨를 뜨악하게 바라보았다.

"들었어? 내가 이런 사람이야. 직원들에게 인정받는 사장. 누나 때문에 애꿎은 사람 자를 뻔했잖아. 사람 그렇게 함부로 자르는 게 사장 노릇이 아니라고. 알았어?"

누나는 우쭐대는 민식을 보며 고개를 절레절레했다.

"정말이지 한심해서 말이 안 나온다. 엄마한테 다 보고할 거니까 그렇게 알아."

"보고해. 존경받는 사장이라고. 알겠지? 후후."

누나가 미간을 한껏 찌푸리고는 편의점을 나가버렸다. 민식은 주체할 수 없는 통쾌함에 몸서리를 쳤다. 그러고 나서 금보 씨를 돌아봤다. 도와줘 고맙다는 표시로 엄지를 치켜세워 보였다. 금보 씨가 손을 들어 오케이 사인을 그렸다.

그날 민식은 흡족한 마음으로 집에 와 꿀잠을 잤다. 그동안 불면에 시달렸고, 그래서 술에 취해 겨우 잠을 청했고, 잠의 질이 안 좋아 언제나 찌뿌둥했는데…… 꿈 한번 안 꾸고 이불 한번 안 차고 아침에 깬 것이었다. 역시 마음 상태가 중요하다. 누나와의 싸움에서 이기자 속 편히 잠들 수 있게 된 것이었다.

시계를 보니 아침 여덟 시. 간밤의 조력자를 만나기 위해 편의점으로 향했다. 사장의 풍모를 풍기며 그를 칭찬해주고 싶었다. 어제 금보 씨가 누나에게 맞서던 모습은 마치 누군가가 자기를 대신해 싸워주는 것 같았다.

한마디로 내 편 같았다. 그야말로 얼마 만의 동료인가! 민식은 그동안 자신이 전우 없이 싸워왔고, 그래서 외롭고 힘들었다는 걸 깨달았다.

유리문을 열고 들어서니 카운터에서 분주히 움직이던 선숙 이모가 유령이라도 본 듯 얼음이 됐다. 이모, 나, 사장이야. 왜 이리 놀라? 민식은 속으로 웃으며 이모에게 매출이 흑자로 언제 돌아서는 거냐고 물었다. 그러자 이모는 아침부터 무슨 헛소리를 하냐는 듯 그를 바라보며, 아직 멀었다고 한숨을 쉬었다. 음. 역시 금보 씨의 착한 거짓말이었군.

그때 금보 씨가 반팔 셔츠에 카고바지 차림으로 창고에서 나왔다. 어깨에 두툼한 에코백을 멘 그는 민식을 발견하고 처진 눈꼬리를 더욱 내려 웃어 보였다.

"형씨! 조찬 모임 해야지."

민식은 금보 씨에게 어제 수고 많았으니 밥이라도 사겠다고 제안했다. 금보 씨는 에코백을 열어 보이며 먹어 치워야 할 폐기 상품이 많아 사양하겠다고 답했다. 이 사람, 참 경우가 있군. 그런 생각이 들자 더욱 그와 자리를 가지고 싶어졌고, 민식은 반강제로 금보 씨를 이끌고 용문시장 해장국집으로 향했다.

"여기 해장국 괜찮습니다."

"……예. 전에 한 번 와본 적 있네요."

"근데 나이가 어떻게 되시나? 연배가 저보다 위신 거 같은데?"

"양띱니다."

"아, 나는 닭인데, 두 살 위시네. 술 하십니까? 소주 한잔할래요?"

두 사람은 소주를 반주로 해장국을 먹었다. 민식이 어제 일에 대해 감사를 표하자 본명이 근배라는 금보 씨는 편의점 식구끼리 힘을 합쳐야죠, 라고 답했다. 자신의 식구에게 늘 당하던 민식은 '편의점 식구'라는 말이 신선했다. 기분이 좋아졌고 곧 그에게 현재 편의점 사정에 대해 이야기를 꺼냈다. 원래 사장인 엄마 염영숙 여사가 기저질환 때문에 지방에 가 있고, 자신은 사업 재기를 준비하다 편의점을 맡은 것이고, 그런 와중에 원래 돈도 잘 버는 누나가 편의점을 탐내고 있다는 것까지 두서없이 털어놓았다.

"누님께서 보통이 아니시더라고요."

"아우, 독해요. 완전."

민식은 누나와의 오랜 싸움에 대해 또 털어놓았는데, 금보 씨는 수저질을 하면서도 눈을 크게 뜨고 그의 말을 들어주었다. 이 사람은 듣는 데 재주가 있는 것 같았다. 아니면 사람들에게 친절한 게 기본인 인간형이거나. 민식은 보통 이런 사람을 호구라고 여기는데, 이런 호구라면 같은 편이어도 괜찮을 듯했다. 민식은 명문대 의대를 졸업하고 피부과 의사가 된 누나와, 누나 못지않게 잘난 매형이 너무나 재수 없고 얄밉다고 고백했다.

"어릴 적부터 누나와 비교되며 자라 힘드셨겠네요."

"내 말이 그겁니다. 안 지려고 누나가 다닌 명문대를 노려봤지만 내가 공부머리는 없어요. 결국 그 명문대 지방 캠퍼스에 겨우 합격했죠. 서울 캠퍼스와 지방 캠퍼스 차이, 그게 누나와 나의 차이를 더 강조하더군요. 아예 다른 델 갔어야 하는데, 그래서 더 비교가 된 거 같단 말입니다. 젠장."

"가만, 혹시 K대 지방 캠퍼스 나오셨어요?"

"예. 내가 K대 빵빵 학번입니다. 경영학과 빵빵."

"나는 98학번인데……."

"응?"

"같은 대학 국문과."

"뭐라고요?"

민식의 눈이 휘둥그레졌다. 금보 씨가 얼굴 가득 미소를 띠며 수저를 내려놓았다.

"나 98학번이야. 반갑네. 후배님."

갑작스러운 반말이 전혀 싫지 않았다. 같은 학교를 비슷한 시기에 다녔다는 것이 오랜만에 강렬한 동질감을 느끼게 해주었다.

"이야, 이것 참. 반갑습니다."

236

"그러고 보니 여기, 읍내 해장국집 같은데. 아하하."

"캬, 진짜 읍내에 해장국 맛집 있었는데, 진짜 선배님 맞구만!"

민식이 팔을 쭉 뻗어 악수를 청했다. 금보 씨가 손을 마구 저으며 사양했다.

"아닙니다. 잠깐 옛날 생각에 오버 좀 했어요. 사장님한테 선배라고 대접받으려 하면 안 되죠."

"아뇨. 형인데 학번도 앞서니 사장이고 뭐고 대우해 드려야지. 우리 K대, 군번보다 앞서는 학번 아닙니까!"

"아이고, 불편합니다. 그냥 금보 씨라고 하세요."

"아뇨. 형 합시다. 내가 그쪽 같은 형만 있었어도 누나한테 그렇게 당하진 않았을 거요. 형. 앞으로 많이 도와줘. 편의점 지키는 것도 도와주고, 내가 또 사업 아이템이 많거든. 그런 거 좀 들어주고 조언도 좀 해주고. 예?"

그가 의외라는 듯 입가를 만지며 골똘한 표정을 지었다.

"형?"

"왜……요?"

"나 도와줄 거지?"

그가 어색한 미소를 지었다.

"뭐, 도울 게 있다면야. 하하."

민식이 잔을 들어 보였다. 그가 잔을 부딪쳐 동참해주었다.

민식은 간절했다. 외로웠다. 세상이 모두 자기를 엿 먹일 궁리만 하는 것 같았고, 밀리지 않기 위해 허세를 떨며 살았다. 비교당하지 않기 위해 마음껏 비교하며 살았다. 앞서 나가기 위해 앞장서서 무리했다. 그러나 돌아온 건 실패였고 남은 건 아무것도 없었다.

무엇보다 사람이 없었다. 아내는 남남이 되었고, 기드래곤은 뒤통수를 치고 사라졌고, 곽 씨 아저씨도 그를 실망시켰다. 누나는 평생의 라이벌이었고, 엄마는 그의 편이었으나 지금 옆에 없다.

하지만 이제 학교 선배이자 편의점 일도 봐주는 든든한 형이 생겼다. 사업도 사람부터 시작이다. 민식은 이 사람만은 반드시 내 편으로 만들어보겠다고 다짐했다.

다음 날 아침에도 민식은 편의점에 출근했다. 퇴근하는 금보 형에게 백반이나 하자고 했다. 해장해야 하지 않느냐고 형이 물었고, 술 안 먹고 잤다고 했더니 엄지를 척 올려 보였다. 민식은 단골 밥집으로 가 그와 또 마주 앉았다.

함께 밥을 먹으며 두런두런 이야기를 나눴다. 지난밤 편의점 판매 건부터 사는 동네 이야기와 대학 때의 추억, 40대 독거남의 공감대도 나눴다. 혼자 떠들다 지친 민식은 금보 형의 이야기도 듣고 싶어졌다. 살짝 부추기니 그가 속사포처럼 말을 쏟아내기 시작했다. 금보 형은 그동안의 알바 경험과 만난 사람들에 대해 구연동화 하듯 늘어놓기 시작했는데, 실로 흥미진진한 이야기였기에 민식은 숨죽이고 들어야 했다.

금보 형과 함께할 사업을 논하려 했는데 그냥 이야기만 나눠도 좋았다. 민식은 자신이 사람을 항상 목적을 갖고 대했다는 걸 느꼈다. 그냥 수다만 떨어도 이렇게 몸과 마음이 편안해지고 삶의 의욕이 생기는데! 어쩌면 민식에게 필요한 건 이런 여유를 나눌 친구라는 존재가 아니었을까?

민식은 친절하고 유창하게 대화를 이끄는 금보 형이 좋았다. 늘 바라던 든든한 형의 존재감이 느껴졌다. 금보 형과 함께라면 무너진 멘탈도 잡고 편의점도 잘 운영하고 사업도 재기할 수 있을 것 같았다.

게다가 홍금보라면 민식이 제일 좋아하는 배우인 견자단의 〈엽문 2〉에서 엄청 멋지게 나오는 배우가 아닌가. 영춘권의 견자단과 홍가권의 홍금보가 맞붙는 장면이야말로 이 영화의 백미였고, 일합을 겨룬 뒤 홍금보는 견자단의 든든한 뒷배가 되어준다. 생각해보면 처음에는 민식과 금보 형도 견자단과 홍금보처럼 신경전이 있었다. 하지만 지금은 서로를 돕고 있다. 마치 견자단을 도와주는 홍금보처럼! 민식은 이 모든 우연이 자신에게 떨어진 새로운 기회라 여겨졌다. 역시 죽으란 법은 없고 강호의 도리는 땅에 떨어지지 않는 법이었다!

다음 날도 그다음 날도 둘의 조찬 모임은 계속되었다. 친해지니 금보 형은 보통 수다쟁이가 아니었다. 게다가 깜빡이도 안 켜고 마구 충고를 던졌다. 살짝 거슬릴 때도 있었지만 그게 또 싫지가 않았다.

어쩌면 민식은 충고를 듣고 싶었는지도 모른다. 형이 동생에게 진심과 걱정을 담아 건네는 충고. 그동안 형들이라곤 양아치, 사기꾼, 건달뿐이었다. 그들은 민식을 벗겨 먹으려는 협잡을 충고랍시고 던지곤 했다. 하지만 금보 형의 충고는 전혀 그렇지 않았다.

"비교 암이거든."

"응?"

"비교하면 암 생겨. 그러니까 비교 따위 하지 말고 자기답게 살면 된다니까. 강 사장님, 아직 창창하잖아."

"비교 암이라…… 아, 진짜 머릿속에 암 들어찬 것 같아. 형."

"강 사장님도 편의점 사장 작은 일이라 생각 말아. 가게 운영하는 거야말로 사업의 기본이거든. 그리고 무엇보다 누나한테 뺏기면 너무 아깝지 않겠어? 나야 뭐 다른 일 해도 되지만 점장님이나 다른 알바들은 여기가 소중한 일터기도 하고."

"소중한 일터라, 그거 우리 엄마가 하던 말 같은데."

"안 그래도 어머니가 아주 훌륭하신 분이라고 들었어."

"선숙 이모한테?"

"음…… 이곳저곳에서. 그렇게 일관되게 평이 좋은 사람이 흔하지가 않아요. 한마디로 존경할 만한 분인 거지. 아하하."

순간 무언가 뜨끈한 것이 민식의 배에서 목으로 솟아 올라왔다. 새삼 엄마가 대단하게 느껴졌고, 그런 엄마가 아프다는 게 뼈저렸다. 민식은 서둘러 수저질을 해 올라오는 기운을 막았다. 진짜 충고를 듣고 진짜 엄마가 생각났고, 진짜 바보인 자신이 한심해 눈물이 터질 지경이었다. 엄마가 소중하게 여긴 일터를 제대로 챙긴 적이 없다는 사실이 부끄러워졌다.

간신히 식사를 마치고 휴지로 코를 풀고 나서야 벅찬 가슴을 진정할 수 있었다. 금보 형은 다 안다는 듯 사람 좋은 웃음을 지어 보였다.

"강 사장님."

"왜?"

"이제 나 그만 일하려고."

"뭐라고? 그게 무슨 말이야. 형?"

"강 사장님 자리 만들어줘야지. 하하."

"응? 나보고 야간 알바를 하라고?"

휘둥그레진 민식을 응시하며 금보 형이 고개를 끄덕였다.

"내가 생각해보니 강 사장님이 알바 직접 하는 게 진짜 신의 한 수거든. 들어봐. 일단 강 사장님이 야간 알바를 하면 누나가 열심히 가게 운영 안 한다고 꼬투리를 못 잡지. 그리고 편의점은 대개 운영자의 무상 노동력이 투입되어야 이문이 남거든. 오너 노동력 갈아 넣어야 흑자가 된다는 거야. 어서 흑자 만들어야 가게 지킬 명분 설 거 아니야?"

"편의점은 오토로 돌려야 한다던데……."

"그거야 이미 뜬 편의점 이야기고. 우리 ALWAYS는 조그맣고 장사 안 되는 곳이잖아. 마저 잘 들어봐. 어떤 가게든 사장이 시스템을 알아야 직원들이 꼼짝 못 하는 법이라고. 내가 음식점 알바 많이 해봤거든. 그 왜, 오너 셰프라고 있잖아? 오너 셰프가 하는 가게는 버틸 수 있어. 자기 노동력이 투입되니 임금 절약되고 주방장 태업

할 일도 없지. 주방장이 갑자기 월급 올려달라며 출근 안 하면 얼마나 막막한지 알아? 사장이 일을 꿰고 있으면 그렇게 못 한다고. 그러니까 강 사장님도 오너 셰프처럼 하자고. 그래야 사업이 되지."

"오너 셰프라……."

"근데 여기는 음식점이 아니고 편의점이니…… 오너 알바! 그래. 오너 알바가 되는 거라고! 하하."

금보 형이 자기 말에 자기가 흡족한지 박수를 쳐대며 뿌듯해했다.

머릿속에서 불이 확 들어왔다. 오너 알바라니, 내가 알바처럼 일할 수 있을까? 자신은 없지만 왠지 형의 말이 그럴듯하게 느껴져 민식은 어느새 편의점 조끼를 입고 선 자신의 모습을 떠올려보고야 말았다. 하지만 금보 형은 멈추지 않았다.

"마지막으로 강 사장님 지금 육체적으로나 정신적으로나 너무 무기력해. 술 줄이고 일하며 폼을 회복해야 한다고. 야간 알바! 이거 좋아. 일도 안 바쁜데 밤에 고생한다고 대접받지, 새벽에 혼자 있으면 자기도 모르게 인생을 돌아보게 되지, 그래서 생각도 마음도 정리되고…… 나도 여기서 정말 깨달은 게 많다고. 그러니까 강 사장님도 한 1년만 해봐. 1년 하며 편의점도 살리고 폼도 찾고 인생도 돌아보고 그러면—"

"그만! 설득됐어. 됐다고!"

민식이 두 귀를 막으며 외쳤다.

"근데 진짜 나 할 수 있을까? 사장인 내가 일일이 그런 거 할 수 있을까?"

"사장이 아니라니까! 오너 알바라고 했잖아. 사장이고 뭐고 일할 때는 알바가 되는 거라고."

"그리고 사실 나 이 동네 토박이거든. 아는 애들 아직도 많이 살아. 걔들 와서 나 보고 야간 알바나 한다고 비웃으면, 나 돌아버릴 거 같은데……."

"남 눈치 보면 아무것도 못하지."

"그래도 친구들한테 소문나고 비교되면…… 아이씨, 비교 암이랬지. 암 걸린다. 진짜."

"비교도 걱정도 하지 마시라니까."

민식이 고개를 끄덕였다.

"형은 뭐 할 건데?"

"나도 내 거 해야지."

"뭔데? 뭔 꿍꿍인데?"

"오너 알바 하면 차차 말해줄게."

"혹시 나 배신하려는 거야?"

"나 의리의 홍금보. 강 사장님은 견자단이라며? 우리 사이에 그런 단어는 존재하지 않지."

"진짜 형 나 상처 많아. 나 도와줘야 해."

"돕고말고! 강 사장님은 내 특별히 일주일간 인수인계해줄 테니 내일부터 저녁 열 시까지 편의점 나와. 오케이?"

그리하여 민식은 일주일간 금보 형과 밤의 편의점에서 시간을 보내게 되었다. 밤에 안 자고 낮에 자던 터라 생활 리듬은 바로 적응되었다. 형과 편의점 주전부리를 먹으며 수다를 떠는 새벽은, 나쁘지 않았다. 손님이 오면 접객을 배우고 물건이 오면 진열을 배웠다. 단순한 일을 반복하니 오히려 마음이 편했고 그게 자신의 가게 일이라고 생각하니 자부심도 들었다.

무엇보다 편의점 일을 직접 하게 된 뒤로 선숙 이모와 누나의 태도가 바뀐 게 느껴졌다. 금보 형의 말대로 오너가 직접 일을 하니 좀처럼 딴지를 걸지 못했다.

손님들도 마찬가지였다. 취객 하나가 민식을 만만한 알바로 보고 진상을 떨던 날, 그는 내가 사장이고 내가 너한텐 껌 하나 안 판다며 포효했다. 그렇게 취객 진상을 내쫓고 돌아선 민식을 향해 금보 형이 손가락으로 오케이 표시를 만들어 보였다.

마지막 날 아침, 용문시장 해장국집에서 식사를 하며 금보 형은 자신의 전임자와의 송별 자리도 여기였다고 말했다. 그러면서 휴대폰을 꺼내 곽 씨 아저씨가 보내준 사진을 보여줬다. 경비원 제복에 마스크를 썼지만, 민식이 아는 곽 씨 아저씨 그대로였다. 매서웠던 눈빛은 오간 데 없고 평온한 얼굴로 경비실 의자에 기대앉은 모습이 근사해 보였다.

민식은 곽 씨 아저씨랑 연락하듯이 자기랑도 연락해야 한다고 엄포를 놨다. 금보 형은 귀찮을 정도로 자주 할 거니 차단지나 말라며 특유의 웃음을 터뜨렸다. 아하하. 하하. 하하.

시원섭섭했다. 형과 같이 즐겁게 지내던 편의점에서 이제 홀로 밤을 보낼 걸 생각하니 벌써부터 지루한 기분이 들었다.

"형은 새벽에 혼자 있을 때 뭐 했어?"

민식이 물었다.

"생각했지. 이것저것."

금보 형이 답했다.

"무슨 생각 많이 했어?"

민식이 물었다.

"……엄마 생각. 새벽의 편의점은 엄마 생각하기 좋아."

금보 형이 답했다. 민식은 말없이 고개를 끄덕였다.

여름이 끝났다. 난류와 한류가 섞이듯 가을밤의 따스하면서 선선한 기운이 밤의 출근길을 기분 좋게 만들어주었다. 자기 가게에 알바하러 가는 기분은 늘 묘했다. 오너 알바라는 금보 형이 만든 요상한 직책이 민식을 특별하게 만들어주는 듯했다.

딸랑.

밤 열 시다. 근무 조끼를 입고, 시재 점검을 하고, 저녁 알바 학생에게 인수인계를 받은 뒤 검수를 끝낸 센터 물류들을 정리한다. 열한 시가 되면 신선식품이 들어오고, 자신이 요청해 들인 신상품을 확인하면 일이 제대로 돌아간다고 느껴져 뿌듯하다. 그리고 그 상품이 잘 팔리면 성취감이 들고 일의 재미를 만끽한다.

새벽이 되고 편의점에 고요가 찾아오면 오히려 머리가 맑아졌다. 민식은 상념에 잠긴 채 그 시간을 보내며 자신의 인생이 얼마나 뒤죽박죽이었는지 돌아보았다. 진열대에 물건을 정돈하듯 그는 엉망이 된 기억 속 오와 열을 맞췄다. 그러던 중 엄마가 빌라를 떠나 양산 이모네로 간 게 코로나 때문이 아니란 걸 불현듯 깨닫게 되었다.

엄마는 기저질환이 있었다. 엄마는 코로나를 두려워했다. 엄마는 그래서 이모네로 떠났다.

그건 엄마의 핑계였고 민식의 자기합리화였다.

엄마는 민식과 함께 지내는 게 힘들어 떠난 것이었다. 그는 이제 명확하게 알 수 있었다. 자신이 두 해 전 겨울에 다짜고짜 엄마의 빌라로 왔고, 맥주 사업을 한다고 설치고 다니고, 편의점을 팔자고 엄마를 들볶은 것을. 엄마 집에서 삼시 세끼 꼬박 받아먹으며 사업 자금 지원 안 한다고 투덜댄 것을 기억해냈다.

고통스러웠다. 죄스러웠다. 어떻게든 되돌려야 했다.

근무를 마친 어느 날 아침, 민식은 엄마에게 전화를 걸었다. 엄마에게 '오너 알바'로 한 달째 야간 근무 중이라고 말했다. 엄마는 이미 소문 다 났다며, 네가 잘하고 있어 기쁘다고 했다. 민식은 백신 2차까지 맞으셨냐고 물었다. 엄마는 2차는 좀 아팠는데 그래도 이제 괜찮다며, 그런 것도 물어보고 기특하다고 또 칭찬을 했다.

민식은 떨리는 목소리를 다잡으며 말했다.

"엄마. 이제 돌아와."

엄마는 말이 없었다.

"내가 데리러 갈게. 내일이라도 당장. 내가 이제 낮에 자고 밤에 일하러 가니, 엄마랑 집에서 마주칠 일 별로 없어. 엄마, 나 이제 편의점 도시락도 잘 먹어. 밥 차려줄 것도 없고 가게 팔겠다고 설치지도 않을게. 그러니까 이제 돌아와. 내가 데리러 갈게. 웅?"

여전히 전화기 너머에는 침묵이 그득했다. 민식은 울먹임이 저 너머로 들리지 않게 이를 악물었다. 그때 엄마의 차분한 목소리가 들려왔다.

"데리러 갈게 아니고, 모시러 갈게라고 해야지."

"으웅. 모시러 갈게. 엄마 모시러 갈게요!"

이번에도 짧은 침묵이 흘렀다. 잠시 뒤 다시 엄마의 목소리가 들려왔다.

"어서 오렴."

ALWAYS

아들과의 전화를 끊고 나서 잠깐 휘청했다. 다행히 벽을 짚은 뒤 천천히 걸음을 옮겨 베란다로 향했다. 베란다에 놓인 갈색 캠핑 의자에 앉으니 녹음으로 가득한 정원이 한눈에 담겨왔다. 지난해 여름에도 여기서 이 아름다운 정원을 바라보던 기억이 났다. 아들의 전화를 기다리며. 하지만 아들은 정원 끝 감나무가 가을의 결실을 뽐낼 때도, 낙엽이 쌓인 정원에 하얀 눈이 내려앉을 때도 연락이 없었다. 안 풀리는 삶에 지쳐 자포자기한 걸까? 코로나 후유증으로 여전히 몸이 불편한 걸까? 마음 나눌 사람이 곁에 없어 답답한 걸까? 아니면 잔소리 많은 엄마가 옆에 없어서 편한 걸까?

수많은 질문과 그 질문에 담을 마음의 소리가 있었지만 나는 침묵했다. 그것이 아들을 위해서인지 나 자신을 위해서인지 모르겠다. 다만 우리 둘 모두 고난의 계절을 보내고 있다는 점은 분명했다. 1년 하고도 4분의 1의 시간 동안 나는 이곳에서 혼자 아닌 혼자가 되어가고 있었다. 비대면의 시절 때문만은 아니었다. 진즉에 필요한 날들이었으나 챙기지 못해 결핍된, 어떤 성분이 담긴 시간에 온몸을 담가야 했다.

네 해 전 남편의 장례를 치른 뒤 나는 하루하루를 평소와 같이 살기 위해 온 힘을 써야 했다. 평범한 삶을 지키기 위한 노력이랄까, 일상을 영위하기 위한 안간힘이랄까? 편의점을 차린 것도 어떻게 보면 분주히 보내야 하는 날들이 필요해서였다. 24시간 내내 불 켜진 그곳이 방범 초소인 양 내 삶을 호위하길 원했다. ALWAYS편의점이 남편의 빈자리를 그 이름처럼 '언제나' 채워주길 희망했다.

팬데믹이 세상을 멈추게 하고 나서야 나는 맹목적으로 지속했던 그 시간들에 제동을 걸 수 있었다. 그즈음 편의점의 밤을 지키며 자신을 찾은 한 남자에게도 영향을 받았다. 나는 독고라는 사내의 용기에 감화되었다. 그는 내게 도움을 받았다며 감사해했지만 나 역시 그를 통해 정체된 삶에서 벗어날 기운을 얻었다. 어쨌거나 삶은 계속되고 있었고, 살아야 한다면 진짜 삶을 살아야 했다. 무의식적으로 내쉬는 호흡이 아니라 힘 있게 내뿜는 숨소리를 들으며 살고 싶었다.

폐잔병의 몰골로 이들이 내 스무 평 공간을 찾아온 건 두 해 전이었다. 그럴 때 필요한 게 엄마이기에 따뜻하게 아들을 받아주었다. 마흔이 다 된 나이에 여전히 엄마를 필요로 하는 아들을 보면 애잔

하고 힘이 되어주고 싶었다. 동시에 매사 불만 가득한 태도나 실체가 없는 허랑방탕한 일을 꾸미는 꼴에는 넌더리가 났다. 아들에게서 남편의 실망스러운 모습을 발견할 때는 진저리가 쳐졌고, 그걸 용케 발견하는 스스로에게도 짜증이 일었다.

봄이 되고 코로나가 점차 확산되어가는 동안 인내심도 한계에 다다르기 시작했다. 남편의 빈자리와 아들의 새 자리가 도저히 적응이 되지 않았고, 묵인하며 지나온 스스로의 응어리진 마음을 돌아봐야 했다. 나는 용기를 냈다. 다행히 언니와 조카가 받아주었다. 그것이 내가 지난 1년 하고도 한 계절을 이곳 양산의 전원주택에서 머물게 된 이유였다.

이곳에서 나는 숨이 좀 트였고, 지친 마음을 돌아볼 수 있었고, 묵은 생각을 꺼내 햇살에 말릴 수 있었다. 스스로를 옥죄는 문제들을 외면하기보다 공존하는 법을 터득해 나갔다. 전원주택에 끊이지 않는 벌레들을 모조리 살충할 수 없는 것처럼, 인간으로서 살며 얻어가는 불편하고 곤란한 일들을 받아 안고 사는 법을 체득해갔다.

평안. 평안은 문제가 해결되어서가 아니라 문제를 문제로 바라볼 수 있어 가능했다. 늘 잘해왔다 여기기 위해 덮어둔 것을 돌아보았고, 부족한 내 모습을 바라보기 위해 애썼다. 호수에 유유히 떠 있는 오리가 수면 아래서 분주히 발을 놀리는 것처럼, 평안을 위해 부지런히 자신의 상처를 돌보고 마음을 다스려야 했다.

"통화하는 것 같던데."

돌아보니 언니가 열린 현관문 앞에 선 채 나를 살피고 있었다. 허리가 굽어 작은 키가 더 작아 보였지만, 형형한 눈빛과 풍성하고 치렁치렁한 백발 덕에 언니는 판타지 영화에 나오는 천년 요정처럼 보였다. 손목시계를 보니 오전 열 시. 티타임이다. 언니가 다짐이라도 받듯 눈을 깜빡이고는 집 안으로 들어갔다. 나는 자리에서 일어났다.

크다고도 작다고도 할 수 없는 크기의 거실. 한쪽 벽은 벽난로가 채우고 있고 다른 쪽은 정원이 보이는 창이다. 나머지 한 쪽을 채운 장식장은 책장으로 변해 온갖 책들이 꽂혀 있다.

한 번도 쓰이지 않은 벽난로는 몇 해 전 죽은 형부를 떠올리게 한다. 언니의 말에 따르면 이 집에서 형부가 가장 공을 들인 부분이 저 벽난로라고 했다. 이곳에 입주하자마자 형부는 벽난로를 가동하기 위해 어서 겨울이 오길 기다렸다는데, 정작 본인은 사용해보지도 못하고 그해 가을 낙상 사고로 숨을 거두었다. 삶이란 때론 그런 것이다. 살 만큼 살았으면 우리를 기다리는 것은 죽음이지 열망하는 무언가가 아닐지도 모른다.

거실 중앙에는 한옥 나무 창틀을 활용해 만든 테이블이 놓여 있고 주변으로 언니가 재가공한 것이 분명한 조각보 모양 방석들이 둘러져 있다. 나는 지정석이 된 창을 등진 자리에 앉았다. 언니는 맞은편 주방 쪽에서 오늘분 차를 담는 데 집중하고 있었다.

"안녕, 이모."

물 끓는 소리에 2층에서 내려오는 조카의 발소리를 못 들었나 보다. 해인은 잠옷으로 짐작되는 헐렁한 반팔 티셔츠에 반바지 차림으로 내 오른편에, 그러니까 벽난로를 등지고 앉았다. 뒤이어 하품. 큰 입은 더 커 보이고 새집 지은 머리는 딱 어릴 적 모습을 연상케 한다. 저 머리를 땋아주고 입가의 침을 닦아주던 게 엊그제 같은데 어느새 마흔이 넘었다니, 나는 감당키 힘든 시간의 속도를 떠올리며 새삼 숙연해질 수밖에 없었다.

딸과 같은 나이라 비교도 많이 되고 함께 다니기도 많이 다녔던 해인은, 공대 박사이자 싱글이며 엄마와 함께 산다. 엄마 즉 언니에게 해인이 돌아온 건 3년이 채 안 됐다. 형부가 죽고 혼자 지내는 엄마와 살림을 합친 것인데, 여러모로 민식과 비교되었다. 민식은 남편의 장례를 치르자마자 사업이 바쁘다며 사라졌고 2년 전 망해서 돌아왔다. 갈 데가 없어 엄마 신세를 지기 위해.

반면 해인은 혼자 지내는 엄마가 신경이 쓰여 모든 걸 정리하고 이곳에 온 것이었다. 내가 그 점을 칭찬하자 해인은 안 그래도 힘든 서울 생활 때려치우고 엄마한테 빌붙은 거라고 너스레를 떨었다. 그 말 속에 담긴 배려와 유머에 조카가 대견하고 언니가 부러웠던 기억이 다시금 떠올랐다.

언니가 다기 세트와 주전자를 담은 찻상을 들고 왔다. 테이블에 내려놓자 해인이 공정을 이어받듯 자연스럽게 차를 우리기 시작했다. 살펴보니 보이차였다. 언니는 매일 다른 차를 준비했고 그때마다 이유가 있었다. 날이 흐리면 홍차, 비가 내리면 녹차, 봄이 왔으니 꽃차, 새 달이 시작됐으니 루이보스차 등. 나는 그게 언니의 성격을 상징한다고 느꼈다. 매사에 꼼꼼하고 계획을 짜야 하는 나와 달리 언니는 기분에 따라 행동했고 즉흥적이었다. 우리 둘은 거의 모든 게 달랐다. 중키에 덩치도 있는 나와 달리 언니는 자그마했고 날씬했다. 매사에 똑똑하다 칭찬받은 나에 비해 언니는 공부는 별로였지만 사람을 유쾌하게 하는 매력이 있었다. 시대에 맞게 태어났다면 연예인이 되어도 좋을 재목이었다. 거기에 더해 요리와 살림에 젬병인 나와 달리 살림도 잘했고 생활력도 강했다. 부동산 사업에 뛰어들어 고점과 저점을 무한 반복한 형부에게서 그나마 이 전원주택을 지킬 수 있었던 건 언니의 야무진 살림 실력 덕이었다.

"하숙생 먼저 받으시지."

혼자 생각 그만하라는 듯 언니가 말했다. 나는 해인이 따라준 보이차를 들었다. 잔을 채운 따뜻함이 손으로 전해졌고, 짙은 향취가 코끝부터 적셔왔다. 나는 차가 식기를 기다리며 잔을 든 채 상념에 젖어 들었다.

하숙생.

이곳에 내려왔을 때부터 언니는 나를 하숙생이라 칭했다. 내려오자마자 내 몫의 생활비를 내겠다는 제안을 그녀는 몇 차례 거절했다. 계속된 나의 요청에 결국 언니는 생활비를 받는 대신 열심히 공부하라는 숙제를 내줬다. 난데없이 양산 시골에서 무슨 공부를 해야 할지도 모른 채 나는 밥을 얻어먹는 하숙생이 되었다.

보름에 한 번 조카의 차를 얻어 타고 양산 시내 도서관에 가 책들을 빌려 왔다. 독서는 공부하는 것처럼 보이기 좋은 행동이었고, 나는 관심 분야를 찾아 탐독하기 시작했다. 말하자면 무슨 공부를 할지에 대한 공부였다. 한편으로 영어 공부도 재개했다. 영어 공부는 치매 예방과 꿈을 위한 준비라는 두 마리 토끼를 잡는 일이기도 했다.

하숙생인데 정작 밥은 혼자 먹는다는 게 재미있었다. 내가 이곳에 내려오기 전부터 언니와 조카 사이엔 식사는 알아서 한다는 규칙이 잡혀 있었다. 가족은 식구이고, 당연히 하루에 한 끼는 같이 식사를 해야 한다는 고정관념이 내게 있었다. 언니는 그건 고리타분한 생각이라며 밥은 각자 알아서 먹는 거라고 했다.

그도 그럴 것이 해인은 채식주의자이고 언니는 간헐적 단식이라며 하루에 한 끼만 먹었다. 하루 세 끼를 온 쪽으로 챙겨 먹던 나는 적응이 힘들었으나, 곧 미리 만들어놓은 반찬과 밥으로 혼자 먹는 법을 배우게 되었다. 두 끼만 먹는 채식주의자와 간헐적 단식가와 함께 지내다 보니 어느새 나도 삼시 세끼 습관을 버리고 두 끼만 먹게 되었다. 아침 아홉 시경에 첫 끼를 먹고 오후 네 시경에 둘째 끼를 먹었다. 처음엔 저녁의 허기가 빈혈이라도 온 듯 몸을 흔들었다. 시간이 흐르자 적응하게 되었는데 시골의 밤은 돌아다니기도 위험하고 딱히 할 게 없어 여덟 시경이면 잠을 청할 수 있기 때문이었다. 그러니까 허기를 느끼기 전에 잠들면 되는 거였다. 게다가 아침의 급격한 허기는 곧 몸이 가볍다는 느낌으로 치환되었고, 혼자 먹는 아침의 한 끼는 그렇게 맛있을 수가 없었다.

그리고 오전 열 시의 티타임. 하루 한 번 마주치는 모녀의 규칙이었고 나 역시 제일 좋아하는 시간이었다. 언니와 조카도 초반에 함께 살면서는 부딪히기 일쑤였다고 했다. 식사 문제를 정리하자 청소와 빨래, 개 산책과 정원 가꾸기, 시내 업무와 장보기 등 모든 분야에서 티격태격했다. 심지어 휴대폰 벨 소리 크기 가지고도 둘이 하루 종일 싸웠다고 하니…… 내 배에서 나온 사람이건, 내가 나온 배를 가진 사람이건, 사람은 각자일 따름이었다.

언니는 그때를 회상하며 말했다.

"각자를 자각해야 각각이 되는 거야. 가족이자 각각이어야 오래 갈 수 있는 거고."

그런 의미의 연장선에서 언니가 나를 하숙생이라 불렀을 것이다. 각자로서의 감각을 잃지 말라고. 혈육이지만 서로의 분별을 잊지 말자고. 나는 그런 합의를 이끌고 그 규칙을 지키려 노력하는 언니와 해인의 모습에 경외감이 들었다. 그래서일까, 두 사람 관계의 상징과도 같은 오전 열 시의 티타임이 유독 특별하게 느껴졌다.

차를 마셨다. 보이차는 여기 와서 처음 마셔봤다는 게 억울할 정도였다. 서울에서는 늘 커피 아니면 티백 녹차나 둥굴레차를 마셨다. 보이차는 중국차라는 것 정도만 알았지 딱히 관심을 두지 않았는데, 이곳에 오고 다양한 차를 마시며 취향이 좀 더 가다듬어졌다.

보이차는 확실히 내 취향이었다. 루이보스는 사우나탕의 물을 우린 것 같아 별로였다. 같은 꽃 베이스였지만 말린 꽃차보다는 기성 제품 캐모마일차가 좋았고 홍차는 우유를 넣어 마실 때만 마음에 들었다. 언니와 조카의 차 취향 역시 제각각이었다. 하지만 '오늘의 차'는 언니가 주는 대로 마시는 게 규칙이었다. 이 집의 세대 주인 언니에 대한 딸과 하숙생의 최소한의 존중이랄까, 그런 암묵적인 룰이 우리에게 있었다.

"오늘 날씨가 뜨끈한 게 딱 루이보슨데 내가 양보했어."

나는 대답 대신 가만히 차를 비웠다.

"티타임의 독재자께서 웬일로 양보의 미덕을 발휘하셨대?"

해인이 그렇게 말하고는 내 찻잔을 새로 채워주었다.

"쟤 얼굴 아침부터 심란한 게, 보이차로 진정시켜야겠더라고."

나는 입으로 잔을 가져가려다 멈추고 언니를 지그시 응시했다. 그녀가 털어놓으라는 듯 눈짓을 했다. 괜히 티타임의 독재자라 불리는 게 아니었다. 오전 열 시의 티타임은 차를 마시는 자리이기도 하지만, 아침의 수다로 서로의 일과를 나누는 자리이기도 했다.

"민식이한테 전화가 왔네."

그럴 줄 알았다는 눈빛으로 언니가 고개를 끄덕였다. 해인은 안 그래도 큰 눈이 더 커졌다.

"이모. 걔 정신 차렸나 보구나. 전화를 다 하고, 그것도 이 아침에."

"그러게다."

답을 하는 입가가 잠시 실룩였다. 정말이지 맨정신에, 그것도 녀석이라면 한창 잠에 들어 있을 아침에 걸려온 전화였다. 오 점장을 통해 아들이 야간 알바를 한다는 말을 들었지만, 얼마 못 가 그만둘 거라 생각했다. 그런데 한 달째 꾸준히 일한다는 말을 들었을 때는 기대감이 생겼고, 오늘 전화를 받고는 심장이 뛰었던 게 사실이다.

"엄마 이제 올라오래? 그래서 심란한 거지? 맨날 밥 얻어먹다가 가서 밥해줘야 할 거 생각하니. 그치?"

언니의 짓궂은 질문에도 나는 웃으며 반응할 수 있었다. 보이차 때문인지 방금 떠오른 아들의 술 안 취한 목소리 때문인지 알 수 없었다.

"심란하지. 하숙생 생활 좋았는데. 내일 모시러 온다네."

"엥? 그럼 이모 진짜 졸업? 아, 그거 서운한데……."

"서운하긴. 속이 다 시원하다. 백신도 2차까지 맞았는데 뭔 핑계로 안 가고 있나 답답했거든."

"부스터 샷까진 맞고 가려고 했는데, 언니도 그리 생각하니 이제 가지요."

"이모 있어 엄마랑 덜 싸웠거든. 엄마 멘탈에 이모가 도움이 되는데." 해인이 장난기 어린 표정으로 말한 뒤 내 손을 잡고 덧붙였다. "민식이 이번엔 일찍 와 밥 먹고 올라가라 그래요."

"저번에 너만 내려놓고 휙 가버렸을 때 내가 아주 화가 머리끝까지 났다 그래. 이번에도 너 태우고 올라가기 바쁘면, 차바퀴에 못 박아버린다고 전해."

언니가 마치 민식이 옆에 있는 것처럼 말했다.

"안 그래도 여기 음식 자랑 많이 했어. 걔가 그때는 넋 나간 때라 그랬지, 원래 밥 잘 챙겨 먹는 애야."

"티타임도 하고 가."

언니가 다시 못 박듯 말했다.

"아이고, 알았다고. 근데 내일 와야 오는 거지. 나도 아직 실감이 안 나."

"이모, 그렇긴 하겠다. 걔가 좀 즉흥적이지. 우리 엄마처럼."

"넌 꼭 말을 해도. 조동아리 저거."

"엄마. 오랜만에 운행 좀 할까? 이따 이모 좋아하는 막걸리랑 나 좋아하는 도토리묵 사 올게. 파전도 해줄 수 있지? 그러니까……송별회?"

"그건 좋네."

"거봐. 즉흥적이지. 오늘 정원 잡초 뽑아야 한다며."

"그깟 잡초, 하루 더 자라봐야 잡초. 송별회는 중요한 거야. 왠지 송별회 해야 영숙이 아들놈이 올 거 같거든."

"그건 그러네."

모녀의 대거리가 재미있어 실실 웃음이 흘렀다. 동시에 언니의 파전과 조카의 특제 소스 도토리묵이 생각나 군침이 돋았다. 말마따나 송별회를 하면 확실히 아들이 올 것 같아 한시라도 빨리 음식을 차리고 싶어졌다.

조카가 운전하는 차를 타고 가까운 농협 하나로 마트로 향했다. 시골에서 지내보니 농협 하나로 마트야말로 동네 상권의 중심이었다. 편의점은 가뭄에 콩 나듯 있었고 그나마도 밤새 운영하는 곳은 없었다. 24시간 편의점의 유무. 이것이야말로 도시와 시골의 차이인 듯했다.

해인은 먹고 싶은 식재료를 노래하듯 나열하면서 능숙하게 낡은 트럭을 추월해 나아갔다. 조카가 없으면 언니는 이 외진 전원주택에서 살 수 없을 것이다. 부산과 경남 지역 대학 출강만으로는 해인 역시 생계가 쉽지 않았기에 언니의 도움이 필요했다. 나는 두 사람이 장기간에 걸쳐 이룬 공생관계가 부러웠다.

"어휴, 이모 가면 또 엄마가 나 들볶을 텐데……."

"너희 같은 모녀 관계가 어디 있다고 그러니. 룸메이트같이 그렇게 지내는 게."

"알잖아요. 우리가 얼마나 힘들게 이런 거리 감각을 가지게 됐는지. 본질적인 건 안 변하는 게, 우리 엄마가 개띠고 내가 양띠야, 이모."

"그러네. 언니가 46년 개띠고, 넌 민정이랑 같으니까."

"그러니까 이모, 엄마는 나만 보면 어쩔 수 없이 양몰이 개가 되는 거거든. 상성이 그래."

"참 나. 넌 유학까지 다녀온 공대 박사가 무슨 그런 미신을 믿니?"

"그 유학도 말이야, 내가 목양견을 피해 유일하게 울타리를 넘어간 거라고 하더라고. 그리고 신기한 게 유학 간 호주가 양털로 유명한 곳이잖아요. 양털 깎기 쇼도 봤다니까. 휴. 근데 결국 엄마 목장으로 돌아와 이렇게 납작 엎드려 풀만 뜯게 된 거죠."

"양띠라 채식주의자가 된 거니?"

"아니. 그건 아니고요. 풋."

유머가 썰렁했는지 해인이 코웃음을 쳤다.

"근데 이모는 민정이랑 어때요? 내가 보기엔 민식이보다 민정이랑 더 안 맞는 거 같으시던데."

나는 잠시 숨을 가다듬으며 말을 골라야 했다.

"살가운 모녀 관계는 아니지. 너랑 언니처럼 상호 보완적 관계도 아니고. 다만 민정이야 자기 앞가림 잘하고…… 민식이는 여전히 내가 필요한 거 같아."

"이모, 한 가지만 말씀드릴게."

"응? 뭔데?"

"경제권은 절대 놓지 마요. 자식들 미리 물려줘도 이모 안 돌봐."

"알았다."

"나 봐요. 엄마가 집 있고 돈 있고 그러니 와서 잘하잖아."

"아니야. 너랑 언니는 뭔가 그 다른 듯 닮은 듯하면서 호흡이 좋아."

"뭐, 목양견이랑 양도 서로 없음 안 되는 사이니까. 히히."

해인과 함께 마트에서 장을 보고 돌아오는 차 안에서도 여전히 자식들 생각을 떨칠 수가 없었다. 언제나 나를 닮은 딸 민정을 아꼈다. 공부도 잘하고 야무지고 무엇보다 대찬 구석이 있어 크게 될 거라 기대했다. 반면에 민식은 그런 누나와 어쩔 수 없이 비교되었고, 그게 싫었던지 엇나가기 일쑤였다. 그때 잘 달랬어야 하는데 엄격한 교육자로 길들여진 내 행동은 아들에게도 원칙만을 강조했고, 점점 간극이 벌어지기 시작했다. 무엇보다 남편을 닮아 과시욕이 크고 밖으로 싸돌아다니는 것이 영 마음에 들지 않았다. 반면 남편은 아들이 남자답고 호기가 있다고 감싸고돌았고, 자연스레 집은 엄마와 딸, 아빠와 아들 구도가 되었다.

지나고 나서야 알게 되었다. 젊은 날의 자신이 얼마나 완고했는지를. 완벽과 원칙을 강조했고, 잘 따라온 딸에게는 상을 주고 아들에게는 벌 아닌 벌을 주었다는 것을. 딸에게 해준 격려를 아들에게 반만이라도 해줬다면 어땠을까? 아들의 마음을 이해하려는 노력을 조금만 더 했더라면 어땠을까? 물론 그것은 지금도 유효한 일이다. 여전히 힘들지만 다시 곧 마주해야 할 일이다.

마지막이라고 생각하니 하숙집으로 돌아오는 길이 새삼스러웠다. 인생 처음이자 마지막인 은둔 생활. 삶의 큰 쉼표. 이곳이 있기에 가능했고, 이들이 있기에 가능했다. 언니와 개와 함께 산책을 다니던 오솔길. 조카와 함께 올랐던 살구나무 많던 뒷동산. 여름에 수박을 담가놓았다 꺼내 먹던 건넛마을 계곡. 모두 잊지 못할 것 같다. 자연과 자연을 닮은 사람들과 함께 보낸 시간이 얼마나 마음과 몸에 치유를 가져오는지를, 도시에서만 살던 나는 간과했다. 철이면 철마다 산과 바다로 등산과 낚시를 다니던 남편의 행동이 얄미워서였을까, 좀처럼 나는 도시를 벗어나기 싫어했다. 하지만 이제는 자연에 스며들 수 있게 되었고, 슬며시 기댈 수 있게 되었다.

집에 들어서자마자 풍겨오는 고소한 냄새를 맡으니 광대가 절로 실룩였다. 언니의 야무진 손맛으로 완성된 음식을 즐기는 것도 내일이면 끝이다. 나는 잰걸음으로 다가가 언니가 만들어놓은 파전을 손으로 뜯어 입에 가져갔다. 체면도 없이 우적우적 씹어대는 나를 보며 기가 차다는 듯 언니가 입을 벌렸다. 조카도 나를 따라 손으로 파전을 뜯었다.

내가 막걸리를 땄고 조카가 도토리묵을 무치기 시작했다. 언니가 내가 따라준 막걸리를 마시며 파전에 이어 김치전을 부쳤다. 조카가 창을 열고 요즘 유행이라는 퓨전 국악을 틀었다. 양악기와 타령의 조화가 절로 흥을 불러일으켰고, 음식 맛을 돋우어주었다. 요리와 음주와 수다가 동시에 이루어지는 이 주방이 바로 송별회 자리였다.

"나 자연이 좋아진 거 같아."

두 사람이 슬며시 웃었다.

"이모, 이제 지네 보고도 식겁하지 않아?"

"지네는 그래도 무섭지."

"풋. 아직 멀었구만. 지네를 보면 저놈을 잡아 말려 약재로 쓸 생각을 해야 경지인 거야."

"그건 모르겠고. 난 남편이 수렵채집 본능이 있어 맨날 산으로 바다로 쏘다닌 줄 알았는데…… 그냥 자연이 좋은 거였더라고."

"자연도 좋고 애인도 좋아서 그런 거 아닐까?"

"으이구. 그 사람이 속 많이 썩였어도 그럴 위인은 못 돼. 결정적으로 여자들에게 인기가 없어. 맨날 친한 형님 아우 타령이었지."

"이모는 이모부 어디가 좋았어요? 우락부락하고, 맨날 밖으로 돌아다니고, 말썽도 많이 피웠다며?"

"일단, 그 사람이 나를 좋아해줬고, 약속대로 공무원 정년을 지켰고, 그리고…… 에휴, 모르겠다. 다 늙어서 기억도 안 나."

기억이 안 난다고 말하고 나니 잠시 조심스러워졌다. 치매 기운 때문이라고 덧붙이려다가 참길 잘했다 느꼈다. 언니와 조카도 입을 닫았고 잠시 침묵이 이어졌다. 나는 서둘러 아무 말이나 꺼냈다.

"언니는 형부 어디가 좋았던 거요?"

"없어. 안 좋아했어."

"아이고."

"이모. 우리는 아빠 얘기 별로 안 좋아하잖아."

"그래. 내가 괜한 말을 했네."

나는 손사래를 쳤다.

"맨날 혼자 화내고 혼자 열 터지고."

언니가 툭 던졌다.

"그리고 자긴 뒤끝 없다며 우리한테 뭐라 하고."

조카가 맞장구쳤다.

"네 남편이 마초라면 내 남편은 폭군이었지. 세상이 자기중심으로 돌아가야 흡족해하는. 그러니 남의 마음 헤아릴 줄을 몰라."

"아유, 그만합시다. 저세상에서까지 욕먹을 필요 있나. 해인아, 넌 마지막 연애가 언제야? 남자 생각은 안 해?"

나는 화제를 돌리려 애써보았다.

"이모. 내가 엄마랑 이모보다 남자 보낸 지 오래야. 나 5년 전이 마지막이야. 그리고 남자 생각 있으면 여기 안 들어왔지."

"애는, 여기가 무슨 수녀원이냐. 나는 괜찮은 할배 있으면 데이트는 하고 싶더라만. 시골이라 도무지 찾을 수가 없네."

"언니. 서울에도 괜찮은 할배 없어. 괜찮은 남자는 늘 품절이거든."

"엄마. 그냥 나랑 살자. 여기는 금남이야."

"너도 포기하지 마. 요새는 인터넷으로도 연애한다며. 그리고 한 번 사는 인생 결혼 한번 해보는 것도 좋아. 해보고 아니다 싶음 돌아오면 되고."

"휴. 엄마야말로 내가 포기한 거 포기 못 하게 하려는 거, 포기해줄래!"

"그마안! 나 서울 가면 너랑 네 엄마 대거리한 것만 생각날 거 같아."

나는 막걸리 잔을 들었다. 두 사람도 나를 따라 잔을 들었다.

그날 밤 나는 묘한 만족감에 젖어 잠을 청했다. 행복했냐고? 모르겠다. 행복은 바라지도 않는다. 삶의 순간순간에 만족하는 찰나가 잦길 바랄 뿐이다. 같이 있는 동안 언니는 내가 예전보다 느슨해져서 좋다고 했다. 사실 언니와도 같이 지낸 게 수십 년 만이라 걱정이었는데, 그동안 둘 모두 늙고 닳아 여유가 생겼는지 서로를 용인할 수 있었다. 너처럼 의지가 강한 사람은 늙어서도 고집쟁이가 된다는데, 생각보다 유들유들해져 다행이라고 한 말은 좀 거슬렸지만. 고집은 자기도 못잖았으면서!

나는 상경해 받을 과제에 대해 생각했다. 언니와 조카의 삶에서 배운 대로 아들과 효율적인 공생관계를 맺을 것. 딸과도 공감 가는 대화를 나누도록 노력할 것. 편의점 일도 일정 시간을 맡아 책임질 것. 그리고 제대로 된 치매 예방 치료를 시작할 것.

긴 은둔 속 휴식은 끝났고 이제 다시 전쟁터 같은 도시로 돌아가야 했다. 하지만 그게 그리 싫지만은 않았다. 도시에서의 삶이야말로 내 전부였고, 날 기다리듯 언제나 밤새 불을 밝히고 있는 일터와 사람들이 있기 때문이었다.

전원의 밤이 깊었다. 잠들어야겠다. 잠에서 깨면 아들이 오고 있을 것이다.

"이모 손 왜 그리 큰 거야? 배 찢어지는 줄 알았네."

전원주택 단지를 벗어나 국도로 진입하며 민식이 혀를 내둘렀다.

아들아, 배가 그렇게 나왔으니 무얼 먹어도 찢어질 판이 아니겠니? 오랜만에 본 아들의 배가 남산만 해진 것에 먼저 놀랐고, 그에 비해 얼굴은 폭삭 늙어 완연한 중년이 된 것에 또 놀랐다. 나뿐 아니라 언니와 해인이도 적잖이 놀랐는지, 장난기 많은 두 사람이 아무도 민식의 외모 상태에 대해 농담을 던지지 않았다.

"그래도 맛있지 않니? 엄마 여기서 이모 손맛 좀 배워볼까 했는데 절대 못 따라가겠더라."

"엄마. 난 그래도 엄마 계란말이가 최고야."

민식이 엄지를 들어 올리며 웃었다. 그러자 절로 가슴이 따뜻해지며 미소가 번졌다. 아들이지만 막내여서 애교도 있고 붙임성도 좋았다. 장점이 많은 아이였는데 잘못하는 것만 많이 혼낸 것 같아 다시금 미안한 마음이 들었다. 그저 서울에 가면 계란말이를 자주 해줘야겠다고 다짐했다.

경부고속도로에 접어들자 민식이 속도를 내며 집중하는 게 보였다. 방해하지 않기 위해 나는 침묵을 지켰다. 하지만 추월차선과 주행차선을 마구 오가며 욕도 내뱉는 아들의 운전에 걱정과 짜증이 치밀었다. 지적을 하려다가 말고 꾹 참았다. 아들은 여기까지 나를 데리러 왔는데, 여기서 이걸 뭐라고 하면 본인도 서운하겠지. 하지만 이제 거친 운전에 멀미가 날 정도였다. 그때 언니의 충고가 떠올랐다. 언제까지 엄마고 어른이고 보호자라는 생각 하지 말라고. 이제 약자란 걸 인정하고 자식들에게 기대라고. 걱정도 털어놓고 엄살도 떨고 힘든 건 힘들다고 하라고.

"아들. 엄마 무서워."

"응? 에이, 나 무사고 20년이야 엄마."

"아들은 운전 잘하지. 근데 딴 놈이 굼떠 부딪치면 어떡해."

"내가 쓱쓱 피한다니까. 엄마는 걱정도 참."

"아들. 편의점에 손님이 아무나 다 오지? 불특정 다수가 오잖아."

"그니까. 어제도 새벽에 또라이 하나 와서 아주 돌아버리는 줄 알았다고."

"도로도 불특정 다수가 다니니 운전대 잡은 또라이가 없을 리 없잖아. 그래서 엄마는 무서워. 방어운전 좀 해주면 안 될까?"

나는 한껏 걱정스러운 눈빛으로 아들을 바라봤다. 눈이 마주친 민식이 고개를 까딱였다.

"에고. 엄마가 무섭다니까 나도 무섭네!"

민식이 추월차로에서 주행차로로 옮기며 속도를 줄이기 시작했다. 나는 안도하며 조용히 숨을 내쉬었다. 속도가 줄어서라기보다 아들과 무리 없이 소통에 성공해서였다. 민식은 천천히 가는 대신 서울에 늦게 떨어질 거라고, 그래도 괜찮겠냐고 물었다. 나는 상관없다고 답했다.

차가 대전쯤 왔을 때 민식이 연신 하품을 해댔다. 식곤증 때문인지 낮밤이 바뀌어서인지 운전 내내 잠이 온다며 음악을 크게 틀었는데, 더 이상 안 되겠는지 졸음 휴게소로 차를 몰아갔다.

졸음 휴게소에 차를 주차하자마자 아들은 마치 총이라도 맞은 사람처럼 수마에 빠져들었다. 나도 잠을 청해보았으나 좀처럼 잠은 오지 않았다. 가을이었지만 여전히 뜨거운 오후 햇살은 차 안을 온실로 만들고 있었는데, 시동을 꺼 에어컨을 켤 수도 없었다. 민식은 땀을 뻘뻘 흘리며 코까지 골며 자고 있었다. 나는 손수건을 생수로 적셔 아들의 땀을 닦아준 뒤 내 이마도 닦았다.

바깥으로 쉴 새 없는 차량의 흐름이 고속도로를 세차게 지나는 게 보였다. 생전 처음 와본 졸음 휴게소에서 나는 또 상념에 빠졌다. 어쩌면 지난 양산에서의 시간이야말로 쉼 없이 달려온 삶의 고속도로에서 벗어난 휴게소였는지 모르겠다. 잠도 많이 자고 머리도 많이 비웠다. 그리고 치매 전 단계인 경도인지장애 판정을 받고는, 더 이상 멍하니 휴식만 취할 수 없게 되었다.

여름 초입, 언니와 조카는 진지하게 치매 진단을 받아보자고 했다. 처음엔 주저했다. 하지만 옆에서 보는 사람들이 정확히 알 것이니 더 이상 미룰 수 없었다. 딸에게 연락해 상의를 했다. 민정이는 일단 지역 치매안심센터를 방문하라고 했다. 이후 진단 결과에 따라 거점병원으로 연결해준다는 것이었다.

치매안심센터에서 치매조기검진 선별검사와 진단검사 후 결국 경도인지장애 판정을 받았다. 뇌 활성을 돕는 약도 처방받았다. 서울로 돌아가야겠다고 마음을 먹었다. 이대로 더 머물다가는 언니와 조카에게 진짜 민폐를 끼치는 꼴이기 때문이었는데, 두 사람은 서울에선 오히려 치료가 잘 안 될 수 있다며 걱정해주었다. 민식이 자기 앞가림도 잘 못하고 있는데 엄마를 돌볼 수 있겠냐는 말도 덧붙였다.

여름 내내 나는 갈팡질팡했다. 치매 예방에 힘써야 하고 치료를 위한 거점을 정해야 하는 상황에서 허둥대기만 했다. 딸 역시 여러 가지 이유를 들며 양산에 머물 것을 주장했다. 게다가 건물을 매입한다며 편의점을 팔자고 요구했다. 더 이상 딸과 이야기하기 싫어진 나는 좀 외로웠다. 외롭고 서러워 자식들보다 날 아껴주는 양산의 혈육을 떠날 용기가 없어졌다. 하지만 언제까지 상경을 미룰 수는 없었다.

다시 일어나 돌아가야 했다. 사람은 일어나면 가만히 서 있지 않는다. 일어나면 움직이게 되어 있고 어떻게든 앞으로 걸어가게 되어 있다. 그것이 재기이고, 정신을 차리고 내가 가야 할 길이었다.

그 길에 아들이 동행해주고 있다고 생각하자 긴장이 풀렸다. 곧 잠이 들었다.

깨어나 보니 사위가 온통 어둑해져 있었다. 돌아보니 민식은 여전히 낮게 코를 골며 자고 있었다. 시계를 확인했다. 맙소사. 두 시간이 넘게 잠들어 있었다니! 나는 아들의 어깨를 흔들었다. 민식이 끙 소리와 함께 고개를 흔들다 잠에서 깨어났다. 시간을 확인한 민식이 탄성을 지른 후 서둘러 시동을 걸었다. 차가 출발했다. 호들갑을 떨며 운전을 하는 아들이 걱정되었다. 나는 잠시 궁리했다.

"아들."

"응?"

"오늘 야간은 대타가 해준다고 했지?"

"응. 금보 형이 오늘 봐주기로 했어. 아, 밤 운전 힘든데…….."

"그러면 우리 어디 가 쉬고 내일 올라가자."

"엥? 어딜 가자고?"

"사실 일찍 도착하면 저녁 먹으며 너랑 얘기하려고 했는데, 이참에 어디든 가서 하루 묵으며 이야기하자."

민식이 턱을 쓸며 잠시 고민에 잠긴 표정을 지었다.

"엄마 치매 관련 진단받은 거 얘기하려고?"

"응. 그것도 있고."

"그런데 어디로 가지? 대전으로 빠질까?"

"엄마가 생각해봤는데, 조금만 가면 너랑 자주 왔던 곳이더라. 거기나 갔으면 하는데…….."

"어디? 음…… 아, 학교?"

민식이 싱긋 웃고는 차를 몰아갔다.

20년도 더 지난 과거의 어느 날, 나는 아들과 그 도시에 방문했다.
열아홉 민식은 덩치만 크지 여드름투성이에 불만 가득한 학생이었
고, 나는 아들의 입시를 위해 하루 월차를 낸 역사 선생님이었다.

도시의 행정 명칭은 읍에 불과했지만 경부선과 충북선이 지나는
교통의 요지였고, 대학교 캠퍼스도 두 개나 있었다. 두 개의 대학
중 한 곳에 민식이 지원했고, 오전 면접을 위해 하루 전날 우리 모
자가 그 도시를 방문한 것이었다.

무궁화호를 타고 내린 역 앞 풍경은 정말이지 읍내다웠다. 다방
과 단란주점 간판이 보였고 곳곳에 촌스러운 풍경이 드라마 세트
장처럼 펼쳐져 있었기에 이곳에서 아들이 대학 생활을 즐길 수 있
을까 하는 염려가 들었다. 우리는 택시를 타고 미리 학교 캠퍼스에
방문해보았고, 읍내보다는 덜 썰렁한 학교 분위기에 그나마 안도
했다.

그날 저녁 미리 잡아놓은 캠퍼스 부근 장급 모텔에서 아들과 배
달 치킨을 먹으며 담소를 나눴다. 택시 기사가 추천한 이 지역 명물
이라는 파닭은 채 썬 파를 치킨 위에 올려 느끼함을 덜어주었는데,
말 그대로 별미였다. 나는 면접에서 힘내라는 뜻으로 닭 다리 두 개
를 모두 아들에게 양보했다. 민식은 걱정 말라며 그때도 호기를 부
렸다. 자기가 공부로는 딸려도 말발로는 안 딸린다며 자신감을 보
였다. 말솜씨보다는 태도가 중요하다고 나는 강조했다. 선생으로서

학생을 볼 때 주의 깊게 살피는 부분에 대해서도 알려주었다.

온돌방에 나란히 요를 깔고 누운 그 밤에 아들과 많은 이야기를 나눴다. 합격하면 기숙사보다는 자취를 해보고 싶다는 민식에게, 밥때 놓치면 안 된다고 하숙을 권했다. 동아리 활동도 꼭 해보라는 권유에 아들은 축구나 야구 동아리에 들어 꼭 대학 토너먼트 대회에 나가고 싶다고 했다. 여름방학엔 유럽 배낭여행을 가고 싶다길래 알바해서 번 돈으로 가라고 엄포를 놨다. 아들은 합격하는 즉시 외삼촌 마트에서 알바를 할 거라고 장담을 했고.

까무룩 잠들려던 즈음 아들은 '엄마. 떨어지면 어쩌지?'라고 무른 속내를 보였다. 나는 너 떨어지지 말라고, 너 먹살 잡아 여기 넣으려고 엄마가 같이 온 거니 걱정 말라 다독였던 기억도 났다.

다음 날 면접을 마치고 나온 민식은 자신만만해했다. 어제 먹은 파닭을 또 먹고 싶다고 해 전날 주문한 가게를 찾아가 다시 한 마리를 뜯었다. 무궁화호를 타고 서울로 돌아왔고, 얼마 뒤 합격 통보를 받았다.

이후로도 자취를 선택한 민식의 살림을 챙겨주러 매년 한두 번 이 도시를 방문했다. 서울에서는 말다툼도 하고 갈등이 있다가도, 이곳에서 엄마와 아들로 둘만 있게 되면 죽이 잘 맞고 같이 있는 재미도 느낄 수 있었다. 말하자면 우리 모자에게 이곳은 행운의 도시이자 둘만의 아지트였다.

20여 년 만에 아들과 다시 이곳에 도착했다.

장급 모텔은 리모델링을 해 호텔이 되어 있었다. 시설은 그대로에 이름만 바꿔 달았지만, 사라지지 않고 여전히 있다는 게 놀라웠다. 마치 이 도시가 우리 모자를 기억하고 반겨주는 듯했다.

체크인을 하고 온돌방에 들어오니 정말로 20여 년 전 까까머리 아들이랑 처음 왔을 때로 돌아온 듯했다. 민식도 흥미롭다는 듯 주위를 살피기 바빴다. 창문을 열어 밖을 보고, 화장실에 들어갔다 나오는 등 분주히 움직였다.

졸음 휴게소에서의 불편한 낮잠 때문인지 여전히 피곤함이 몰려와 끼니 생각도 나지 않았다. 하지만 민식과 잠시라도 이야기를 나눠야 했다. 나는 아들이 나온 화장실로 들어가 세안을 하고 정신을 가다듬었다.

화장실에서 나오니 소파에 앉은 민식이 테이블에 놓인 광고 전단을 들어 보이며 웃었다. 다가가 살피니 파닭 광고였다. 침이 고였다. 나는 주문에 동의했고 민식은 전화를 걸어 주문을 마치곤 치킨엔 맥주 아니냐며 밖으로 나갔다.

주문한 파닭이 도착하고 먹을 준비를 다 마쳤는데도 민식이 돌아오지 않았다. 걱정이 되어 휴대폰을 집어 드는 순간, 문이 열리고 아들이 들어왔다. 나는 맥주를 담은 비닐봉지를 보고서야 왜 늦었는지를 알아차렸다. 항상 보던 우리 편의점의 비닐봉지였다. 아들은 이곳으로 올 때 본 국도 변의 ALWAYS편의점까지 차를 몰고 다녀온 것이었다.

하지만 그걸 감안해도 오래 걸렸기에 나는 묵묵히 봉지에서 맥주를 꺼내는 아들을 살폈다. 땀이 맺힌 아들의 이마와 뺨이 붉게 상기되어 있었다. 마치 울고 싶어 하는 아이의 표정 같았다.

"무슨 일 있었니?"

"이 동네에도 ALWAYS편의점이 다 있지 뭐야. 그리고 이것도……."

"뭔데?"

민식이 맥주를 꺼내 보란 듯 내 앞에 진열했다. 그것은 처음 보는 상표였지만 충분히 익숙했다. 맥주의 이름은 'ALWAYS BEER'였고 글씨체와 알록달록한 색깔 역시 편의점 간판의 그것과 동일했다.

"이거 우리 편의점에서 낸 맥주니?"

"응. 그런데 우린 아직 발주도 안 했네. 알바한테 물어봤더니 여름 상품으로 석 달 전에 나왔다고 하던데. 참나."

민식이 ALWAYS BEER 캔을 구겨버릴 듯 꽉 잡았다. 나는 씁쓸함을 애써 감추며 말했다.

"오 점장이 아무래도 술은 잘 모르니까, 발주를 못 했나 보다. 이제라도 하면 되지."

"응. 이모 탓하는 건 아니고. 일단 내가 마셔볼게."

민식이 감별사라도 되는 양 심각한 표정으로 맥주 캔을 들어 입으로 가져갔다. 사레들리지 않을까 걱정이 될 정도로 오랫동안 캔을 거꾸로 들고 있었다. 잠시 후 맥주 캔을 내려놓고 아들이 낮은 소리로 트림인지 한숨인지를 내뱉었다.

"맛도 좋잖아. 씁쌀한데 시원하고. 젠장."

"본사는 허구한 날 이상한 상품만 개발하더니 이번엔 다행이다.

이제라도 잘 팔면 되겠네."

"근데 엄마 그게 말이야……."

"닭부터 먹으렴."

"닭이 안 넘어갈 거 같아. 엄마, 이거, 이런 맥주 만들어 편의점에 납품하려고 했잖아. 내가. 기억나?"

민식이 풀 죽은 눈으로 나를 보며 말했다. 나는 잠시 기억을 헤집다가 겨우 떠올릴 수 있었다. 치매 때문이 아니었다. 기억하기 싫은 아들의 실책이어서였다.

"아들. 괜찮아. 이 사람들 오래 준비했을 거야. 그리고 너는 동업하자던 사람들이 문제가 있었고. 그치?"

"엄마. 내 말은, 결국 누군가는 이걸 이렇게 만들어냈다는 거야. 그래서 잘 팔고 있다는 거지. 나는 사기나 당할 뻔하고 이렇게 처박혀 있는데…… 앞서서 누군가는 보란 듯이 이렇게 해내고. 으휴. 하아."

민식이 유난한 한숨을 내쉬며 고개를 저었다. 섣불리 다독인다고 뻔한 말을 할 수도 없는 나는 잠자코 기다려야 했다.

잠시 후 아들이 고개를 들고 고해성사하듯 말했다.

"코로나 걸리기 전에 준비하던 배포 키친, 그것도 작년 말에 비슷한 거 나와 장사하더라고. 엄마, 난 무능한가 봐. 사업 재주도 없으면서 그냥 깝죽거리고 다녔던 거야. 다들 해내는데 나만 늦고, 이게 다 뭔지 모르겠다니까. 젠장."

나는 아들의 손 위에 조용히 내 손을 얹었다. 뜨겁고 두툼한 아들의 손이 움찔거리는 게 느껴졌다. 한동안 그렇게 가만히 있었다. 민식이 숨을 고르는 게 보였다. 조금 진정된 듯 느껴진 순간 젓가락을 건넸다.

"먹자."

내가 보란 듯 먼저 파닭을 먹었다. 민식도 머뭇거리다가 나를 따라 먹기 시작했다. 맥주를 달라고 하자 아들이 유리잔에 따라 건네주었다. 맥주 한 모금을 들이켜고 파닭 맛이 입안에 감돌자 20여 년 전 기억이 떠올랐다.

"아들. 그때 이 파닭 먹고 합격했잖아. 이거 먹고 힘내렴."

아들이 고개를 주억거리고 가슴살을 뜯더니 우물우물 씹었다. 잘 먹는 모습을 보니 기분이 좋아진 나는 기운을 냈다. 경도인지장애 판정을 받은 것과 앞으로 서울에서 받아야 하는 치료와 치매 환자 가족이 알아야 할 것들에 대해 차근차근 설명했다. 아들은 진지한 눈빛으로 묵묵히 들었다.

"네가 데리러 와줘 다행이었다. 엄마가 고마워."

"그런데 왜 누나한테만 말하고 나한텐 말 안 했어?"

"그건, 누나가 의사잖니. 그리고 너한텐 만나서 말하고 싶었어. 어쩌다 보니 때를 놓치게 됐지만."

아들이 수긍한다는 듯 고개를 끄덕였다. 그러고 나서 들고 있던 캔 맥주를 비워버린 뒤 와작 우그러뜨렸다.

"엄마, 이 맥주 보니 내 그릇을 알겠어. 이제 허세 그만 떨고 편의점 잘해볼게. 내가 가게 흑자로 돌리고 운영도 열심히 할 거야. 발주도 내가 하고 직원도 내가 관리할게. 엄마는 와서 소일거리나 하고 사람들이나 만나. 응? 내가 잘할게."

"그렇게 말해주니 좋구나. 편의점 경영도 쉬운 게 아니야. 어떻게 보면 네가 초반 운이 좋아 사업의 기초를 못 닦았는데, 이번에 매진하며 똑바로 배웠으면 한다, 엄마는."

"응. 그리고 누나한테 절대 뺏기지 말자고!"

"누나가 부탁하는 건 내가 다 생각이 있다. 그런데 네가 편의점을 잘 맡아줘야 민정이랑 제대로 된 논의를 할 수 있을 거 같아. 그러니 그렇게 해줄 거지?"

민식이 새 맥주를 따 들어 보였다.

"엄마 파이팅! 치매 그까짓 거 뻥 차버리세요!"

잔을 들던 눈가가 잠시 흐려졌다. 나는 애써 눈물을 참고 아들과 건배했다.

다음 날 아들과 나는 학교 캠퍼스를 산책했다. 아들은 학교가 많이 변했다고 투덜대면서도 추억이 얽힌 곳마다 멈춰 일일이 자랑하기 바빴다. 그곳이 도서관이나 학회실보다는 운동장과 동아리방이라는 게 조금 섭섭하긴 했지만 그래도 흐뭇하게 무용담을 들어줄 수 있었다.

마지막에는 나도 하나 털어놓았다.

"아들. 내가 그때 이 경상대학 건물을 일곱 번 돌았어."

"엥? 언제요?"

"너 면접 대기 들어갔을 때."

"왜요? 뭐야? 탑돌이야?"

"성경 여호수아 6장에 보면 하나님이 여호수아에게 '여리고 성'을 일곱 번 돌면 성이 함락된다고 하는 대목이 있거든. 실제로 일곱 번 돌고 나팔을 부니 결국 성이 무너졌지. 그래서 엄마도 여기 일곱 번 돌았어. 손나팔도 불고."

놀라움과 황당함이 섞인 표정으로 민식이 나를 바라봤다. 나는 손나팔 부는 시늉을 해 보였다. 아들은 고개를 절레절레 흔들었다. 그러고 나서 다가와 나를 가만히 안았다.

"아이고, 더워. 왜 이러냐."

"엄마. 내가 잘할게. 왜 엄만 남들만 잘해줄까 원망했는데…… 내가 바보야 엄마."

"우리가 같이 한 거야. 대학 합격한 것도, 적자 편의점 지금껏 운영해온 것도. 이제 엄마가 몸도 정신도 늙고 지쳐갈 테니, 더 신경 써주렴."

"응. 진짜."

나도 아들을 안았다. 덩치만 큰 아들은 어릴 적 안아주던 그 아이가 맞았다.

민식은 마치 관광 가이드처럼 읍내에 좋은 해장국집이 있다며 나를 데리고 갔다. 이곳은 해장국 국물이 하도 고소해 주인이 국물에 프리마를 탄다는 오해도 받았던 곳이라는 말에 흥미가 생겼다. 프리마라니! 추억의 상품명이었고 아들이 그걸 안다는 게 같이 나이를 들어간다는 걸 실감케 했다.

참으로 고소한 국물이었다. 뼈도 실하게 들어 있어 해장이 아니라 보양을 한 기분이었다. 난데없이 강한 식욕이 돌아 당황스러우면서도 만족스러웠다.

서울로 향하는 차에선 까무룩 잠이 들었다. 식후의 단잠이었다. 깨어나니 묵묵히 운전을 하는 아들의 뒷모습이 보였다.

"아들이랑 같이 다니니 좋네. 추억도 나눠주고 맛집도 데려가고."

내가 부드러운 목소리로 말했다. 민식이 돌아보며 씨익 웃었다.

"흐. 해장국 그거 국물 장난 아니죠? 금보 형도 거기 알더라고. 우리 학교 나온 사람들은 웬만하면 모를 수가 없다니까."

"금보 형이라면 그 야간 알바? 그 사람도 이 학교 나왔어?"

"그러니까 바로 친해졌지. 안 그럼 내가 쉽게 형 동생 먹나."

"그러게. 네가 웬만하면 그리 호락호락 형 대접 안 해줄 텐데, 엄마도 좀 놀랐어. 어떤 사람이니?"

"곽 씨 아저씨 전에 야간 알바 했던 그 인간이랑 느낌이 비슷해요. 그래서 처음엔 쎄했는데, 가까이서 보니 인상이 부드럽더라고. 그 독곤지 독건지는 인상이 좀 무서웠잖아. 성격도 까칠하고."

"그, 그렇진 않은데…… 아무튼 어떻게 친해진 거야?"

질문을 듣자마자 민식이 친구 자랑을 하는 아이로 변했다. 사실 오 점장을 통해 나는 이미 야간 알바 금보 씨에 대해 알고 있었다. 말 많고 오지랖도 넓고 실수도 잦지만 성품이 좋은 사람이라고 들었다. 하지만 시치미를 떼고 아들의 이야기를 들어주었다.

그가 외로웠을 아들의 말을 들어주고 이야기를 나눠줬다니 고마울 따름이었고, 아들에게 야간 알바를 직접 해보라는 제안도 했다니 놀라웠다. 이전 친구란 놈들은 아들의 돈이나 일을 빼앗기 급급했는데 이번 친구는 아들에게 진짜 일을 제안한 셈이었다. 들으면 들을수록 괜찮은 친구를 만난 거 같아 절로 흐뭇해졌다.

어느새 서울 톨게이트가 눈에 들어왔다. 마음이 한결 편안해졌다.

오 점장은 나를 보자마자 끌어안고 울기 시작했다. 나도 찔끔거리는 눈물을 훔쳤다. 그간 가게를 책임져준 것에 대한 고마움이 일렁였다. 오 점장은 언니 빈자리 티 나지 않게 하기 위해 애썼다고, 자기 진짜 마음고생 많았다고 털어놓았다. 오후의 멀쩡한 편의점 입구에서 중노년 여성 둘이 울먹이는 모양이 의아했는지, 사람들의 시선이 느껴졌다. 민식이 멋쩍게 웃고는 자기가 가게를 볼 테니 카페에 가서 회포를 풀라고 했다.

카페에서 라테 두 잔을 앞에 놓고 마주 앉았다. 오랜만에 카페에 오니 커피 맛보다 도시의 맛을 만끽하는 기분이었다. 언니와 조카에게는 미안하지만 역시 나는 전원주택의 티타임보다 도시의 거리를 통창으로 바라보며 마시는 커피가 좋았다.

이야기꽃을 피웠다. 매출이 코로나로 인해 오히려 좋아졌다는 얘기에는 자네가 열심히 해서라고 답해주었다. 민식이 좀 나아진 거 같아 다행이라는 내 말에 오 점장은 강 사장이 마음먹으니 잘한다며, 곧 발주도 넘길 거라고 했다. 뒤이어 주말 알바들 교체 상황과 교회 성도들 근황, 동네 사람들 이야기 등을 두서없이 주고받다 보니 어느새 그녀의 퇴근 시간이 되었다.

가게로 돌아오니 오후와 저녁 시간을 담당하는 알바생이 민식과 업무 교대 중이었다. 오 점장은 언니 덕에 오늘 근무 날로 먹었다며 깔깔 웃었다.

"점장님. 본사에서 출시한 ALWAYS BEER 그거 발주 넣어놔요. 다른 덴 다 팔던데 몰랐죠?"

"아⋯⋯ 본사 직원이 얼핏 설명한 것 같은데⋯⋯ 내가 술을 안 먹으니 아나? 그런 건 맥주 배 튼실한 그쪽이 챙겼어야지."

"거참, 나 당분간 술 끊고 운동한다니까. 암튼 발주 넣어요."

"뭘. 내일 발주하는 거 배워야지. 그때 같이 넣자고. 인수인계해 줄게. 강 사장님."

"거참, 이럴 때만 사장님이래."

"왜 이래, 강 사장님이 직접 가게 챙기니 우리 고문님이 아주 든든하시다는데!"

"고문님?"

"여기 우리 염 고문님. 맞지염?"

"아, 유치해. 진짜."

아들과 오 점장의 티격태격 대화를 듣다 보니 마음속 걱정 한 조각마저 녹아내렸다.

민식과 돌아온 집은 이전의 집이 아니었다. 마루에 아무렇게나 널려 있는 담요와 옷가지, 과자 봉지와 맥주 캔이 절로 눈을 돌리게 했다. 버리지 않은 재활용품과 쓰레기들의 냄새가 베란다에서 진동하고 있었다. 민식은 가게 신경 쓰느라 집 꼴이 엉망이라며, 서둘러 치우기 시작했다. 나도 손을 거들었다. 함께 치우면 될 일이었다. 전에는 손 하나 까딱 안 하던 아들이 민망해하며 먼저 나서는 것만 해도 큰 변화였다.

변화. 누가 시켜서 되는 게 아닌 스스로의 변화 말이다. 사람은 변화를 싫어하는 게 아니라 누군가에 의해 변화를 요구받는 게 싫은 거라는 말을 들은 적이 있다. 그래서 바뀔 것을 요구하기보다는 기다려주며 넌지시 도와야 했다.

아들은 코로나 시대를 거치며 끝을 보았다. 사업은 망했고 사람들을 잃었고 감염으로 몸도 고통을 겪었다. 어쩌면 아들은 지금 다시 걸음마를 시작하는 갓난쟁이일지 모른다. 그러기에 나 자신도 변해야 했다. 짜증과 핀잔으로 대응하고 때론 독설을 퍼붓던 버릇을 고쳐야 했다. 딴에는 아들의 헛바람을 잠재우려 그랬다지만, 딱히 그게 잘 통한 것도 아니지 않은가? 나 역시 미봉책으로 아들을 대했을 뿐이었다. 지금 저렇게 늘어진 반바지 위로 트렁크 팬티를 내보이면서 열심히 자기 흔적을 치우는 아들을, 연민의 시선으로 바라보고 변화된 마음가짐으로 돕겠다 마음먹었다.

오랜만에 주방을 가동했다. 아들이 좋아하는 계란말이를 큼직하게 말았고 내가 좋아하는 순두부찌개도 끓였다.

아들과 식탁에서 저녁 뉴스를 보며 밥을 먹었다. 코로나 상황과 부스터 샷에 대한 뉴스부터 대선후보들의 행보와 미중 갈등에 대한 뉴스가 이어졌다. 아들은 뉴스마다 해설을 하기 바빴다. 나는 어떤 말에는 동의를 하고, 어떤 말에는 의견을 첨가했다.

즐거웠다. 이게 가족이 함께 밥을 먹으며 세상 돌아가는 이야기를 나누는 건가? 약속이 잦았던 술꾼 남편과는 오붓이 저녁 식사를 나눈 기억이 없다. 양산에서 언니와 조카와 지내면서도 식사는 각자 해결했다. 지금 나는 아들과 마주 앉아 저녁밥을 먹고 있다. 만족스러웠다.

아들이 야간 근무를 위해 출근했다. 나는 홀로 남아 집 안을 어슬렁거렸다. 다시 돌아온 집이 낯설고 애틋했다. 이곳에서 15년을 보내며 자식들의 혼사를 치렀다. 남편을 하늘나라로 보내줬으며 탕자처럼 돌아온 아들을 받아주었다. 하지만 대부분의 시간은 혼자 머무는 곳이었다. 말하자면 내 인생 후반기 삶의 흔적이 오롯이 새겨진 공간이었다.

이제 이곳을 정리해야 했다. 아들 못지않게 나도 변해야 했다. 눈앞의 해결해야 할 문제를 위해 새로운 환경이 필요하다 느꼈고, 그래서 이 공간이 낯설어 보이는 게 나쁘지 않게 여겨졌다.

다음 날부터 부지런을 떨었다. 알고 지내던 가게에 인사를 다녔고, 시장에 가 장도 보았다. 미용실에서 반가운 이웃들과 재회했고, 비대면으로 교회 소모임에도 참석했다. 도서관에서 치매 관련 책을 빌리고 병원 예약도 잡았다. 그리고 단골 부동산에 가 양산에서 통화한 내용을 구체화했다. 딸에게 연락이 왔고 몇 가지를 상의했다. 결원이 생긴 편의점 주말 자리를 대체했고, 틈틈이 영어 공부도 했다. 분주한 일상만이 뇌가 오그라드는 걸 막아줄 거라 여기며, 머리 쓰기 몸 쓰기를 게을리하지 않았다. 노래를 부르며 손뼉을 치고 왼손으로 영어 단어를 베껴 썼다.

시간. 새삼스럽게 가장 중요한 것이 시간이란 걸 체감하는 날들이었다. 언제부터인가 모래시계가 머리 꼭대기에 놓여 있고 거기서 흘러내리는 시간의 가루가 뇌를 채워가는 기분이었다. 불과 전날 오후 시간에 무얼 했는지를 까먹기도 했고 아들의 질문을 되묻는 일도 잦아졌다.

나는, 싸우고 있었다. 스스로에게 남은 시간을 지키기 위해 하루하루 충실히 방어하는 삶을 살아갔다. 동시에 결전의 날을 준비했다.

가을이 한창이던 10월의 어느 날, 떨구어진 은행잎이 노란 카펫처럼 깔린 길을 아들과 함께 걸었다. 후암동의 그 중국집은 가족 행사가 있을 때마다 식사를 하던 곳이었다. 민정과 민식의 졸업식 날 가족 식사도 이곳에서 했다. 남편 생일 역시 이곳 차지였다. 유독 중국요리를 좋아하던 남편은 이곳에서 팔보채에 고량주를 먹으며 즐거워했다. 아이들 역시 피자나 돈가스보다 중식이 입에 맞는지 잘 먹었다. 그래서였을까, 오늘의 자리를 이곳으로 제안했을 때 딸도 아들도 두말없이 동의해주었다.

중국집은 그대로였다. 바뀐 게 있다면 입구에서 체온 체크를 하고 휴대폰의 QR 코드를 인식하는 절차가 생겼을 뿐, 아무것도 바뀌지 않았다.

예약한 방에는 딸과 사위가 먼저 와 있었다. 아들과 내가 들어서자 기다렸다는 듯 사위가 음식을 주문했다. 실로 오랜만에 같이 식사하는 자리였다. 평소처럼 민식이 실없는 농담을 했다가 민정의 핀잔을 들었고, 사위가 덕지덕지 살을 붙인 덕담을 내게 건네는 것도 비슷했다. 민정이 기존 거점병원 말고 친분이 있는 치매 전문의가 진료하는 병원을 추천했고, 나는 고민해보겠다고 답했다. 초등학생이 되었으나 학교에 한 번도 가보지 못한 손녀 준희의 상황에 안타까워했고, 영상통화로 만나지 못한 아쉬움을 달래야 했다. 민식과 사위는 민정의 눈총에도 연태고량주를 두 병째 주문했다. 남편이 좋아하던 팔보채는 주방장이 바뀌었는지 입맛에 맞지 않았는데, 곧 내 입맛이 변해서일 수도 있다는 생각이 들었다. 치매가 오면 맛을 기억하는 방식도 달라지기 때문이었다.

코스 마무리로 나올 면 요리를 주문하고 나자 민정이 운을 뗐다.

"엄마. 생각해 오신 거 맞죠?"

"그래."

"그럼 시작해요. 영업 제한 때문에 늦게까지 못 있어. 카페 가기도 시간이 그래."

"가게 닫으면 우리 집 가 얘기하면 되지. 매형은 나랑 한잔 더 하고."

"넌 진짜 낄 때 끼고 빠질 때 빠져라."

"무슨 소리. 나도 지금 권리자인데 어디서 낄끼빠빠가 나와."

"실없는 소리 그만하라고."

"어이구, 아주 똥줄이 타나 보네. 그렇게 급하세요?"

"그만들 해."

내가 힘주어 말하자 딸과 아들이 으르렁대길 멈췄다. 이제 정리를 해야 할 때라고 느꼈다. 선언. 그것이 딸과 아들의 갈등을 미리 정리하는 것이고 모래시계처럼 흘러내리고 있는 내 삶을 대비하는 길이기도 했다.

"먼저 민정이랑 정훈이, 둘이 병원 차리려 애쓰는 거 대견하다. 너희들 노고에 엄마가 해줄 게 많지 않아 고민이 컸어. 요청한 걸 다 해줄 순 없는 건 민식이도 있기 때문이야. 물론 그것도 고민이 있었는데, 다행히 민식이가 편의점 일에 매진해 이런 결정이 가능하게 됐다는 거 알았으면 좋겠고."

나는 잠시 발언을 멈추고 찻잔을 집어 들었다. 오랜만에 교단에 선 것처럼 이야기를 하니 목이 탔다. 재스민차를 한 모금 마신 나는, 주목하고 있는 여섯 개의 눈동자를 살피며 목청을 가다듬었다.

"지금 민식이와 내가 사는 빌라를 너희들에게 명의이전 해주마. 부동산에 시세를 물어보니 3억 좀 넘고 깎아서 3억이면 그나마 좀 빨리 팔릴 수도 있다고 하더라."

곧바로 민식의 볼멘소리가 터져 나왔다. 나는 꾸짖는 눈빛으로 아들을 돌아보고는 말을 이었다.

"빌라를 팔아 건물 매입 자금에 보태든 세입자를 들여 월세를 받든 그건 너희가 알아서 하렴. 그리고 민식이는 신용산 쪽에 오피스텔 얻어 살기로 했다."

"그럼 장모님은 어디서 지내시려고요?"

사위가 조심스러운 표정으로 물었다.

"나도 독립하련다."

딸과 사위의 낮은 탄성이 들려왔다.

"숙대 정문 부근에 자그마한 원룸 봐둔 거 있다. 저축이랑 이것저것 끌어모으니 전세금 정도는 나오더라. 생활비는 편의점 일해 마련할 거다. 민식이가 사장인데 내 알바 자리 주지 않겠니. 그러니까 편의점은 이번에 민식이에게 명의를 넘기기로 했다."

"엄마!"

민정이 눈썹을 치켜올리며 항의했다. 나는 아랑곳없이 말을 이어갔다.

"민식이는 약속대로 3년간 편의점 운영을 하며 사업 기본기 다시 다지렴. 3년 뒤엔 그간의 노하우로 편의점을 더 내든지, 팔아서 사업 자금으로 활용하든지 마음대로 하도록 해라."

"땡큐, 맘!"

경쾌한 목소리와 함께 민식이 경례를 올려붙였다. 그런 민식을 민정이 도끼눈으로 돌아보았다. 사위는 불퉁한 표정을 애써 감추었다. 나는 딸과 사위 쪽을 바라보고 힘주어 말했다.

"그동안 편의점 돈도 안 되는 거 왜 운영하냐고, 너희도 민식이도 많이 그랬어. 나는 직원들 생계를 생각해서라도 운영을 해왔고. 그런데 이제 민식이와 내 생계를 위해서도 편의점이 중요해졌다. 나랑 민식이가 편의점 제대로 번창시켜보려 한다. 너희가 이걸 이해하고 응원해줬으면 좋겠구나."

사위가 눈치를 보다가 고개를 끄덕였다. 딸은 눈을 내리깐 채 살그머니 물 잔을 입으로 가져갔다. 나는 기운을 내 마저 말했다.

"이것으로 내 재산은 이제 남은 게 없다. 그리고 경도인지장애의 15퍼센트 정도가 치매로 간다고는 하나, 나는 가족력도 있으니 치매가 올 게 분명해. 지금 확실히 말하는데 그땐 꼭 요양원에 보내다오."

딸이 서운한 눈빛으로 나를 돌아봤다.

"엄마, 미리 걱정 말라고 내가 말했잖아. 그나저나 민식이는 뭘하는데?"

"민식이가 지금 날 돌봐주고 있지 않니. 병원에도 같이 가주고. 내가 치매가 심해지고 정상 생활이 불가능해지면, 민식이만으론 안 되니 너희가 나를 챙겨달라는 말이야. 내 말이 틀렸니?"

"틀렸다는 게 아니라…… 내가 당연히 엄마 챙기지. 난 민식이가 책임감을 가져야 한다는 말이라고."

"누나. 나 변했어. 변했다고!"

"무슨 근거로? 난 믿을 수가 없거든!"

"휴. 어떻게 해야 믿을지 모르겠지만, 일단 지난 몇 년간 엉망진창으로 살며 잠수 탄 거, 정식으로 사과할게."

말을 마친 민식이 벌떡 일어나 민정과 사위 쪽을 향해 90도로 몸을 숙였다. 두 사람이 당황하는 기색이 역력했다. 민식은 숙인 몸을 한동안 유지한 채 목소리를 높였다.

"아빠 투병할 때 누나랑 매형 고생한 거 진짜 고맙고 미안했어."

몸을 숙인지라 민식의 목소리가 더 크게 울렸고, 미세한 떨림이 느껴졌다. 나는 어찌할 바를 모른 채 아들의 행동을 바라만 보았다. 몸을 일으킨 민식이 진지한 눈빛으로 우리를 살폈다.

"나 욕심 없어. 뻘짓 안 하고 ALWAYS편의점, 이거 알차게 운영할 거야. 내 월세 벌고 사업 공부하며 지낼 거라고. 진짭니다."

말을 마치고도 민식은 벌서듯 서 있었다. 사위가 소박한 박수를 보냈다. 딸이 사위를 흘기곤 민식에게 앉으라고 손짓을 했다.

아들이 자리에 앉았다. 나는 모두를 돌아보며 숨을 골랐다.

"너네 아빠 임종 앞두고 부탁 하나 남기고 갔다. 뭔지 아니? 민정이랑 민식이 싸우지 않게 해달라는 거였어. 내가 오늘 제안한 것들, 모두 동의한 걸로 알도록 하마. 민식이 사과한 거 잘했고, 민정이랑 사위 받아줘서 기쁘다. 하늘에서 아빠도 너희 이런 모습에 기쁘고 고마워할 거야."

숙연해진 자식들이 아빠의 유령이라도 본 듯 고개를 숙였다.

"그리고 나도 고맙다."

떨리는 목소리로 내가 덧붙였다.

나이가 들면서 언제부터인가 11월이 오기를 기다리게 되었다. 젊은 시절에는 5월을 가장 좋아했는데, 어느새 11월이 가장 좋아하는 달로 바뀌어 있었다. 1년 열두 계절이 인간의 일생과 닮아서일까? 젊을 때는 그래서 봄을 좋아하고 나이가 든 지금은 마지막을 하나 앞둔 달이 좋은 것일까? 딱히 알 수 없는 조화였지만 이제 나에게 11월은 스산하고 쓸쓸한 기운과 함께 묘한 설렘이 더해진 계절이었다.

지난달 이사한 원룸은 열 평 남짓한 공간이지만 그만큼 아늑하고 따스했다. 난방도 방음도 잘되었고 빌트인 시설로 공간을 효율적으로 사용할 수 있어 흡족했다. 입지 않는 옷들과 더 이상 사용할일이 없는 물건들을 처분하고 책들은 교회 문고에 기증하니 공간은 충분히 여유가 있었다.

생각해보니 살면서 처음 가진 혼자만의 공간이었다. 어린 시절엔 대가족이 모여 살았고, 대학 시절엔 함께 상경한 남동생과 양옥집 반지하를 같이 썼고, 결혼한 뒤로는 개인 공간을 가져본 적이 없었다. 얼마 전까지 살던 빌라는 가족 모두의 체취가 묻어 있기에 온전히 혼자라는 기분을 느낄 수 없었고.

대학 근처 원룸 건물이라 숙대 학생들이 많이 입주해 있어서일까? 다시 대학생이 되어 서울 유학을 온 기분이었다. 주거 공간을 바꾸니 진짜로 인생 2막이 시작된 듯했다. 나는 오랫동안 꿈꾸던 목표를 위해 공부하고 준비했다. 치매 방지 교육을 받고 성실히 약을 복용했으며 배드민턴 동호회에 나가 체력을 길렀다. 코로나는 여전히 사라질 줄 모른 채 세계를 뒤덮고 있었지만, 살며 배우고 가르친 역사가 증명하듯 이 시기도 곧 지나가리라는 믿음이 내게 있었다.

매일 방 한쪽을 꽉 채운 세계지도를 아끼는 그림처럼 감상했다. 지도에조차 뿌옇게 깔린 것만 같은 바이러스가 사라지는 날 나는 아시아의 골목과 숲을, 유럽의 정원과 건물 사이를 걸을 것이다. 세계를 돌며 많은 아름다운 추억을 만들 것이다. 기억이 사라지는 마지막까지 떠올릴 추억들을 머리와 마음 가득히 채울 것이다.

잊지 못할 추억은 미래형으로만 존재하지 않았다.

전화가 온 건 11월 중순이었다. 저장해놓은 이름만 보고는 도무지 기억이 나질 않았다. 전에도 종종 있던 일이라 심각하게 생각하지 말자 마음을 다잡으며 전화를 받았다. 휴대폰 너머 여자의 목소리는 자신을 지난해 양산으로 나를 찾아뵌 사람이라고 밝혔고, 내가 잊고 있던 놀라운 이야기를 꺼냈다. 나는 빠르게 생각 회로를 돌리며 그녀의 말을 이해하려 애썼다.

몇 마디 대화가 더 오가자 얼어붙은 기억이 조금 녹았다. 나는 편의점으로 찾아오겠다는 그녀에게 가능한 시간을 알려주었다. 전화를 끊고 나 자신이 저장했을 휴대폰 액정 속 명칭을 우두커니 바라보았다.

정인경 작가(연극)

방금 전 통화와 명칭을 조합해 생각을 이어간 나는 마침내 기억을 끄집어낼 수 있었다.

지난해 여름, 독고 씨로부터 연락처를 받아 인사를 드리게 되었다며 그녀가 전화를 해 왔다. 정 작가는 자신이 잠시 우리 편의점 앞 빌라에 살았다며, 그때 독고 씨의 사연을 듣고 이를 연극 대본으로 완성했다는 소식을 전했다. 당시에도 참 신기하고 의아했기에 나는 무엇을 원해 전화를 걸었는지 물었다. 그녀는 우리 편의점과 독고 씨에 대한 이야기여서, 편의점 주인 배역으로 등장하는 나를 찾아뵙고 싶다고 했다. 인사를 드리고 허락을 구하고 싶다는 말도 덧붙였다.

나는 그런 거라면 멀리까지 찾아오실 것 없고 부디 공연을 잘 하시라고 답했다. 그럼에도 그녀는 굳이 찾아오고 싶다고 우겼다. 거듭 거절해도 본가가 부산이니 귀향길에 잠깐 양산에 들르겠다며 쉽사리 포기하지 않았다. 그녀의 강한 의지에 나는 마지못해 동의할 수밖에 없었다.

며칠 뒤 그녀가 양산 전원주택으로 차를 몰고 왔다. 커다란 한과 세트보다 놀란 건 큰 키와 시원시원한 인상이었다. 내가 작가보다는 배우가 어울려 보인다고 말하자, 원래는 배우였다며 마스크를 벗고 함박웃음을 지어 보였다.

"이런 미인이 우리 편의점에 드나드는 걸 본 적이 없는데……."

"제가 부엉이족이라 한밤중에만 갔거든요. 뻔질나게."

"그래서 독고 씨랑도 교분이 생긴 거군요."

정 작가가 바로 그거라는 듯 손뼉을 마주 쳤다. 나는 그녀에게 원하는 것을 다시 한번 물어보았다. 그녀는 원래 작품의 소재를 여러 곳에서 얻어 새롭게 만드는 게 작가의 일인데, 이번 작업의 경우 우리 편의점에서 모티브와 인물 등 많은 부분을 차용했기에, 허락을 받아야 한다고 답했다.

나는 의아한 표정으로 되물었다.

"그런데 대본을 다 썼다면서요. 만약 내가 지금 허락을 안 하면 어떻게 되나요?"

"대본을 보여드려야 허락을 해주실 거 같아서 먼저 썼어요. 무모하죠? 사실 다 쓰기 전까진 확신이 없기도 했고요. 코로나로 연극계도 결딴이 났거든요."

"저런……."

"그래서 미리 말씀을 못 드렸는데, 결국 쓰는 일이란 게 자기 확신을 가지는 일인 거 같아요. 어쨌든 완성했고, 마침 조만간 연극계 코로나 지원사업이 열립니다. 그래서 거기 지원해보려고 해요."

"그건 잘됐네요."

정 작가가 혀로 입술을 한번 쓸고는 가방에서 무언가를 꺼냈다. 대본이었다.

"괜찮다면 지금 한번 살펴봐주세요. 그리고 허락해주셨으면 합니다."

나 자신이 무슨 중요한 결정권자가 된 기분이 들면서도, 어색하고 낯선 분위기에 서둘러 자리를 정리하고 싶은 마음도 들었다. 그런 복잡한 마음으로 그녀가 건넨 대본을 받아 들었다.

표지에 적힌 작품의 제목을 한동안 우두커니 바라보았다.

그걸로 충분했다. 나는 대본을 펼치지도 않은 채 내 앞에서 숙제검사를 받는 표정으로 앉아 있는 그녀에게 돌려주었다. 정 작가는 대본을 받아야 할지 말아야 할지 어리둥절해했다.

"받아요. 마음에 드니까."

"하지만 펼쳐보지도 않으셨는데……."

"사실 아까 확신을 얻기 위해 써야 했다는 말에 이미 확신이 섰어요. 나도 그쪽을 믿어요."

정 작가가 옹알이하는 아이처럼 입술을 오물대다가 또박또박 발음했다.

"감사합니다, 선생님."

오랜만에 들은 그 문장이 내 가슴을 훈훈하게 만들어주었던 기억이 되살아났다.

그리고 기억을 떠올리자 정 작가와의 재회가 기다려졌다. 분명 지난해 코로나 지원을 받겠다고 했는데 잘 받았는지, 1년도 더 지난 지금에야 무대에 올린다니 고생을 얼마나 했을지, 대본대로 무난히 공연이 준비가 되었을지, 갑자기 모든 게 몹시 궁금해졌다.

이틀 뒤 정 작가는 덩치 큰 사내와 함께 약속 장소인 편의점 부근 카페로 들어왔다. 나는 두근거리는 마음을 애써 누르며 두 사람을 맞이했다.

독고 씨와 비슷한 듯 다른 사내가 내게 인사한 뒤 자리에 앉았다. 목이 마른지 그가 마스크를 벗고 따라놓은 물을 마셨다. 맨얼굴을 보니 인상이 확실히 달라 보였다. 독고 씨의 각지고 묵직한 인상과 달리 둥글둥글하고 서글서글한 표정이었다. 하지만 배우라니 어떤 탈을 바꿔 쓸지 알 수 없었고, 절로 기대감이 들었다.

정 작가는 반가운 친척 어른이라도 만난 듯 붙임성 있게 나를 대해주었다. 제본된 대본과 팸플릿 시안도 보여주었다. 태블릿 PC를 꺼내 동영상으로 찍은 연극 연습 장면도 보여주었다. 나는 이 모든 게 신기하고 재미있어 주문한 커피가 나온 것도 잊고 살폈다. 정 작가는 그런 내게 내레이션하듯 그동안 코로나로 인해 두 번이나 공연이 취소된 것과 연출자가 그만두어 자신이 직접 연출을 하게 되었다는 이야기를 들려주었다.

자료와 함께 그녀의 설명을 듣는 내 심장이 빠르게 뛰고 있었다. 마치 나 자신이 무대에 선 것처럼 무언가 알 수 없는 감정이 들끓어 올라왔다. 이들 꿈꾸는 사람들의 열정이 나의 편의점에서 시작되었고, 지금 이렇게 돌고 돌아 다시 나에게 왔다는 사실이…… 생전 느껴보지 못한 묘한 감정을 불러일으키고 있었다.

"이제 내가 할 게 뭐죠? 무얼 해주면 좋겠어요?"

정 작가와 사내가 서로를 돌아본 뒤 동시에 나를 바라보았다.

"개막 공연에 와주셨으면 해요. 좋은 자리를 마련해 드릴게요."

말을 마친 그녀가 초대권이 담긴 봉투를 건넸다. 나는 감상에 젖어 잠시 멍해 있다가 봉투를 받았다. 초대에 응했다.

놀라움은 거기서 끝나지 않았다. 카페를 나오자 정 작가는 먼저 인사를 하고 총총 발걸음을 돌렸는데, 독고 역을 맡은 사내는 나를 에스코트하듯 편의점 방향으로 향하는 게 아닌가? 나는 의아해하며 바래다주지 않아도 된다고 말했다. 그러자 그가 아하하, 하며 다소 경박한 웃음을 흘린 뒤 처진 눈을 끔뻑였다.

"어르신. 제가 홍금봅니다."

내가 그 말을 이해하지 못하자 그는 자신이 ALWAYS편의점에서 일한 적이 있다고 했다. 여름에 야간 알바를 하며 독고 씨 역을 탐구하고 생활비도 벌었다며, 늦게나마 감사를 드린다고 다시 인사했다.

아, 이 사람이었구나. 나는 그에게 우리 가게에서 일해줘서, 아들에게 잘해줘서 고맙다고 답했다.

편의점에 와보니 오늘도 발주 내용으로 민식과 오 점장이 입씨름을 하고 있었다. 두 사람은 금보 씨를 보고는 동시에 말문을 닫았다. 아들은 반가워하며 달려와 금보 씨의 머리를 마구 쓸어댔다. 오 점장은 배가 더 나온 거 아니냐고 웃는 얼굴로 핀잔을 주었다. 그런데 가만히 보니 두 사람은 아직 금보 씨의 사연을 모르는 것 같았다.

금보 씨가 두 사람에게 자초지종을 설명하는 걸 뒤로하고 편의점을 나섰다. 곧 편의점이 터져라 떠들어대는 소리가 내 귀를 채우는 듯했다.

열흘 뒤 토요일 오후, 나는 대학로로 향하는 아들의 차 뒷좌석에 오 점장과 나란히 앉아 있었다. 정장을 한껏 차려입은 민식과 코트 차림의 오 점장의 모습이 그럴듯해 보였다. 나도 퇴임식 때 입었던 정장을 꺼내 입었다. 다행히 꽉 끼진 않았지만 숨 쉬기 마냥 편한 건 아니었다. 나는 마스크 탓으로 돌리기로 했다.

민식과 오 점장은 금보 씨가 의뭉스럽게 정체를 숨기고 야간 알바를 한 사연으로 시작해, 연극 팸플릿에 청파동 ALWAYS편의점 광고를 넣은 것과, 티켓을 가져오면 상품의 10퍼센트를 할인해주는 건을 성사시킨 이야기를 떠들고 있었다. 두 사람의 대화가 잠시 뒤 있을 공연의 애피타이저로 느껴졌다.

나는 잠자코 오늘의 축제를 음미하기로 했다. 인생에 다시없을 이런 날을 단단히 기억해두기로 마음먹었다. 행복한 기억, 특별한 추억 하나로 사람은 살아간다. 나는 치매 예방약처럼 오늘의 이벤트를 복용하기로 했다.

대학로에 도착해 주차를 하고 소극장으로 향했다. 마스크를 쓴 젊은 사람들 사이를 평균 나이 50대 중반의 ALWAYS편의점 삼총사가 진군해 나갔다. 극장으로 내려가는 계단은 마치 『이상한 나라의 앨리스』에 나오는 토끼 굴 입구 같았다. 우리는 체온을 측정하고 QR 코드를 인식하고 초대권을 보여준 후 극장 안으로 들어섰다.

무대가 나타났다. 편의점이었다.

변이 바이러스로 여전히 코로나 확진자가 늘고 있었다. 그럼에도 공연이 열리고 그것이 나의 편의점에서 모티브를 얻은 무대라니, 내 이름이 붙어 있는 초대석에 앉고도 좀처럼 이 상황이 실감나지 않았다.

발소리와 웅성거림과 함께 관객들이 몰려들기 시작했다. 그들이 편의점의 출입문을 열고 들어오는 손님들처럼 느껴졌다. 이윽고 조명이 꺼지고 어둠이 덮이자 극장 안 역시 비좁고 불편한 청파동의 한 편의점으로 재탄생했다.

나는 실감하기 시작했다. 이 극은 내 삶이다. 내 삶은 이 극으로 영원히 기억될 것이다. 내 머릿속에서 사라지더라도 오늘 이 관객들의 기억 속에서 언제나 재현될 것이다.

딸랑.

편의점 유리문이 열리는 소리가 들리며 무대가 환해졌다. 막이 올랐다.

공연을 관람한다는 것이 삶을 경험한다는 것임을 깨달았다.

나는 커튼콜을 보며 박수를 칠 겨를도 없었다. 흐르는 눈물을 닦고 보니 옆에서 오 점장도 눈물을 훔치고 있었다. 힘껏 박수를 쳐대던 아들이 나와 오 점장을 돌아보곤 크게 웃었다. 마치 자기는 이런 거에 익숙한 척 허세를 부렸다. 그런 아들이 얄밉지 않고 귀여워 미소가 새어 나왔다. 울다가 웃은 꼴이 되었다.

그때 뒤에서 나직이 내 이름을 부르는 소리가 들렸다. 나는 뒤를 돌아보았다. 곧 빛이 닿지 않는 관객석 뒤, 어떤 사내의 형체가 눈에 들어왔다. 그가 한 발 앞으로 나왔고 그제야 제대로 시선이 교차되었다. 그는 내게 자기를 알리려는 듯 마스크를 벗어 보이곤 입꼬리를 살짝 올렸다. 그리고 다시 들릴 듯 말 듯 한 목소리로 말했다.

"잘 지내셨어요? 사장님."

나는 무어라 할 것 없이 그리로 향했다. 관객석을 돌아 마주 오는 그에게 잰걸음으로 다가갔다. 손을 내밀었다. 그가 내 손을 잡고는 소리 없는 웃음을 보여주었다. 나는 빠르게 뛰는 심장을 다스려야 했다.

"저 누군지 알아보시겠어요?"

"……누구긴 누구야. 나 도와주는 사람이지."

한없이 다정한 표정으로 나는 그를 살폈다. 독고 씨가 큰 덩치를 숙여 나를 가만히 안아주었다. 나도 그의 등을 안은 채 다독였다. 그리고 힘써 발음했다.

"살아 있었네. 그래. 살아 있어줘 고맙네."

박수 소리가 잦아들며 극장 전체가 환해졌다. 하지만 독고 씨와 나의 무대는 이제 막 시작된 것만 같았다.

불편한 편의점

—여러 계절이 흐른 뒤

학원 골목을 빠져나온 시현의 시야에 길 건너 남영역이 들어왔다. 고개를 오른쪽으로 돌리니 굴다리 아래로 컴컴한 길이 보였다. 저 길을 지나면 청파동이 시작된다. 한때 노량진에서 수업을 마치고 남영역에 내려, 매일 저 길을 지나 청파동의 한 편의점으로 출근하던 때가 있었다. 시현은 짧은 회상을 마치고 굴다리 길을 향해 발걸음을 옮겨 나갔다.

남영동의 이 일본어 학원에 다닌 지도 2개월 정도 되었다. 그동안 시현은 애써 굴다리 너머 청파동을 외면했다. 왠지 청파동에 가면 와플하우스에서 딸기빙수도 먹어야 할 거 같고, 까치네에서 짜장떡볶이도 먹어야 할 거 같고, 염 사장님의 편의점에 붕어빵이라도 사서 들러야 할 거 같았기 때문이었다.

시현의 소심함은 대체로 그런 오지랖을 허용하지 않았다. 그때도 학원을 다니고 있었고 지금도 학원을 다니고 있다. 공무원 시험을 때려치웠고 일본어 능력 검정시험 1급 갱신을 준비하는 것만 바뀌었을 뿐 여전히 수험생 신세다. 그래서일까? 어엿한 성공까지는 아니어도 무언가 이룬 모습으로 방문한다면 모를까, 지금 이 모습으로 찾아뵐 순 없다고 생각한 것이.

2개월 전부터 지금까지 시현은 그런 이유로 다시 이 동네를 오가면서도 염 사장님을 찾아뵐 용기를 내지 못했다.

어제 시현은 자신의 유튜브 채널을 삭제하기로 했다. 너무 방치해둔지라 의미 없는 댓글이 잡초처럼 넘쳐 나고 있었고, 한 시대가 정리되듯 자신의 신변잡기도 정리하기로 마음먹었다.

로그인을 했다. 그래도 막상 삭제하려니 묘한 기분이 들어 그녀는 지난 댓글들을 찬찬히 살펴보았다. 그리고 거기서 거의 1년도 전에 남겨진 댓글 하나에 옴짝달싹 못 하고야 말았다.

쏙쏙 이해되는 설명과 배려심이 느껴지는 말투 덕에 잘 배우고 갑니다. 고맙습니다.

댓글을 단 이름이 '푸른언덕'인 것과 요즘 애들 같지 않은 정연한 글투에 시현은 직감적으로 염 사장님의 얼굴이 떠올랐고, 한동안 치밀어 오르는 그리움에 마음이 녹기 시작했다. 두 해 전인가, 한 번 전화가 온 걸 받지 않았던 죄책감도 올라왔다. 시현은 염 사장님이 몹시 보고 싶어졌다.

코로나가 시작되기 전 염 사장님의 편의점에서 다른 편의점 점장으로 스카우트되어 갔던 기억이 떠올랐다. 이후 코로나가 끝날 줄 모르고 지속되면서 자신을 스카우트했던 사장님의 다른 가게들이 어려워졌고, 편의점을 팔게 되면서 점장인 자신도 잘려야 했던 기억도 뒤따랐다. 한동안 좌절한 채 히키코모리처럼 방에 처박혀 지내던 시절이 상기되어 입술을 깨물어야 했다.

다행히 지난해 신 선생님으로부터 일본어 자막 번역 일을 받게 되면서 그녀는 다시 기운을 낼 수 있었다. 신 선생님은 일본 영화를 한국어 자막으로 번역하는 대표적인 일-한 자막 번역가로, 몇 해 전 한 영화제에서 인연을 맺었다. 그저 일본 영화가 좋아 자막 번역 자원봉사를 했다가 전체 감수를 맡았던 신 선생님을 만난 것이었다. 그때 신 선생님은 시현의 번역이 성실하다며 영화제 이후로 종종 작은 번역 일감을 전해주곤 했었다. 하지만 공무원 시험 준비에 집중하기로 한 뒤로 죄송하지만 일감을 사양해야 했다.

코로나가 터지고 점장에서 잘린 채 방에 박혀 OTT로 수많은 드라마와 애니를 보고 또 보던 시현은, 한 일본 드라마 자막 크레딧에서 다시 신 선생님의 이름을 마주하게 되었다. 순간 그녀에게 자기도 모르는 용기가 솟았다. 그 드라마가 무척 재미있기도 했고 이대로 부모님 눈총만 받으며 살 수는 없다는 생각에 발동이 걸린 것일수도 있겠다. 주저함을 뒤로하고 시현은 신 선생님에게 문자를 넣었다. 일본 드라마 자막 크레딧에서 선생님 이름을 발견해 반가웠고, 좋은 번역 덕에 재미있게 감상해 오랜만에 안부를 드린다는 내용이었다.

고맙다는 답과 함께 요즘은 어떻게 지내냐는 신 선생님의 답 문자가 왔다. 시현이 쉬고 있다고 답하자 신 선생님은 코로나에 극장 일은 줄었지만 OTT 작품들이 많아져 오히려 번역 일감이 늘었다며, 괜찮으면 다시 일해볼 의향이 있냐고 물어왔다. 시현은 고민 없이 수락하고 나서 스스로에게 박수를 쳤다.

자막 번역 알바는 여전히 힘들고 수익도 크지 않았지만, 일을 할수록 자신이 진정 좋아하는 일을 한다는 기분을 만끽할 수 있었다. 일본 애니메이션 속 주인공의 대사를 따라하며 적절한 한국어 단어를 궁리하는 과정은, 남들에겐 뜨악해 보일 수 있지만 그녀에겐 최고로 재미있는 혼자 놀기였다. 무엇보다 자막 번역은 글자 수 제한이 있다. 한 화면에 떠워지는 글자 수가 너무 많으면 시청자가 단숨에 읽기 힘들기 때문이다. 시현은 온갖 궁리 끝에 자막의 글자 수를 효율적으로 줄이는 데 성공할 때마다 묘한 성취감을 느끼곤 했다. 남들은 귀찮고 번거롭다는 그 과정이 그녀에게는 즐거운 퍼즐 맞추기 놀이처럼 느껴졌다.

공무원 시험도, 편의점 알바도, 유튜버도, 시현이 진정 원하는 일은 아니었다. 직업이 있고 돈을 벌고 성인으로 한 사람 몫을 한다는 의미로 했던 일이지, 진정 자신의 가슴을 뛰게 하는 일은 아니었다.

오랜 고민 끝에 시현이 내린 결론은 이것이었다. 일본어를 전공하고 일본 관련 일을 하고 싶은 나는 결국 그 분야의 직업을 구해야 한다. 게다가 일본어 자막 번역 일은 혼자 있기 좋아하는 시현의 라이프스타일과도 잘 맞아떨어졌다.

다만 재능이 부족했다. 번역 일을 재개하고 여전히 부족한 실력에 끙끙 앓던 시현은, 학창 시절부터 애용한 남영동의 일본어 학원에 등록했다. 자막 번역 알바로 버는 돈의 반을 학원비에 써야 했지만 전혀 아깝지 않았다. 즐겁고 보람된 목표를 향한 길이기에 보험료를 내는 기분마저 들었다.

어쨌거나 지금은 염 사장님이 몹시 보고 싶어졌다. 통찰이 있고 배려가 있고 장난기도 있던 분. 연락 끊긴 한때 직원의 유튜브에 찾아와 뭉클한 댓글을 남기신 분. 잊을 만하면 생각나는 고마운 기억이 많은 분. 그럼에도 그녀는 학원을 다니며 굴다리만 건너면 나오는 그곳에 발걸음 한 번 옮기지 못했다. 하지만 염 사장님의 댓글을 본 이상 더 미룰 수 없었다. 코로나를 겪으며 얼마나 시절이 허무하고 빠른지 절감하지 않았는가? 시현은 내일 학원을 마치고는 반드시 굴다리 아래 길을 지나 청파동으로 향하겠다고 다짐했다.

청파동의 오밀조밀한 골목길을 지나 ALWAYS편의점 앞에 다다른 그녀는 시간을 확인했다. 저녁 여덟 시가 지나고 있었다. 과거에는 이 시간이면 사장님이 편의점 바 테이블 앞에 앉아 동네 친구들 혹은 오 여사와 수다를 떨곤 했다. 시현과도 도란도란 이야기를 나누곤 하루의 마무리를 했다는 듯 퇴근하셨다. 하지만 지금은 어떨지? 소심한 그녀답게 찾아온다는 언질도 연락도 드리지 못했다. 이 편의점에 오랜만에 찾아온 것만으로도 충분히 용기를 낸 것이었기에, 안 계시면 그저 다음을 기약할 생각이었다.

시현은 심호흡을 한 뒤 입구로 다가가 문을 열고 들어갔다.

딸랑.

슬쩍 살핀 카운터에는 장발이 치렁치렁한 청년이 무료하게 선 채로 휴대폰을 만지고 있었다. 작은 편의점의 중앙에 자리한 진열대 사이를 오가며 시현은 자신이 일하던 시절의 이곳을 떠올렸다. 장사가 안 돼 공격적인 발주를 하지 못해 늘 허전한 진열대와 부실한 상품 구성, 구매도 안 하면서 들락날락거리던 사장님의 동네 지인들, 무사안일로 일하던 알바들과 딱히 다르지 않던 시현, 그리고 어느 날 갑자기 사장님이 데려와 사람 구실하게 해준 노숙자 출신 알바 아저씨까지…… 기억의 조각들이 편의점 곳곳에서 불쑥불쑥 튀어나와 그녀를 덮치고 있었다. 시현은 서둘러 정신을 가다듬었다.

역시 미리 연락을 드리고 와야 했던 걸까? 그런데 막상 만나 뵈면 무슨 일로 왔다고 해야 할까? 그냥 뵙고 싶어 왔다고 하기엔 너무 시간이 많이 흐른 게 아닐까? 시현은 자꾸만 작아지는 마음에 짜증이 났다. 이럴 때 작전상 후퇴는 그녀의 장기였다. 그래. 오늘은 일단 돌아가기로 하자.

맨손으로 나가기도 뭐해 시현은 가까이에 보이는 원 플러스 원 캔 커피를 집어 들었다. 그녀가 일하던 시절에는 좀처럼 원 플러스 원 행사를 하지 않는 상품이었고, 그걸 아직도 기억하고 있는 스스로에게 헛웃음이 났다.

그녀가 카운터에 같은 캔 커피 두 개를 내려놓고 나서야, 알바 청년은 슬며시 휴대폰을 내려놓고 바코드 리더기를 집어 들었다. 들어올 때 인사도 안 하고 휴대폰만 살피는 꼴이 영 아니었는데, 봉지 구매 여부도 묻지 않고 계산도 굼뜨게 하는 꼴 역시 마음에 안 들었다. 순간 자신이 알바의 업무 태도를 점검하고 있다는 것에 다시 한 번 실소가 났다.

진짜 직업병이라는 게 존재하나 보다 생각하며 카드를 건네던 시현이 알바 청년과 눈이 마주쳤다.

"엇, 네가 웬일?"

알바 청년의 말에 시현도 같은 의문이 터져 나왔다.

"너야말로 언제 한국 온 거……."

"야! 코로나 터지고 쫓기듯 돌아온 게 언젠데."

호쾌한 말투로 준성이 말했다. 그래, 이 목소리가 마음에 들어 호감을 느꼈었지.

치렁치렁한 장발에 마스크를 써 못 알아봤지만, 똑바로 마주친 진갈색 눈동자를 보니 분명 준성이었다. 호주에 가면서 자연스레 소식이 끊긴 남사친 말이다. 그리고 보니 준성의 집이 청파동이었지. 덕분에 이 동네 편의점 구인 공고 글에 친근함을 느끼고 지원했던 것이 떠올랐다.

"니 나 보러 왔어?"

"뭐래? 왕자병 여전하구나."

"근데 진짜 오랜만이다. 마스크 좀 벗어봐. 제대로 얼굴 좀 보자."

준성이 먼저 마스크를 벗고 이까지 드러내며 웃어 보였다. 시현은 무언가 민망하지만 그를 따라 마스크를 벗었다. 어색하게 미소를 지어 보였으니 더욱 그녀답게 보였을 것이다.

"맞네! 반갑다. 야! 커피 내가 쏠게. 그냥 가져가."

"……반갑다며."

"반가우니까 쏜다고. 가져가라니까?"

"반가운데 가라고?"

시현이 시무룩한 표정을 지어 보이곤 마스크를 썼다. 그제야 눈치를 챈 준성이 헛웃음을 짓고는 캔 커피 두 개를 연달아 땄다. 하나를 시현에게 건네고 하나는 자신의 입으로 가져갔다. 콜라 마시듯 커피를 들이켠 준성이 턱짓을 했다. 시현이 못 이기는 척하며 마스크를 벗고 캔 커피를 한 모금 마셨다. 그가 신기하다는 듯 다시 그녀를 바라보았다. 부담스러운 나머지 시현이 이실직고부터 했다.

"나 여기서 일했었어. 코로나 터지기 전에."

"뭐? 대박!"

"사장님은?"

"사장님? 이따 야간에 오는데."

그럴 리가. 순간 시현은 가게가 팔린 게 아닌가 하는 생각이 들었다.

"나이 많으신 여사장님 맞아?"

"아니. 중년 아저씬데? 덩치 좋고…… 아, 혹시 사장님 엄마 말하는 거야? 사장님 엄마 자주 오셔. 이 시간쯤. 근데 생각해보니 안 나오신 지 며칠 된다. 가만, 그럼 너 점장 아줌마도 알겠네. 여기서 오래 일했던데."

시현은 순식간에 쏟아져 들어온 정보를 바삐 조합했다. 오 여사가 점장이 된 듯했고, 믿기지 않지만 사장님의 말썽꾼 아들이 사장이 된 듯싶었다.

"사장님 아들, 아니 지금 사장 어때? 괜찮아?"

"응. 사람 쿨해. 수완도 좋고."

"그, 그럴 사람이 아닌데……."

"조만간 2호점 낼 거라고 요즘 낮에도 바빠. 근데 우리 얘기를 해야지, 뭔 편의점 호구조사를 해. 그동안 어떻게 지냈냐?"

"으응. 난…… 그럭저럭. 코로나였잖아."

"하긴, 코로나였지."

"나 지금 남영역 맞은편 골목 그 어학원 다녀."

"우리 처음 만난 거기? 야, 너 대단하다. 아직도 일본어 공부하는구나. 난 가타카나는커녕 히라가나도 다 까먹었는데. 하하."

시현은 마스크를 썼다. 그리고 내일 수업 마치고 또 오겠다고 하고 서둘러 편의점을 나섰다.

계속 오다 보면 조만간 사장님을 만날 수 있겠지. 사장님을 만나면 친구가 여기서 일해 들렀다고 하면 되겠지. 그런데 준성과 자기가 여전히 친구 사이가 맞긴 한 걸까? 그녀는 그 관계 역시 이참에 재확인해야겠다고 마음먹었다.

다음 날 수업을 마치고 시현은 다시 청파동 ALWAYS편의점을 찾았다. 염 사장님은 오늘도 안 계셨고, 장발을 묶은 준성이 그녀를 반겨주었다. 어제와 같은 원 플러스 원 캔 커피를 나눠 마시며 두 사람은 밀린 이야기를 주고받았다.

준성은 호주에서 악착같이 영어를 배웠다고 했다. 그리고 거기서 알게 된 한국 형 소개로 영국으로 건너가 비공식 관광 가이드 겸 운전기사로 일할 기회를 잡았는데, 코로나가 터져 귀국할 수밖에 없었다고 했다. 관광경영 쪽에 관심이 많았고 그래서 영어에 매진했는데, 코로나 시대에 폭망한 관광 사업 분야의 현실에 좌절했고, 한동안 칩거한 채 부모님 눈칫밥을 먹으며 지냈다고 했다.

준성의 지난 몇 해가 어찌 보면 자신과 다를 바 없었기에 그녀는 동병상련을 느꼈다. 그래서일까, 자연스레 맞장구도 치고 격려도 했다.

다시 기운을 낸 타이밍도 비슷했다. 지난해 그는 새로운 목표를 잡고 공부를 시작했다. 외국인들에게 한국을 소개하는 관광통역사 자격증을 따는 것이었다. 준성은 낮에는 도서관에서 시험공부를 하고 오후부터 저녁까지 이곳에서 알바를 한 지 좀 됐다고 했다.

"그동안 한국은 더 떴잖아. 〈기생충〉, 〈오징어게임〉, 〈지금 우리 학교는〉 그리고 BTS!"

준성은 코로나가 종식되는 대로 한국에 외국 관광객이 몰려올 거라고, 그때 자신은 한국을 소개하는 가이드 일을 하겠다고 들뜬 표정으로 말했다. 호주에서 영어를 배울 때만 해도 외국에 한국 관광객을 데리고 다니는 투어 가이드를 꿈꿨는데, 지금은 반대가 됐지만 의욕은 더 커졌다며 밝게 웃었다. 시현은 준성의 환한 미소가 마스크에 가려 반만 보이는 게 아쉬웠다.

다음 날에도 염 사장님은 계시지 않았다. 그래서 그녀는 전날과 마찬가지로 원 플러스 원 캔 커피를 나눠 마시며 준성과 수다를 떨었다. 오늘은 시현이 자신이 살아온 지난 시간에 대해 토로했고, 일본어 자막 번역 알바를 더 잘하기 위해 수업을 듣고 있다는 사실을 털어놓았다. 일하며 공부하며 대단하다는 준성의 말에 어깨가 좀 으쓱해지기도 했다.

둘은 서른 살과 함께 찾아온 코로나 시대에 좌절을 겪었고, 최근 들어서야 다시 일어서 꿈을 향해 발걸음을 옮기고 있었다. 비슷한 삶의 궤적에 공감대가 더해졌고, 예전에 함께 어울려 다니던 추억이 소환되자 뭉클한 기운마저 일고 있었다.

준성은 여전히 쾌활했고 여전히 눈치가 없었다. 얼굴이 좀 길지만 인상 좋고 키도 훤칠하다. 호주 바나나 농장에서 뙤약볕 아래 일해서 그런지 보기 좋게 탄 피부와 잔근육으로 한결 멋있어졌다. 그럼에도 여자친구를 못 사귀는 건 눈치가 없기 때문이 아닐까? 아니면 눈이 높디높은 것일까? 분명한 것은 준성이 시현을 친구로 여긴다는 것이었고, 그녀는 그것이 좋기도 하고 싫기도 하다는 것이었다. 재회한 준성이 친구가 확실하다는 것은 좋았지만 그 이상으로 진전이 없을 듯한 건 전혀 좋지 않았다.

주말이 지나 학원을 마치고 다시 찾은 월요일의 편의점에도 염 사장님은 안 계셨다. 준성이 연락해 약속을 잡으라고 하는 바람에 잠깐 말문이 막혔지만, 곧 '서프라이즈!'를 위해 그런 거라고 눙쳤다. 서운한 마음이 일었다. 어느덧 염 사장님보다 준성을 보러 오는 게 주목적이 되었는데, 녀석은 여전히 모르고 있었다.

하지만 그게 그저 모른 척이라는 것을 시현이 알기까진 그리 오랜 시간이 걸리지 않았다.

"너 오는 거 좀 불편하다."

일주일째 편의점을 드나들었을 즈음, 준성이 캔 커피를 마저 비우고 말했다. 시현은 그게 무슨 말이냐는 표정으로 돌아보았다.

"뭐가? 맨날 와 놀아주고 가는 사람한테……."

"그냥, 여러 가지로 불편하네. 일하는 것도 방해되고 마음도 오락가락하고."

준성이 시선을 창밖으로 두며 말했다. 그녀는 그가 밉기도 하고 귀엽기도 해 무슨 말이라도 해야 했다.

"너 그거 알아? 이 편의점 원래 불편해. 불편한 편의점이야."

"뭐라고?"

"불편한 편의점. 매장도 작고 물건 종류도 부족해 동네 사람들이 불편한 편의점이라고 불렀어. 그래서 너 불편한 거라고. 알겠니? 그러니까 내 탓 하지 마."

"천잰데?"

"에헴."

"근데 그건 니가 일할 때고 지금 여기 괜찮거든. 매출 좋아. 안 불편해. 불편하면 매출이 오르겠냐? 언제 적 이야기하는 거야? 내가 불편한 건…… 그러니까 너 때문이지."

농담처럼 시작한 이야기가 심각한 준성의 표정과 함께 진지해졌다.

"여기 이제 오지 말아줄래."

시현은 당혹스러운 나머지 말도 나오지 않았다. 이대로 나가야 하나? 아니면 드라마에서처럼 남은 커피를 저 녀석 얼굴에 붓고 돌아서야 하나? 오만 가지 생각이 그녀의 머리를 복잡하게 만들었다.

"대신 밖에서 보자. 다음 주에 같이 산책하자."

준성이 놀리듯 쾌활하게 말했다. 시현이 어리둥절해하자 그가 한숨을 쉬고는 똑바로 그녀를 응시했다.

"다음 주 그날, 같이 다니자고!"

시현이 여전히 당황한 채 바라보자 준성이 허탈한 표정으로 웃었다.

"그러니까, 다가올 기념비적인 날을 함께 보내자는 거지. 너랑 나랑."

그제야 그녀는 이해할 수 있었다. 고개를 끄덕이곤 어색하게 웃어 보였다. 그리고 반격을 위해 머리를 짜냈다.

"너 완전 꼬아서 말하는 재주 있구나. 데이트하자는 말이 그렇게 힘들어?"

준성이 장발을 손으로 쓸어 넘기며 딴청을 부렸다. 그때 딸랑 하는 소리가 들렸고 그가 인사를 하다 시현에게 눈짓을 했다.

시현이 돌아섰다. 염 사장님이 막 문을 열고 편의점 안으로 들어서고 있었다.

"사장님!"

시현이 외치며 다가가 염 사장님의 팔에 손을 얹었다. 염 사장님은 고개를 갸웃하고는, 처진 눈꼬리를 한껏 내리며 그녀를 살폈다. 마치 처음 보는 사람 대하듯 했다. 다급해진 시현이 마스크를 벗고 소리치듯 말했다.

"염 사장님! 저예요! 기억 안 나세요?"

그제야 염 사장님이 시현의 팔을 잡았다.

"너…… 그래, 우리 알바."

"예. 시현이에요."

시현은 금방이라도 울 것 같은 표정으로 고개만 끄덕였다.

"그래. 시현이, 반가워. 잘 지냈어?"

시현은 대답 대신 고개를 마구 끄덕였다. 자기도 모르게 눈가가 시려왔다. 염 사장님이 미소를 지으며 그녀의 팔을 토닥토닥 두드려주었다.

집으로 돌아오는 4호선 지하철 안, 시현은 갈비뼈 안에 핫팩이라도 든 듯 훈훈하고 따뜻한 기운에 차 있었다. 사장님은 경도인지장애 판정을 받고 치매 예방을 위해 애쓰는 중이었는데, 시현을 만나 옛날 추억을 나누니 기억 담당 중추가 활성화되는 것 같다며 웃었다. 시현은 정말로 그래야 하니 또 찾아오겠다고 말했다. 사장님은 떠나기 전에 자주 오라고 했다. 의아해하는 시현에게 사장님은 오랜 꿈인 유럽 여행을 곧 떠날 거라고 했다.

피렌체 두오모와 우피치 미술관을 보고 메디치 가문의 활약상을 떠올리고 싶다고 했다. 에게해를 바라보며 찬란했던 그리스 문명을 돌아보고 싶다고 했다. 베를린 장벽이 있던 체크포인트 찰리를 직접 걸어 통과하고 싶다고 했다. 자신이 가르친 수많은 역사 속 현장을 드디어 방문할 수 있게 되었다고, 소풍을 앞둔 아이처럼 신이 나 있었다. 그제야 시현은 편의점 바 테이블에서 틈틈이 영어 공부를 하던 사장님을 떠올릴 수 있었다. 건강에, 편의점 운영에, 코로나에, 미루고 미루던 꿈을 마침내 실현하게 된 사장님이 부럽고 멋있었다.

시현은 저녁 알바인 준성이 여행 전문가이고 영어도 잘하니 도움을 받으시라고 말했다. 사장님은 그런 정보라면 얼마든지 환영이라며 준성과 영어로 대화를 해보겠다고 의욕을 보였다. 뒤이어 준성과는 무슨 사이냐고 얄궂은 표정으로 물었다. 그녀는 잠시 머뭇거린 뒤 답했다.

"남자 사람 친구였는데요, 조만간 중간의 '사람'은 빼볼까 해요."

사장님은 잠시 골똘해하다가 곧 이해했다는 듯 웃어 보였다.

"그래. 뺄 건 어서 빼야지."

영상을 되감기하듯 편의점에서 있었던 일들을 떠올리면 떠올릴 수록 시현은 훈훈해졌다. 좌절해 있을 때 신 선생님이 번역한 그 드라마를 못 봤다면? 그걸 보고도 연락할 용기를 내지 못했다면? 실력을 더 키우기 위해 남영동 일본어 학원에 등록하지 않았다면? 일본어 학원에서 가까운 ALWAYS편의점에 찾아갈 용기를 내지 못했다면?

이 모든 게 맞물려 준성을 다시 만났고, 사장님과도 재회할 수 있었다. 좋은 관계는 절로 맺어지지 않는다. 스스로 살피고 찾으려는 노력이 필요하다. 초식동물 같은 시현은 늘 조심스러웠다. 하지만 조심스러웠기에 주의 깊었고, 자신에게 호의를 지닌 상대방의 진심을 알아채는 데 민감했다. 신 선생님도 염 사장님도 그래서 인연이 이어진 게 아닐까?

'사람'을 뺀 남자친구 역시 말이다.

D-Day. 시현은 준성과 남영역 앞에서 만났다.

둘은 굴다리를 건너 청파동과 갈월동을 지나 서부역에 다다랐다. 오래 걷자는 약속을 지키기 위해 러닝화를 신은지라 꽤나 발걸음이 편하고 가벼웠다.

서부역에서 에스컬레이터를 타고 서울역 역사를 지났다. 잠시 독고 아저씨 생각이 났다. 엊그제 시현은 사장님으로부터 두 분이 재회한 이야기를 들었다. 극장에서 만나게 되어 더욱 극적이었다고 사장님이 흐뭇한 표정을 지으며 말하던 모습이 떠올랐다.

'불편한 편의점'에 대해 시현은 생각했다.

정체불명 노숙자 아저씨 덕에 불편했던 편의점에서, 묘한 감정 때문에 불편하다 투덜대는 청년이 있는 편의점이 되기까지…… 많은 일들이 있었다. 코로나와 백신, 변이 바이러스와 부스터 샷, 점장이 된 오 여사와 사장님 아들의 개과천선, 그리고 시현 자신의 좌절의 날과 재기의 시간, 마지막으로 옆에서 나란히 걷는 쾌활하고 태평한 성격의 남자친구를 만난 것까지, 모두 이상하고 신기한 삶의 우연인 것만 같았다.

역사를 통과하면서 시현은 노숙자 한 사람 한 사람을 주의 깊게 살펴보았다. 나날이 변화하던 독고 아저씨를 떠올리며, 삶은 어떤 식으로든 계속된다는 것을 기억하며.

두 사람은 서울역을 통과해 남대문시장을 지나 시청 앞 광장까지 걸었다. 수많은 사람들이 광장에 몰려들어 장사진을 이루고 있었다. 곳곳에 포진한 푸드 트럭과 소규모 공연 모임은 오늘이 자발적 축제일임을 다시 상기시켜주었다. 시민들은 거리를 둘 필요 없이 뭉쳐서 떠들고, 노래하고 춤추고, 먹고 마시며 오늘을 즐기고 있었다.

"괜찮아?"

무릎을 주무르는 걸 보고 준성이 물어왔다. 시현이 끄떡없다는 표정으로 엄지를 세워 보였다.

"좀 더 걸을까?"

"물론이야."

시현이 앞서 나갔다. 준성이 시현의 손을 잡아채고 보조를 맞춰 걸었다.

잠시 뒤 준성은 시현과 함께 청계천 옆길을 걷다가 작은 광장에서 걸음을 멈췄다. 그는 이곳이 바로 베를린 광장이라고 했다. 그녀는 처음 듣는 정보에 어리둥절했는데, 곧 준성이 한쪽에 우뚝 서 있는 낡은 콘크리트 담벼락을 가리킨 뒤, 그것이 실제 베를린 장벽의 일부분이라고 알려주었다. 놀라는 시현에게 그는 다시 옆에 세워진 파란색 곰 동상은 베를린의 상징이 곰이기에 놓여 있는 것이라 덧붙였다. 그녀의 마음속에 준성이 좋은 가이드가 될 거라는 믿음이 들기 시작했다.

두 사람은 베를린 광장 구석 벤치에 앉아 주위를 돌아보았다.

점심을 먹고 사무실로 돌아가는 직장인들의 얼굴이 빛나 보였다. 평소 같으면 처진 어깨로 일터로 돌아갈 법도 한데, 다들 마스크 없이 테이크아웃 커피를 홀짝이며 활기차게 걷고 있었다. 그들의 목에 걸린 직원 카드가 경쾌하게 흔들리는 것조차 근사해 보였다. 직원 카드 따위 목에 걸어본 적 없는지라 볼 때마다 시기심이 일었었는데, 지금은 전혀 다르게 느껴지는 게 신기해 시현은 자기도 모르게 웃음을 뿜었다. 그때 그녀와 눈이 마주친 직장인 무리 중한 여성이 반사적으로 시현에게 미소를 지어 보였다. 살펴보니 다들 저마다 웃음꽃을 피우고 있었다.

사람들은 전염된 듯 웃고 있었다. 아니, 웃음이야말로 지구 최강의 전염병이라고 했던가? 지금 여기, 사람들은 코로나보다 백배 천배는 강력한 웃음 바이러스를 퍼뜨리고 있었다. D-Day는 No Mask

Day였다. 마스크가 없어 더 돋보이는 웃음이, 마스크가 없어 더 빠르게 전염되고 있었다.

돌아보니 준성 역시 웃고 있었다. 시현은 그의 어깨를 톡톡 두드렸다. 고개를 돌린 준성이 그녀만을 위한 웃음을 보여주었다. 시현도 웃었다. 그리고 다짐했다. 언젠가 또 다른 전염병이 찾아와 우리를 아프고 불편하게 할지라도 웃을 것이라고.

옆에서 미소를 나눌 누군가를 소중히 여기며 함께 웃겠다고.

감사의 글

작품에 영감을 준 오평석 님, 감수를 맡아준 정유리 님, GS25 문래그랜드점, GS25 신림난우점, 초안을 읽고 조언을 준 김주미 님과 백철현 님, 이야기를 책으로 엮어준 나무옆의자 이수철 대표님과 하지순 주간님과 임직원 여러분, 표지 일러스트를 그려준 반지수 작가님, 집필실을 제공해준 '글을 낳는 집' 김규성 촌장님과 김선숙 사모님, 그리고 『불편한 편의점』을 읽고 아껴주신 독자 여러분, 모두에게 깊은 감사를 드립니다.

2022년 여름

김호연

불편한 편의점 2

초판 1쇄 발행 2022년 8월 10일
초판 90쇄 발행 2024년 12월 9일

지은이 김호연
펴낸이 이수철
주   간 하지순
교   정 구경미
디자인 박예진
영업관리 최후신
콘텐츠개발 전강산, 최진영, 하영주
영상콘텐츠기획 김남규
관   리 진호, 황정빈, 전수연

펴낸곳 나무옆의자
출판등록 제396-2013-000037호
주소 (10449) 경기도 고양시 일산동구 호수로 358-39 동문타워1차 703호
전화 02) 790-6630 팩스 02) 718-5752
전자우편 namubench9@naver.com
인스타그램 @namu_bench

© 김호연, 2022

ISBN 979-11-6157-137-9 03810